CB081649

O —

editora Urutau

rua maestro demétrio kipman, 210,
jardim américa, bragança paulista — sp,
brasil
12902-130

avenida peirao besada, 6 – 2D
36163 poio-pontevedra
(espanha)

[+34] 644 951 354 [espanha]
[+55] 11 9 4859 2 426 [brasil]

www.editoraurutau.com.br
contato@editoraurutau.com.br

[EDITORES]
tiago fabris rendelli & wladimir vaz
[COORDENAÇÃO DE REVISÃO]
debora ribeiro rendelli
[REVISÃO]
marcella sarubi
[CAPA E DIAGRAMAÇÃO]
victor prado

© kawasaki, 2021.

dados internacionais de catalogação na publicação (CIP)
de acordo com ISBD

kawasaki, rafaela tavares

K22p peixes de aquário / rafaela tavares kawasaki. - bragança paulista: urutau, 2021. 252 p. ; 14cm x 22cm.

ISBN 978-65-5900-118-7

1. literatura brasileira. I. título.

CDD 869.8992

2021-2915 CDU 821.134.3(81)

elaborado por vagner rodolfo da silva - CRB-8/9410

PEIXES DE AQUÁRIO

RAFAELA TAVARES KAWASAKI

[primeira edição]
URUTAU
setembro de 2021

nome feito de braços com gestos que, de tão delicados, parecem sustentados por linhas, mas capazes de elevar pesos que latejam os músculos de Nina. Naquele momento, a figura de Kaede se resume a um corpo agachado em frente a um aquário ao qual o reluzir das descargas elétricas tinge com manchas de claridade. Parece estar diante de um altar. Talvez reze aos peixes para que as visitantes desapareçam. É evidente por suas reservas que havia se arrependido de recebê-las, assim como elas desejavam nunca ter ido até lá. Ou só quer que a chuva passe, como todo mundo.

Não foi fácil chegar ao sobrado no qual agora esperam por uma brecha da natureza para escapar. Nina custou a encontrar o endereço e o número de telefone de Kaede. Tudo o que tinha como pistas eram uns poucos recortes de uma revista e colunas sociais de jornais, colecionados pela avó. Kaede havia dado o próprio nome a uma marca de roupas com pretensão à alta-costura. Esses eram os rastros deixados pela irmã da avó. A investigação trouxe mais pistas. Ela mantém um ateliê em algum bairro de uma cidade maior. Tem duas lojas, mas está pronta para se aposentar e deixar o negócio nas mãos do filho. Dá ou dava aulas de modelagem e história da moda para uma turma seleta. Tia Yukiko também resolveu ajudar com informações que ela mesma guardava ao perceber o esforço da sobrinha. Ver a irmã havia se tornado uma urgência para a avó de Nina. O que surgiu como insinuações resultou na verbalização de um pedido integral. Preciso ver Kaede antes que a gente esqueça uma da outra. As memórias recentes se esfarelavam em um desmoronamento de reboco fresco que ameaçava se estender para os alicerces de outras décadas.

O primeiro telefonema foi respondido com uma recusa. Kaede não podia recebê-los. Quatro meses depois, foi ela mesma quem telefonou. Havia ficado emocionada demais no outro dia. Foram décadas de afastamento e ausências, mas estava pronta agora. Queria ver a família se estivessem dispostos a visitá-la em sua casa.

O reencontro familiar se traduziu em cárcere privado. O dilúvio fez todos de refém, anfitriã e hóspedes, sem distinção. Na estrada,

Vem cá ver meus diários do tempo de menina! A avó desencaixotou cadernos amarelados e secos que pareciam prontos para se esfacelar. Apesar da fragilidade dos papéis, seus dedos os folheavam e ela traduzia trechos escritos em traçados japoneses enfraquecidos pelo tempo. Eram tiras verticais cheias de ideogramas de sentido desconhecido para Nina até a avó ajudá-la a decifrá-los.

Foi depois da exibição dos cadernos que o nome "Kaede" emergiu no meio das histórias de um passado pouco a pouco resgatado, feito o fio de um novelo de lã que se puxa para desenroscar o todo. Até então, Nina seria capaz de jurar que a avó era precedida apenas pelo nascimento de tio Kenji na sucessão de partos dos Fujikawa. Não, Kaede é minha *nee-chan*. Veio antes de Ken-*kun*. Tão parecida com a mamãe. Queria uma foto... Sabia que ela costura sozinha todas as nossas roupas?

— Como é que nunca ninguém fala de Kaede? — Nina passou a disparar para os parentes. Não faz bem falar dos mortos. Quem? Onde foi que Midori ouviu esse nome?, as respostas surgiam em vozes trêmulas e desfiguravam as sobrancelhas.

— Ah, é cada besteira! — Tia Yukiko era a única a cochichar. — Kaede virou um segredo. Como se fosse um demônio que se invoca só de falar o nome. Que bobagem! Kaede era de carne e osso. Aliás, *é* ainda. Só que a gente daqui prefere fingir que esqueceu, que não existe. Acho uma criancice. E dá mais força simbólica para ela que ela merece.

Três anos depois da revelação, "Kaede" não se reduz mais a um conjunto de sílabas sem face. No decorrer de uma tarde cinza e uma noite de relâmpagos, o nome se tornou, aos olhos de Nina, sinônimo de uma mulher magra, vertical para a idade, com maquiagem carregada. Passara a representar uma cabeça com cabelos grisalhos amarrados em um coque já meio desfeito e pernas prontas para dar passadas largas em uma sala submersa. Equivale a uma boca da qual escapou um "sejam-bem-vindas", proferido entre reticências e sem abraços, logo que chegaram, e um "preciso-da-ajuda-de-Yukiko--e-da-mocinha" suave, porém, firme, pronunciado à noite. É um

A expansão das águas deu origem a um grande espelho que replicava as cores do céu, fosse o rosa alaranjado do fim de tarde ou o tom safira das manhãs. Mesmo depois de anos, Nina saboreia a paisagem quando passeia com o Kadett pelas estradas. Os pescadores se tornaram mais numerosos. O navegar lento de seus barquinhos preenche quem espia com um calor aconchegante. Só não a avó. Os olhos dela, já diminuídos pelas rugas, foram anuviados por uma sombra após o alagamento.

O terreno que um dia acomodou a lavoura de algodão e a casa dos bisavós de Nina também foi varrido pela cheia, a avó contou. Coava o café, cercada por um hálito de quentura e suspiros, enquanto falava. É, já não existe mais nada, *né*?

Depois disso, aquele passado que antes parecia sedimentado sob camadas de lembranças petrificadas ressurgiu nas conversas sobre a mesa de jantar ou na varanda antes de dormir. Era como se a avó deixasse para trás as paredes de tijolinho à vista que a abrigavam. Voltava a habitar o casebre feito de madeira, contornado por jabuticabeiras, bananeiras, jatobás, grunhidos e ciscadas. A vista não esbarrava mais na Praça da Matriz. Os olhos envelhecidos remoçavam e corriam pela cerca de arame farpado, a mesma divisa que, quando pequena, ela atravessava para colher algodão em cortejo com os pais e irmãos, antes de o sol esquentar a terra batida.

O presente é que ficou remoto. Deslocava-se em fugas cada vez mais frequentes. Apelidos de conhecidos, localização dos objetos, acontecimentos do dia a dia, itinerários pela vizinhança, fisionomias cotidianas, todo o hoje estava longe demais para as memórias da avó o alcançarem. Preparava-se na segunda-feira para assistir à corrida que já havia acompanhado no domingo ao lado da neta e brigava com a televisão por não exibir. Fora de casa, demorava a enxergar o rosto de alunos dos anos anteriores à aposentadoria quando eles a cumprimentavam. É seu colega esse aí, Midori? Mas falava com familiaridade sobre os Tomizawa, os Higuchi e tio Mitsuo como se habitassem o cotidiano de Nina. Chamava-os como se sob a impressão de que os poderia tornar palpáveis.

Dilúvios

Novembro de 1993.

Aquele não era o primeiro dilúvio a que Nina Midori assistia ao lado da avó Aiko. Muito antes do cerco da chuva ao sobrado onde as duas estão presas, observaram, juntas, os arcos da velha ponte da cidade em que moram serem tragados pelas águas da barragem. Qualquer pretexto de passeio a municípios vizinhos transcorria em um desvio para a região do rio só para que pudessem espiar a inundação sintética, germinada pelos engenheiros, avançar um pouco mais a cada tarde.

Tudo começou em um agosto que, desde a inundação completa, já contava com mais três anos de desbotamento nas fotografias. As semanas correram feito uma ciranda de crianças com pressa e pararam no fim de outubro. Restava apenas a crista daquela curva, o topo da estrutura de vinte metros de aço e concreto erguida sobre o Tietê. A ponte Novo Oriente desapareceu junto com a antiga estação ferroviária abaixo das águas. Os trilhos estavam abandonados quando a cheia os atingiu. Foram atravessados por um tumulto de trens em outras décadas. Agora, apenas os mergulhadores os cruzam.

Nina assistiu à elevação das águas com a respiração ansiosa. Perto dali a usina hidrelétrica, razão do alagamento, começaria a funcionar, enfim. Talvez a cidade crescesse, ganhasse novos moradores. Ao menos, veria novos rostos diferentes pelas ruas. Ela ansiava por mudanças que não fossem despedidas de amigos e parentes atrás de um futuro mais amplo — como os próprios pais fizeram quando subiram no avião para o Japão, como colegas fizeram ao sentir a cidade pequena demais para eles.

PARTE UM

A MÃE

A quem vai e vem pelo mundo e suas travessias.

Parte quatro
Os peixes

[185] Latas
[187] Jim Beam Black Bourbon
[195] Janelas
[205] Kazumi
[213] Nós
[223] Mergulhos
[233] Fim do mundo
[239] Polvo

[247] Glossário

SUMÁRIO

Parte um
A mãe

[9] Dilúvios
[17] Frestas
[25] Desenterro
[35] Passeios
[43] Yukiko chora
[47] Sutra
[55] Butsudan
[65] O rádio

Parte dois
Os traçados

[73] Nome
[81] Cadernos

Parte três
O fogo

[111] Aquários
[119] A porca
[125] Boneca
[137] Febre de seda
[145] Jabuticabas
[155] Pente de tartaruga
[159] O último caderno
[169] Porteira aberta
[173] Yaki manju
[179] Clarão

antes de cruzar viadutos e avistar nas placas os nomes de vias conhecidos apenas nos noticiários regionais, a avó até brincou que a chuva era sinal de bom agouro. Andar debaixo de garoa sempre me deu sorte! Já Nina se entretinha tanto com os prédios, as lojas de departamentos, os outdoors e o calçadão movimentado que mal mirava para as nuvens carregadas. O despejar das gotas aparentava ser algo com começo e fim, então. Agora não mais.

Antes da enchente, as ruas conheceram as poças. Pequenas lagoas se formaram enquanto Nina e a família chegavam ao sobrado. Não cobriam ainda a sola dos sapatos quando ela, a avó e tia Yukiko desceram do Kadett. Nina abandonou o banco de motorista e se aproximou da varanda com pressa. Não queria deixar a avó ser alvejada pelos pingos no caminho que atravessaram enlaçadas mão a mão. Porém, o vestido azul de Aiko ficou salpicado nos ombros e no colo. Uma pena! Era novo, escolhido com cuidado pelas duas para aquela viagem.

A chuva desconheceu interlúdio naquele dia. Era onipresente. Riscou a paisagem da janela em tiras semicontínuas quando Nina, a avó e tia Yukiko deram passos tímidos pelo vestíbulo. Uivou com a rouquidão de correnteza na hora em que Kaede apareceu no final do corredor e encarou o rosto das visitantes. Ao sentir a mão da avó palpitar, Nina se deu conta de que as três irmãs não se viam por uma distância de tempo maior do que sua idade.

O som da chuva quase abafou os diálogos curtos e secos de recepção, as respostas tímidas e o cumprimento pronunciado para dentro de um meio-sorriso pelo filho de Kaede. Takeshi era o nome dele, mas Aiko o chamava de Mitsuo o tempo todo. Gotas se lançavam às paredes e vidraças enquanto os cinco almoçaram sob o peso de uma troca de frases forçadas que oprimia o peito mais do que o silêncio. O tempo desacelerou sobre a tábua de mogno coberta de pratos. Kaede falava com Yukiko, mas recuava quando as palavras eram proferidas pela avó de Nina, que fustigava a irmã mais velha com pupilas afiadas por uma expectativa. Takeshi se mantinha monossilábico e as espiava com o olhar indiscreto de quem estuda rostos para desenhá-los enquanto fazia dançar o dourado do uísque contido em um copo.

O almoço foi interrompido por trovoadas e uma queda de luz. A escuridão distendeu o tempo. Depois de assistir ao temporal pelas janelas, todos se reúnem na sala para resgatar os peixes de Kaede. Ela havia desistido de fazer um telefonema a alguém a quem ela e o filho chamavam de Maura, após uma sequência de tentativas frustradas, e resolveu dar atenção aos *kingyos*, bettas, coridoras e acarás. Não fosse a lama agarrada às pernas, esvaziar a água de aquários em uma casa alagada soaria cômico. Os movimentos de todos se concentram no salvamento do cardume de um, que ironia, possível afogamento. A mera ideia produz na garganta de Nina uma tosse prima das cócegas.

Kaede mergulha no aquário uma xícara que, depois de afugentar um acará-bandeira, emerge transbordante. O conteúdo é entornado a esmo — todos os cantos já estão molhados mesmo. A enxurrada roça um pouco acima da panturrilha. Nina engole a vontade de levar uma existência menos anfíbia. Reclamar seria gastar ar à toa. Nunca termina nada a gente que se distrai com besteira, a avó sempre diz.

— Já dá para subir, não está mais tão pesado, *né*? Não vai mais quebrar se for levantado. Há no esforço de Kaede o realce de uma velhice que era menos perceptível em sua imobilidade elegante de mais cedo. Porém, ela insiste em segurar uma das laterais do aquário junto com Takeshi, tia Yukiko e Nina. As fragilidades de Kaede emergem na luta contra a gravidade. Os pés afundados na água se movem devagar, lentidão aumentada sob o peso de vidro, pedrinhas coloridas, alguns dedos d'água e bichos aquáticos. Baldes de alumínio tombados navegam entre as calças feito fragatas naufragadas. Kaede os havia escolhido como protetores do carpete contra as goteiras, sem saber que a chuva seria forte e duraria o suficiente para transformar ruas em riachos, para invadir a casa e trancafiar pessoas. Folhas de papéis passeiam pela superfície, croquis que se desfazem ao serem tocados.

A setter de Kaede cumprimenta o aquário com latidos. A cadela rodopia e dá saltos curtos, uma comemoração pelo resgate. Falta mais um aquário, o maior. A exaustão atravessa os ossos. Antes que Nina desça os primeiros degraus e retorne ao andar debaixo, a avó cruza seu caminho, um borrão que se perde escada abaixo, e não escuta aos chamados. Emerge abraçada a uma bolsa, o rosto entortado por uma careta de dor. Kaede transita em sua frente com uma indiferença capaz de transformar presenças em ausências. A avó disseca a bolsa, retira cadernos amolecidos pela umidade. São os antigos diários, Nina reconhece. A avó os acaricia com um arrebatamento. As páginas onde se encontravam traçados já empalidecidos pelos anos estão grudadas e ameaçam despedaçar entre os dedos. Nina sente no pescoço um arfar que infla e esvazia o peito da avó com força durante o abraço. É, não existe mais nada.

Frestas

Julho de 1943.

Quando menina, Aiko ouvia sozinha a dança das horas na madrugada. Uma brisa varria até ela um farfalhar de folhas e, nas noites de verão, um coaxar distante. Os sapos cantavam em uma insistência de súplicas, feito crianças mimadas contrariadas pela primeira vez. Não havia trégua em seu *quero-quero-quero*. Naquele tempo, a família era grande, mas só ela escutava o frêmito da noite, com as pálpebras desabrochadas no escuro.

Deitados em futons recheados com palha de milho, os outros se mantinham mergulhados em uma serenidade não vista em suas feições à luz do dia. Insone, Aiko gostava de cerrar os olhos e imaginar a calma dedilhar o sono do pai e dos irmãos feito os encontros e desencontros da palheta com as cordas esticadas de um *shamisen*, tocado para acompanhar uma peça do teatro de marionetes. Também se convencia de que o sopro de ar lá fora escapava pelos buracos de uma flauta de bambu gigantesca, suspensa no céu. Ela não resistia, sempre permitia a expansão das próprias fantasias em embelezamentos daquilo que de outra forma seria ordinário.

Quando Aiko abria os olhos, tudo o que os tímpanos capturavam eram roncos, respirações descompassadas, tosses secas, mais roncos, uma ou duas frases perdidas no espaço e toda sorte de sons fugitivos em uma travessia para fora das mandíbulas amolecidas pelos sonhos. Em noites de mais sorte, seus ouvidos pescavam a doçura de um sussurro liberado por uma das crianças menores.

Os barulhos corporais a ancoravam na realidade. Então, ela admitia para si mesma a verdade: não era capaz de recordar bem a aparência ou os sons de um *shamisen*. Tampouco se lembrava das cenas protagonizadas por bonecos manuseados pelos titereiros no palco. Não sozinha. Conhecia apenas imagens e sonoridades filtradas pelas palavras da mãe.

Era graças às memórias de segunda mão que ela conseguia fechar as pálpebras e visualizar no lado escuro do próprio crânio as três cordas de um *shamisen*, alongadas sobre a extensão de um braço de madeira. Imaginava também as linhas retesadas que percorriam uma caixa com tampo feito com a pele arrancada de um pobre gato ou cobra. Aiko sempre se compadecia dos bichos ao se lembrar desse detalhe, que a mãe destacava ao descrever o instrumento para impressionar a ela e a seus irmãos. Kazumi ria de como o assombro engrossava as vogais que escapavam da garganta das crianças.

O som do *shamisen* devia ser parecido com o do violão tocado por Jacinta. Ambos nasciam com o despertar das cordas. Porém, a mãe dizia que o *shamisen* produzia uma música longínqua, como se arremessada de épocas perdidas e, por isso, triste. Aiko sabia que os impulsos da própria imaginação nasciam da ausência materna no quarto. Ela se sentia mais próxima da mãe quando pensava em algo descortinado por suas histórias.

Depois de um tempo dedicado a espreitar o velho quarto, Aiko não tardava a engatinhar pelo escuro à procura das frestas que o desencaixe das tábuas de madeira criava nas paredes. Havia um vão mais alto que, no minuto certeiro, revelava um pedaço do céu negro recortado pelo círculo lunar.

Essa fenda a obrigava a ficar em pé para dar suas espiadelas. O erguer-se no quarto de dormir era acompanhado por risco de tropeções. Ainda assim, aquela era sua fresta favorita. O vão a chamou antes de todos os outros, logo que a família se mudou para o sítio. Nas primeiras noites, Aiko ainda tinha de se apoiar nas pontas dos pés para enxergá-lo.

A abertura permitia a entrada de um fiapo de luz, um desafio às sombras que a amedrontavam. O temor passava rápido, pois, depois de alguns vislumbres, a menina que ela foi se lembrava da história do coelho na lua, manipulando bolinhos de arroz enquanto o mundo adormecia. A Aiko pequena se convencia de que, embora a estreiteza da fresta não permitisse distinguir as duas orelhas alongadas contra a superfície lunar, ele estava lá. Era muito criança quando começou a dormir no casebre de madeira, com medo da mata e suas feras. Tudo aquilo que configurava o ainda desconhecido tomava formas ameaçadoras em sua imaginação. Naquela época, ela temia monstros e se confortava com coelhos na lua. Não tinha ainda recordações de pentes de tartaruga, olhos abertos na escuridão e mariposas brancas.

Às vezes, quando a falta de sono a deixava sozinha, as perguntas começavam a borbulhar dentro de Aiko. Ela sentia as interrogações se dilatarem e estourarem como o fervilhar dos cozidos preparados por Kaede no pote de barro sobre o fogo. As questões tinham películas transparentes, finas, capazes de se desfazerem rápido e serem substituídas por outras. Uma dúvida era a mais obstinada. Até mais crescida, Aiko ainda ansiava saber se a mãe havia sentido seus olhos quando ela espiou para dentro e não para fora da cabana numa tarde. Era o sétimo mês no ano 18 da Era Showa.

Naquele dia, ela havia sido expulsa do quarto por Haneda. Contrariada, só contornou a casa e procurou por suas queridas frestas. A parteira a havia espantado com um tapinha leve e uma bronca enrouquecida pelo cigarro de palha, fumado sem a própria família saber. Anda, anda, vai, Aiko. Aqui mais atrapalha que ajuda, então melhor ir embora. Haneda a irritou. Havia atropelado Aiko logo que surgiu esbaforida na porta. A aproximação era tamanha que ela engoliu um pouco da respiração acre da mulher, sem querer. O nó da chateação só se desfez porque Aiko encarou a mala de vime, e a certeza de que o bebê viria mesmo naquele dia se encorpou. Kaede tinha razão, era a hora. O objeto trazia mais promessa de um parto do que o arfar da mãe ou a poça d'água que ela deixou no chão batido da cozinha. Sempre que Haneda adentrava os lares nos arredores com a maleta de vime feita à mão, deixava como rastro um choro de recém-nascido.

A expectativa do nascimento transformou Aiko em sombra das figuras que acudiam a mãe. Ela as seguia, estava lá, porém se fazia inútil de tão abobalhada pelo calor tanto quanto pela solenidade do acontecimento — ou com a qual a própria Aiko enfeitava a ideia do começo de vida. Fora os efeitos da ansiedade que a aturdiam, o gestual acelerado de Haneda tinha uma beleza de coreografia. Era prazeroso assistir. Os movimentos eram provas ágeis de veridicidade da história sobre ter sido enfermeira em um hospital de Hiroshima antes de cruzar oceanos e se tornar a parteira de uma colônia.

Ao contrário das sombras, entretanto, Aiko ocupava espaço e os corpos das outras esbarravam em seus membros inertes. Haneda a expulsou, apesar de deixar Kaede permanecer. Aiko obedeceu rápido. Nem sempre era a criança teimosa que diziam. Ela entendia. *Nee-chan* era mais velha — casaria primeiro. Precisava ser íntima dos partos e bebês. Já havia completado dezoito anos. O lado bom é que *nee-chan* aprendia tudo muito rápido. A mãe contava que ela havia sido quem demorou menos para dominar o português, ainda no mar, a caminho do Brasil. Também já costurava melhor do que a mãe, o que começou a fazer a partir da observação e mimetismo.

Apesar de obedecer à Haneda, Aiko não conseguia ir longe. Uma fita a atava à cabana, fazia dela uma abelha à procura de sons fugidios e frestas na madeira como quem cerca um apiário. Logo encontrou um vão que permitia vigiar a mãe dentro do casebre, bonita apesar do rosto contorcido e os cabelos molhados de suor.

Ao rever aquele rosto impresso nas fotografias, Aiko percebe que não era seu carinho que o mascarava. A beleza de Kazumi era incomum. Ela tinha traços harmoniosos, uma combinação bem desenhada de lábios, nariz, olhos e queixo. O sofrimento daquele semblante querido reverberava até Aiko. Contudo, ela estava presa. Era cativa dos vislumbres de Haneda, Kaede, tia Hanako e Tanaka-*san* ziguezagueando em torno do corpo da mãe. A expectativa que umedecia a respiração segurava seu corpo. Foi assim até a mãe gritar.

Depois dos gemidos, a batida dos pés de Aiko contra a terra seca foi tão forte que ecoou dentro na cabeça, atravessou a parede de osso. No entanto, seria insuficiente para abafar sons, impedi-los de persegui-la e encontrar. Os berros da mãe soavam mais animais que humanos, sílabas embaralhadas de um idioma desconhecido aos ouvidos, como a fala das pessoas nos primeiros dias dos Fujikawa no Brasil. No tempo da chegada, tudo era espanto — porém, tingido de curiosidade. Agora era o terror que a subjugava. Os gritos da mãe eriçavam os pelos do braço, arranhavam até a hipoderme, davam pavor. Vinham de uma boca e uma garganta feitas da mesma carne que a sua, o que a assustava, pois significava que ela estava condenada a guardar uivos como aqueles até não aguentar mais segurá-los. Estava à espera das mesmas dores desde que nasceu, embora não soubesse antes.

Ao se afastar do casebre, Aiko sentia-se encarnar um soldado que se entregava à deserção, enquanto a vida desmoronava em suas costas. Era fácil pensar nos militares. Todos falavam tanto da guerra mesmo quando os Fujikawa e os outros colonos foram proibidos de ter rádio em casa por serem japoneses alguns meses antes.

Aiko correu, correu, correu, sem se atentar à direção, abaixo do julgamento barulhento de uma revoada de papagaios. Sentia o raspar de ar para dentro e fora das narinas e, não raro, da boca que se abria sem um comando do raciocínio num movimento que secava a garganta e a língua. A respiração seguia o ritmo do bombeamento sanguíneo, meio disparo, meio atordoamento. Ela se distanciou até se perceber sozinha diante de um algodoal. Julgava ser a plantação dos pais, que Aiko mesma frequentava para trabalhar ou roubar maçãs de algodão antes de a maciez branca arrebentá-las. No entanto, estava tão sem rumo que as pernas poderiam tê-la conduzido para qualquer lugar.

Escondeu-se ali, o corpo desabado na terra, enquanto sua mira percorria os arbustos. Sentia um desejo de se desprender de lugar e tempo. E conseguiu. Viu a fibra felpuda do algodão se transformar em neve, apesar do sol queimar seu rosto.

Quando Aiko mencionava o inverno do Japão, *nee-chan* sempre ria. A quem Ai-*chan* quer convencer que se lembra tão bem, de verdade, da neve? Era uma menininha, não se lembra direito nem dos avós nem da doceria. A descrença a exasperava, pois tinha fundamento. *Nee-chan* não sabe o que guardo na cabeça. Não tem como ver. As conversas bobas toda vez terminavam em gargalhadas, a que Chiyo e Ken-*kun* assistiam em confusão. As brincadeiras das duas faziam parte de uma cumplicidade excludente.

Aiko plasmava cenários compostos com matéria que presumia ser do próprio passado. Era capaz de sentir o frio dos flocos que se desfaziam ao tocar a palma da mão, dando lugar a uma gota, vivenciar os pés cederem ao pisotear o solo afofado, enxergar as partículas embranquecidas em queda suave contra um céu escuro. Mas viveu isso mesmo ou experimentava o que outros descreviam?

Ela mais se recordava da cantiga que a mãe entoava e as outras crianças repetiam quando ajudavam na colheita do algodão. "A neve cai densa, o granizo cai denso. Ela cai, cai. Empilha mais e mais. As montanhas e os campos vestem chapéus de algodão. As árvores mortas estão carregadas de flores brancas. A neve cai densa, o granizo cai denso. Ela cai, cai. Empilha mais e mais. O cachorro corre alegre pelo jardim, o gato se enrosca debaixo da mesa quentinha."

Deitada, com o olhar em rotação pelo algodoeiro, ela lembrava e cantava, admirada com como a própria voz soava mais delicada quando corria baixinho para fora da boca. A palavra neve formava um bico em seu rosto, como se os lábios se comprimissem em um beijo que, não direcionado para ninguém em especial, morria no nada. *Yuki*. A neve era bonita o bastante para a paisagem das lembranças inventadas protegê-la dos gritos da mãe, agora tão distantes que se dissolviam.

Ao olhar os algodões, Aiko também revia as confidências de Kaede liberadas em sussurros, no tempo em que elas brincavam no balanço do jatobá. Quer saber um segredo? Não diz a ninguém? Eu não gostava tanto assim de quando nevava, principalmente depois do primeiro dia. Era frio. Derretia e se misturava à sujeira nas ruas. Queimava as bochechas, os dedos, os ossos. Meus dentes tremiam contra minha vontade e raspavam uns nos outros.

A mãe gostava. No décimo segundo mês, quando as chuvas faziam uma sinfonia abafada em volta do sítio e o sol deixava os cabelos grudentos de transpiração, ela lembrava às crianças que no Japão seriam os flocos de neve que se desprenderiam do céu: *À noite é ainda mais bonito ver o branco invadir a paisagem azul-escura.*

Quando Aiko voltou para casa, à tardinha, todos estavam felizes. Ninguém reparou em como a terra se agarrava a seu corpo suado e manchava as costas do vestido de chita. Papai anunciou em um sorriso que o bebê se chamaria Yukiko, nome pronunciado com clareza pela mamãe logo após vê-la pela primeira vez, ainda em meio à exaustão do parto. Yukiko, criança da neve. Aiko sentia arrepios. Era como se a mãe a vigiasse o tempo todo, mesmo quando estava longe.

Desenterro

Agosto de 1943.

Toda repetição se faz dolorosa, Kenji sente. Os ossos dos braços triplicam de peso com a movimentação contínua. A lâmina é fincada mais uma vez no solo escurecido pela água. A mão, gasta pelo raspar da madeira, arde, porém Kenji persiste no afundar-empurrar-levantar. Ver a sombra de Aiko imitá-lo e ouvir as batidas da enxada manuseada pela irmã dão uma sensação de eco.

As recorrências da vida sempre o deixaram inquieto. Foi assim desde que ele percebeu que todo hoje espelharia um ontem e o amanhã traria acontecimentos já vistos, porém com ligeiras deformações. Seria assim, tudo igual, enquanto permanecessem naquele país e naquele sítio, os dias constituídos dos mesmos trabalhos na roça e na rotina doméstica. As manhãs, tardes e noites corriam de forma tão semelhante que a monotonia adentrava o peito feito um prego torto. Havia até criado ferrugem.

A repetição machuca mais ainda nos pequenos gestos. Cavar é prova disso. Afundar-empurrar-levantar, afundar-empurrar-levantar numa insistência do sem-fim. Apesar de velha, a enxada é boa para capinar. Não para desenterrar. A pá nova seria muito melhor em abrir buracos no jardim, mas Kenji não a encontrou. Havia sido descuidado, como o pai o alertava desde criança para que não fosse. Guarda direito essa pá, Ken-*kun*! Não pode tacar as ferramentas em qualquer canto assim com esse desleixo. Tudo custa dinheiro, sustenta a gente e não brota do chão. Tem que cuidar da pá igual um guerreiro zela pela *katana*.

Ao afogar com café quente a gargalhada seca em formação na soleira da língua, Kenji recebia a ardência na garganta como uma punição merecida. Que queimasse, ele merecia por zombar do pai, ainda que em silêncio. Mas a comparação entre samurais e agricultores nunca falhava em fazê-lo rir, principalmente quando Ai-*chan* estava perto o suficiente para os dois se entreolharem. A investida soava boba, porque buscava apelar para suas fantasias de menino, uma criança que ele já havia deixado de ser. As histórias sobre Nobunaga, Shingen e Hanzo não tinham mais o mesmo efeito de encantamento. Vinham de um passado distante, ao qual ele não pertencia. O presente é a plantação de algodão e uma vila no meio do mato onde nada emocionante acontece.

Era com lentidão que Kenji sempre recolhia a enxada ou a pá largada no chão do jardim. Contudo, quando começava a limpeza, era absorvido por ela, removia cauteloso a terra agarrada à lâmina, sentindo a água do poço refrescar as mãos. Quando ouvia as broncas do pai, guardava os instrumentos no pequeno depósito de pau a pique. Nos últimos dias, não houve tempo ou ânimo para broncas, por isso a pá nova e boa de Kenji foi perdida enquanto uma velha e ruim era empunhada pela irmã. Sobravam as enxadas para ele escolher.

O arfar ruidoso do peito de Kenji e Aiko abafa o som do gotejar de água das folhas até a terra, resquícios de uma pancada de chuva passadiça, que havia marcado o caminho de terra com poças e deixado um cheiro de fertilidade no ar. A água cai aos poucos do telhado e salpica a superfície dos objetos como se suassem. A lâmina penetra o solo com mais facilidade que no tempo seco, porém o esforço do que poderia ser dezenas de minutos ou uma hora já enfraquece os músculos. Kenji limpa o suor da testa. Não pode desanimar, a mãe merece o esforço. Ai-*chan*, que é menor e mais leve, demonstra desconhecer a vontade de descanso. Ele não pode parar. Mas, apesar da insistência, parece que a enxada nunca baterá na caixa de madeira.

Quando o buraco aberto parece grande demais, eles dão passos para o outro lado, arrastam as enxadas e recomeçam uma nova cova. Kenji tinha certeza. A família havia cavado um círculo próximo ao jatobá na tarde quando enterraram a caixa. No entanto, ele e a irmã haviam aberto um fosso em torno da árvore sem encontrá-la. De tanto andar para lá e para cá, a calça e a saia estavam cheias de carrapicho.

— *Nii-san*, e se a terra molhada engoliu a caixa mais para o fundo? — Chiyo lança da varanda a pergunta, observando-os na ponta dos pés. A irmãzinha fica ao lado do pai, que não responde e conserva o rosto enrugado em uma seriedade. Os olhos do homem têm um brilho de febre — quase igual ao da mãe. Ele funga, Kenji percebe depois de um tempo. Tenta ocultar o choro com as mãos, mas é audível. Depois de um tempo, esfrega os olhos. Parece até que sua intenção é arrancá-los.

Kenji ouve o baque dos passos contra o chão. O pai se distancia com a cabeça enterrada nas mãos abertas em concha. Os ombros tremem em um soluço desajeitado que lembra um gargalhar. O som de sua garganta se amplia. É como um choro de criança, porém o timbre grave cria uma mistura estranha. Kenji sente as bochechas queimarem por perceber uma explosão tão íntima do pai, cuja figura pálida marcha para dentro de casa, zonzo e murmura o nome "Kazumi" fundido a outros sons. Chiyo o segue, depois de mirar os irmãos uma última vez.

O olhar de Aiko o interroga, mas antes de ouvir uma resposta, a irmã retoma a escavação. Kenji até pensou em seguir para dentro de casa e acudir o pai. Não podia parar. A vista varre o jardim, alcança pontos ainda não tocados pelo desenterrar. Ele avista os próprios pés atolados de lama até o calcanhar. Kenji sente a sujeira grudada nas mãos, pernas e bochechas. As palmas latejam de tanto roçar no cabo de madeira. A língua já tem gosto de terra. Ele acredita que se fizesse um intervalo curto para lamber dentro da própria boca, encontraria um grão ou outro entre os dentes. Não iria parar, porém. Aiko está imunda na mesma medida, sem fôlego e ainda cava. Kenji perfura também a própria memória, busca reencontrar a si mesmo em outro tempo.

***

Toda vez, revia em primeiro plano a manhã anterior, quando avistou a figura da mãe. Kenji tentava despertar, mas os membros permaneciam imóveis. A boca havia esquecido como emitir sons e os olhos custavam a abrir. Quando finalmente as pálpebras se distanciaram, o mundo estava mais claro e embaçado.

Kenji avistou os contornos da cozinha, onde havia adormecido para dar mais espaço aos cuidados com a mãe no quarto. Deitado entre Aiko e Chiyo, sentiu os chutes das duas irmãs durante a noite. Ainda não conseguia elevar os braços. Estava preso num ato que não era mais sono, porém não se tornara ainda um desadormecer. O empenho para se levantar ou abrir mais os olhos causava dor.

Quando as pálpebras se distanciaram, ele avistou o vulto que arrastava os pés pelo canto esquerdo da cozinha, perto de onde ficava o fogão a lenha e a pia. Foram poucos segundos, porém seus olhos distinguiram bem as feições da mãe. O corpo estava envolvido pelo quimono, com estampas idênticas à do tecido trazido do Japão. Não havia dúvida.

Se contasse para Kaede, ela falaria em cansaço, em reflexos do sol, em miragem, em vestígios de um sonho. Por isso, ele não disse nada à irmã mais velha. Sabia que não haveria como a mãe se levantar no quarto ao lado, onde se retorcia de febre e dor. Muito menos poderia trajar o quimono enterrado no jardim. Já Ai-*chan* acreditou no primeiro sussurro. E se mamãe queria dizer algo? O que seria? E se ela quiser o quimono?

Kenji sentia uma certeza se expandir pela própria respiração. Tinha visto o fantasma de uma pessoa viva. Parecia loucura, mas a mãe contava histórias nas quais as aparições de quem ainda não havia morrido surgiam. Às vezes, até possuíam corpos, ela dizia. Se no Japão era possível, no sítio onde moravam japoneses também seria. Ele vira Kazumi com nitidez, não tinha como negar. Kenji soube que precisava desenterrar o quimono, verdade que ele e Aiko ruminaram em silêncio até tomarem coragem de empunhar a velha pá e a enxada. Só não imaginavam que seria tão difícil encontrá-lo.

***

A memória toma outro rumo. Kenji saboreava novamente o estourar doce e quente das jabuticabas. Um pigarro o assustou. Tio Mitsuo fazia gestos insistentes, estacionado atrás da porteira na espera de ser percebido pelo sobrinho. O anunciar do tio nem sempre se fazia quieto assim. Mitsuo era estrondoso, ocupava espaços largos. Era diferente do pai de Kenji, mais contido e tímido. O tio costumava repetir nomes em suas invocações em um crescendo até ser ouvido, acelerava o pronunciar das últimas sílabas. Parecia até um latido. Naquela tarde, foi silencioso, porém seus gestos atraíram Kaede e a mãe. Kazumi estava pálida e inchada, com os cabelos soltos despencados sobre o vestido largo. Não sabia ainda que estava doente naquele dia. A febre era interpretada como uma sequela do parto recente. Ela não fazia ideia de que logo definharia.

— Não queria acordar Kazumi. Ou Yuki-*chan*. — Mitsuo esboçava um sorriso envergonhado de quem se desculpa. As figuras da mãe e de *nee-chan* logo se juntaram à dele, encolhidas a cada passo. Permaneceram contra um sol que os reduzia a silhuetas opacas, cochichavam palavras disformes cujo significado escapavam a Kenji, preso na inércia nascida da preguiça. Vê-los buscarem a pá aguçou sua curiosidade e o fez cuspir no mato as cascas da jabuticaba.

— Tem certeza de que é verdade? — As interrogações sempre deixavam os dentes de mamãe visíveis, porque, ao pronunciá-las, ela não fechava totalmente os lábios.

— Todos estão falando — Mitsuo passou a expulsar as frases num só fôlego. Kenji imaginou que ele estivesse cheio de ansiedade pelo teor do assunto, ou de cansaço da corrida com carroça até o sítio. Antes, tio Mitsuo tinha um caminhão Ford com qual transportava carregamentos de sacas de algodão, mas se viu obrigado a passá-lo à frente por conta das restrições à venda de combustível e dificuldade para abastecer. Com o dinheiro, comprou uma carroça com um cavalo magro.

— Levaram tudo das famílias e ainda prenderam gente no xadrez. O decreto é pra confiscar bens para compensar os prejuízos da guerra. É preciso tomar providências antes de acontecer o pior conosco.

Kenji então entendeu, e sentia a raiva endurecer os músculos faciais. Eram de apreensões que eles falavam, do rumor que de que a polícia batia nas casas de japoneses em busca de armas clandestinas, rádios, livros japoneses e documentos comprometedores. Às vezes apreendiam posses valiosas, diziam por aí. Antes, o pai reclamava do congelamento de bens para indenizar o país pela guerra, agora isso. O corpo se inflamava e ele fazia movimentos bruscos. Não tardou para que o vissem e dessem ordens.

Mamãe e tio Mitsuo regiam o andar de Kenji e de Kaede para que buscassem tudo aquilo que parecesse vindo do Japão, político ou caro e merecesse ficar a salvo. O melhor era não correrem riscos. Foi Kenji quem agarrou sem cuidado o quimono da mãe. Enquanto o carregava, admirava os desenhos brancos, vermelhos e roxos destacados contra um fundo laranja, uma erupção de crisântemos, leques e folhas soltos pela estampa. O tecido tinha nuances de um nascer do sol. Nada era mais japonês para Kenji que aquele quimono, nada mais precioso na casa toda, até contrastava com a simplicidade do lugar.

— O quimono não! — mamãe disse. Porém, antes que Kenji e Kaede se virassem, ela pediu que voltassem com o quimono e apenas o embalassem bem antes de depositá-lo na caixa de madeira. No passado, ela o usava nas festas da Associação de Jovens, mas, agora, as reuniões não aconteciam mais. A mãe enumerava outros objetos que deveriam procurar. A fotografia do avô com roupa militar, o troféu de Kenji no concurso de oratória, o buda, livros, cartas, o retrato do imperador pendurado na parede, louças, caixas e cumbucas laqueadas, uns poucos enfeites guardados dos tempos em Kanagawa. Ela pediu ainda que pegassem uma lata enferrujada na qual guardava parte das economias. Seria uma garantia enterrar, caso quisessem confiscar. Não deixe as meninas verem para não as assustar.

As vozes de fora da casa, quase imperceptíveis, os seguiam da janela com recomendações recém-lembradas. Porém, Chiyo e Aiko perceberam o tumulto de sandálias e gestos. Elas engrossaram a comitiva da busca por objetos sem fazer perguntas. Para as duas, o deslocamento da casa até o quintal tinha um pouco de jogo. Principalmente para Chiyo, com sete anos e uma vida resumida a brincadeiras.

Gargalhadas rodeavam o ir e vir da irmã pequena, um contraste com a quietude do lado de tio Mitsuo, mamãe e *nee-chan* cabisbaixos. Kenji lia perdas na mudez dos três. O corpo da mãe em um momento parecia fraquejar e tio Mitsuo a apoiou com as mãos em seus ombros, pousadas ali por um momento longo para consolá-la.

Chiyo saltitava ao redor de todos. Para ela, não existia um passado maior do que o ontem ou um futuro mais largo que o amanhã. Era como se, ao amanhecer, os pertences enterrados pudessem ser resgatados feito um tesouro, ou merecessem ser esquecidos se surgisse uma brincadeira mais interessante, como capturar insetos na mata.

Aiko também não parecia nutrir inquietações além do medo de que a chamassem para alguma incumbência doméstica que lhe arrancasse mais do que quinze minutos. Ela dedicava seu tempo a correr feliz na expectativa de ouvir um "*irashaimasse*" sorridente quando a mandavam ir até a mercearia do senhor Hanaoka, ao armarinho do senhor Saito e, principalmente, à confeitaria do senhor Horie. A calmaria dos pequenos eventos também embalava Kenji até pouco tempo. Foi assim antes de ele perceber que o prazo para regressar do Brasil se alongava. Este é o último ano. A frase se repetia e a promessa nela contida só se distanciava. A inquietação aumentava quando ele começou a entreouvir histórias sobre os japoneses intimidados e até presos por motivo nenhum além de ser japoneses.

O desgosto pesava nos lábios da mãe enquanto ela amamentava Yukiko e assistia aos filhos enterrarem os objetos indicados por si mesma. Era raro ver sua boca tão fechada e seu olhar tão vago.

***

Arranhar a lembrança em carne viva não ajuda a encontrar o local de sepultamento da caixa. Kenji está pronto para corroer todo o quintal. O lusco-fusco acinzenta as folhas e a ausência do sol resfria o suor debaixo das roupas. No escuro, o jardim perde contornos e parece rarefeito.

O cansaço queima os músculos, combustão que libera uma fúria capaz de esfumaçar a visão, de alimentar os movimentos mecânicos da escavação. Cada vez que a lâmina encontra só o barro, Kenji sufoca um xingamento pronto para estourar. De início, ele não sabia a quem, depois direcionou a raiva aos policiais que perseguiam os japoneses, aos *gaijin* civis que os chamavam de "quinta-coluna" — como ele odiava essa expressão! A polícia, diziam, era pior, os interrogava, prendia, roubava seus bens. A ideia de encontrar policiais esfria o sangue de Kenji. Ele rumina o medo, sente na boca o gosto amargo da noção de que provavelmente nada faria se houvesse uma batida em sua casa, que teria de segurar o choro, sacudindo como uma vara verde. Ou correria para se esconder na mata. Imaginá-los é o suficiente para se sentir nada mais que um menino.

A ele só restava cavar, cavar, cavar. O jardim florido cultivado pela mãe e por Kaede é agora o cenário de uma calamidade. Buracos de tamanhos diferentes rasgam o solo como se fossem covas rasas prontas para receber uma população de animais pequenos dizimada por uma praga. Pouco importa a destruição agora. Kenji seguiria até encontrar a caixa.

As mãos parecem engrossadas quando ele finalmente sente a pancada do metal da enxada contra a madeira retumbar no topo do próprio crânio. Movimentos acelerados ajudam a revelar a caixa. Aiko pula no buraco antes que terminem de cavar, usa as próprias mãos como se a madeira guardasse um ser em processo de sufocamento. Ela abre a caixa com as mãos sujas, reconhece os objetos pelos dedos. O quimono está abaixo de tudo, dobrado. O tecido é bonito como Kenji lembrava. Ele esfrega as palmas nas partes menos sujas da própria roupa, acaricia a seda, toma as peças das mãos sujas da irmã, separa todas as partes da vestimenta, reconhece o peso. Enquanto Aiko deixa escapar uma palma de comemoração, Kenji abraça ao quimono como a um bebê — com mais ternura do que já havia sentido ao carregar Chiyo ou Yukiko. Apesar da brisa noturna, seu corpo se aquece, como se acalentado por algo que parece alívio e beira a alegria. O sorriso no rosto, reflexo da expressão que faz os dentes de Aiko brilharem no escuro, esmaece quando ele se lembra de que se o quimono em seu colo não animar a mãe ou salvá-la, poderá ser uma roupa de funeral.

Passeios

Agosto de 1943.

Para lá do arame farpado, a vida segue igual sempre. O trem faz estardalhaço toda hora que cruza a cidade. As rodas dos carros de boi andam com seu *nheque-nheque*. Um tucano aparece de tarde para dar bicadas no pé de mamão no sítio dos Tanaka. Machuca as frutas. O algodão é arrancado, guardado em sacos, carregado para tão longe que não dá pra Chiyo medir. Só o correio que não traz mais cartas do Japão. Chiyo às vezes se pergunta como os avós estão. Então, os esquece. As crianças das outras famílias andam para lá e para cá. Ela ouve os passos e as risadas. Algumas acenam quando a veem. Estão tão tranquilas. Uma raiva rói o estômago sempre que as avista com ar despreocupado. A mãe delas não está doente. Meninos estúpidos!

Lá fora é bom. As lojas abrem todo dia. As pessoas podem rir sem culpa. As famílias tomam café e falam do tempo, da roça, da vida, e não de doença. Mas Chiyo preferia ficar com a mãe. Estaria lá mesmo que ela gritasse, espumasse, sujasse a cama igual a um bebê. Igual a Yukiko. A irmãzinha é ruim, trouxe a doença. A bebê permanece no casebre. Fica amarrada às costas de Kaede, balança as perninhas gordas. Não é justo! Se Chiyo é pequena, Yukiko é mais.

De manhãzinha, *nii-san* e Aiko começavam a arrastar Chiyo para fora do sítio. É uma luta. Ela sabe que se fincar os sapatos na terra, fica mais pesada. Empaca, se faz bicho. Eles vão mesmo a chamar de mula, não vão? Vergões vermelhos ficam à mostra nos braços finos durante a disputa. Ela responde aos puxões com gritos agudos. Fecha a boca com mordidas que parecem gastar os dentes.

Deixa marquinhas serrilhadas. A carne dos irmãos é salgada. Se doeu, muito que bem, eles pediram. Parece até feio ir embora para onde é bom se a mamãe da gente não pode ir junto.

Aiko aponta para mariposas, para o canto dos pássaros, para os boizinhos no pasto. Olha, Chiyo, os bichinhos! Kenji segue as irmãs com a testa tombada em direção às chinelas arrastadas sobre a terra. Parece ter medo de cair. As maritacas levantam voos em bando, soltam penas que Chiyo agacha para examinar. São feitas de uma maciez verde, cinza e amarela. Os irmãos passam por outras crianças soltas pelas estradas. Elas vivem num ócio quando não ajudam os pais na roça ou se não vão para escola brasileira. Não têm mais as escolas japonesas e as associações esportivas. O menino dos Tanaka fica na frente do sítio da família. Isao é como ele se chama. É o irmão caçula de três homens já grandes, muito mais velhos que *nee-chan*, que já é bem crescida. Ele golpeia o ar com um bastão de beisebol. Faz Aiko acelerar o passo quando atravessa a entrada dos vizinhos. Chiyo via a irmã evitar o garoto, mas não sabia o porquê.

Também cruzam os Tomizawa. Sempre em grupo de cinco. Os meninos transitam entre as cercas e porteiras como redemoinhos de riso, braços e esbravejamentos audíveis para quem passar. Keiko, a mais velha, tem cabelos longos e os usa sempre soltos. São fracos, os fios. A mãe de Chiyo diz que é bom cortar o cabelo das meninas, quando pequenas, para crescer mais forte. Ela e Aiko têm penteados curtos, no mesmo corte. Os cabelos das duas vão até a altura do queixo e franja reta cobre um pouco da sobrancelha. Keiko é a única garota da família Tomizawa. Dá cascudos nos irmãos menores para se fazer obedecer.

Os garotos chamam Kenji para caçar pedras boas e atirar sobre a superfície do rio ou para ver algum sapo-boi que haviam agarrado. Agem como se mal enxergassem Chiyo e Aiko. A própria irmã é a única menina que eles aceitam. As outras garotas fazem parte de uma casta à qual são indiferentes. Não acham que vale a pena brincar com elas.

— Não! Vamos caçar ninhos! — Keiko manda e encara a todos para medir reações. — Vocês também vêm! — grita para Chiyo e Aiko.

Os Fujikawa não têm ânimo para formar um "não" com a boca, embora falte a eles a vontade para o convívio com outras crianças naqueles dias da doença da mãe. Seguem os Tomizawa arvoredo adentro. Às vezes, enquanto costura caminhos pelo verde, Chiyo se esquece de como a mãe uiva e se debate. Animada, desaparece e se une aos irmãos só depois de alguns minutos. Eles ameaçam voltar para casa e deixá-la para trás no mato se ela tornar a fugir.

— Não me perco. Nada vai acontecer. Sou como o Momotaro. — Chiyo tem uma predileção pela lenda do herói. Ele nasceu de um pêssego e come *kibi dango*, doce que o pai fabricava no Japão. Até decorou as aventuras. Ouviu tantas vezes sobre como Momotaro combateu demônios. A história tinha raízes em Okayama, terra do pai e de Kenji, e de Kaede, e de Aiko. O irmão é quem mais a contava para Chiyo, por isso ela acredita nele mais do que em qualquer pessoa.

Os Tomizawa riem de sua animação.

— Chiyo-*chan* é muito bebezinha!

As crianças andam atentas às raízes e aos ruídos bichos. Não raro, encontram ninhos de corujas abertos no chão e seus filhotes de expressão admirada. Keiko os espia, mas orienta a todos que fiquem longe dos quero-queros.

— São muito brabos. Um já correu atrás de Shinji. — Indica o irmão mais novo com a cabeça.

— Noooossa, Shinji levou um tombo feio naquele dia. — O mais alto dos Tomizawa, que Chiyo demorou a descobrir se chamar Hiroshi, gargalha.

Quando avistam ninhos no alto das árvores, Chiyo é quem escala os troncos, rápida como um gato. A altura não a assusta. Os garotos Tomizawa pedem que ela traga ovos e levam tapas da irmã.

— Deixa os pássaros nascerem em paz! — Keiko dizia para os meninos e se virava para Aiko. — Você pode brincar sossegada.

Sua mãe vai ficar boa. Meu pai contou que conheceu um *gaijin* que pegou essa doença, ficou muito mal e sarou.

Aiko concorda sem abrir a boca. Procura uma desculpa para sair da mata e ir com os irmãos para outro lugar. Parece ter sido ferroada por uma vespa de tanta pressa. Não tem medo de mentir. Temos que fazer compras. Vai chover e deixamos roupa no varal. Prometemos ir ver Jacinta e já está tarde.

Os três encurtam o caminho até a cidade quando algum carroceiro é bondoso. Chiyo se admira com os bois, ora tão magrinhos, ora tão grandes que dá medo de que pisoteiem uma pessoa. Quando chega, corre até as lojas, a sombra seguida pelos irmãos. A própria casa fica tão longe quando se apalpa os produtos que não se vai comprar. As mercadorias, sim, têm cheiro, são tenras ou ásperas, prometem sabores. Os comerciantes não os recepcionam mais com o japonês alegre de sempre. Falam um português truncado, cautelosos com quem poderia estar nos arredores. É estranho conversar em outra língua com japoneses.

Sobra tristeza nos balcões empoeirados. As lojas andam mais vazias naqueles dias. A palavra racionamento é repetida. Significa que a família não pode levar açúcar para casa e que teria de usar as pedras de sal antes dadas aos bichos na comida. Às vezes, o arroz escasseava, e não se podia mais comê-lo com bacalhau no café da manhã, só em outras refeições do dia. Às vezes, o bacalhau é que não vinha ou a carne era pouca e *nee-chan* tinha de ficar na fila.

Naqueles dias, os passeios terminavam muitas vezes na casa de Jacinta, no limiar onde começa a cidade e termina a área dos sítios. Ela e Sebastião, seu marido, eram rostos amigos. Trabalhavam como peões na colheita do algodão desde que Chiyo nasceu, mas, nos últimos tempos, se dedicavam mais à própria roça. Assim como os Fujikawa, Jacinta saíra de longe, embora não tivesse atravessado o mar e sim longas fatias de terra. A cadência de sua voz transportava um pouco do ar e da terra de Barreiras, na Bahia, onde ela contava ter nascido. Parece longe quando Kaede mostra no mapa. Não tanto quanto o Japão, é claro, porém bem distante. Não dá para ir e voltar a pé. E de carro de boi levaria muitos dias.

Chiyo gostava de perseguir as galinhas soltas no quintal de Jacinta e jogar tocos de madeira para Nenê, a vira-lata do casal, junto com Kenji. Jacinta se sentava perto das crianças para contar sobre a romaria do Senhor dos Aflitos, a festa de São João, na qual dançava o xaxado e da seca, que a havia feito perder a vontade de dançar. Agora tudo estava no passado.

Na ausência do marido, Jacinta fumava cachimbo, tocava violão e tentava, sem sorte, ensinar Aiko a imitá-la. Antes, quase arrancava o instrumento do colo da amiga para fingir que sabia dedilhar. Agora não há ânimo nas suas mãos. Só Jacinta é quem toca e canta feito antes. O timbre da mulher fala de um mar que desconhecia, mas ansiava por ver. Chiyo ouve, embora nem sempre permaneça a seu lado. O pensamento voa. Vai para além dos arvoredos e das plantações e paira sobre o casebre. Pousa lá onde *nee-chan* acode a mãe.

Jacinta não tinha medo de nunca mais pisar no lugar em que morava, ela dizia.

— É o agora e o depois que me cabem. E o aqui. Só vez em quando penso no futuro. Mas o antes, já foi. — Ela sonha em largar a roça e ter a própria lojinha, onde venderia artigos bonitos. De resto, sente-se feliz.

Quando Jacinta acalentava Chiyo, que disparava a perguntar sobre quando ela teria filhos, a resposta era de que, por ora, estava contente em conviver com as crianças dos outros. Só quando eu tiver como dar de comer pra todos. De família grande com fome, me bastou a minha. Tive doze irmãos, acredita? Doze mesmo. Nem todos vingaram, mas era muita gente para uma casa só, muita boca pra chorar de fome. Chiyo achava a ideia um grande ensinamento e estava pronta para carregá-la para a vida. Não queria um bebê feito Yukiko.

Jacinta tinha um apego fácil às crianças. Havia dias em que ela ia até o sítio com um bolo de milho embrulhado em pano de prato e o levava até os irmãos, antes que eles saíssem de casa. Então os convidava para passeios, ganhava longos agradecimentos de Kaede. Ela se despedia, dizendo que rezaria para Nossa Senhora pela recuperação da mãe das crianças. Não raro, iam os quatro espiar o rio. Chiyo contava os passos e pedia colo conforme a caminhada progredia, ao que Jacinta respondia que, se ela sempre fosse carregada, nunca ficaria forte.

O rio se estende pela paisagem e os quatro olham por cima da ponte. Chiyo se sente pequena, menor do que já é. Ela tenta se escorar na mureta, para enxergar melhor a água. Só então Jacinta a levanta, mesmo que ela pesasse demais. Kenji traz pedras no bolso e as atira no rio. Eles sempre faziam promessas de que voltariam juntos um dia para pescar, porém nunca as cumpriam.

Jacinta parece aproveitar o passeio com mais alegria do que Chiyo. Ela dizia amar a água e lamentava nunca ter colocado os pés no oceano. Adorava mais ainda a chuva, mesmo nos dias de tempestade. Uma vez, ventava e trovejava quando voltava para a casa com as crianças, barulho que antecedeu pancadas fortes de chuva que golpeavam os ombros e as cabeças. Jacinta, então, ensinou a Chiyo que, para alguns brasileiros, os deuses não eram Amaterasu ou Susano, mas podiam ser muitos e estavam em todos os lugares. Tenho medo não, sou filha de Iansã.

Para cá do arame farpado, a vida é igual a antes. Os grilos tilintam no escuro quando eles voltam para casa. Precisam andar em passos suaves para não acordar a mãe, mas ela sempre desperta no meio da noite. Os gemidos são seguidos pelo movimentar brusco do pai e de *nee-chan* em sua direção. O corpo dela trepida, vomita, chora por ter sujado o leito. Só queria morrer logo. Tudo seria melhor que isto. Papai a abraça, diz que não importa, que tudo passaria logo, enquanto *nee-chan* se prepara para limpar a mamãe.

O silêncio às vezes percorre horas. Mas aí Aiko é quem não sossega. Chiyo sente a irmã se levantar, debruçar-se sobre o corpo adormecido da mãe, tentar ouvir a respiração dela. Os olhos da mãe se abrem. Os globos estão amarelos, perdidos no vazio. Há uma luminosidade neles que parece não pertencer ao quarto. Os olhos não refletem vida. Chiyo sente os soluços se alastrarem no peito. Para dentro do arame farpado, a noite traz o medo.

Yukiko chora

Junho a agosto de 1943.

O interior do gomo do colmo é oco. A não ser quando lá germinam princesas do tamanho de um polegar. A seiva as alimenta até a chegada do velho cortador de bambu.

A vida começa em um bioma aquático. O barulho do mar circula sempiterno como se dentro da concha. Carbono, enxofre, fósforo, hidrogênio, nitrogênio e oxigênio. Não há cores, só o escuro acortinado pelas pálpebras fechadas. Nada tem nome, uma existência feita de ainda-nãos e nunca-antes. Os pés tocam a finitude de um mundo. A casca do ovo diminui mais e mais em um abraço sufocante. A contração gera o desterro.

Fora da intimidade escura, o frio adere à pele. O pântano original se foi. A ventania arde ao invadir as janelas do rosto. O pulmão expulsa o grito para fora. Assim desperta o fôlego. A voz se faz ouvida em um universo alargado, cheio de sons. Sou, logo existe o medo. Das trovoadas atrás de um véu branco emerge o terror. A carne amassada lateja — a primeira de todas as dores.

No leito gigantesco de epiderme, o corpo reencontra o calor. O toque dos tambores sob os tímpanos se desdobra em canções de familiaridade. O bombeamento de sangue no subsolo do acolchoado onde se deita fala de uma era anterior ao tempo. A respiração reconhece o cheiro do antigo aposento, um convite ao descanso.

A fome é a dobradiça dos olhos, o choro é a dobradiça dos lábios. A língua colide com o seio morno. A boca descobre a ciência de sugar para extinguir a fome. A sobrevivência do animal se fia nas predisposições inatas. Aquilo que se chama instinto é a condição para a evolução das espécies.

Sonhos e fatos são centrifugados juntos. Adormecer e consciência se fundem em matéria indivisível. No sono todos os rodopios voltam a ser possíveis. O domicílio dos delírios do recém-nascido é o ventre.

Desamparadas, as retinas confrontam o firmamento brumoso. Cores desmaiadas delineiam formas turvas. Cabeças flutuantes dos colossos cortam a névoa. Elas espiam, desvelam as lâminas que formam duas cadeias de dentes. É medonho. Mas são as mãos que abocanham o corpo, não as bocas. Há um tropel de dedos pelo mundo, portadores de odores cambiantes.

Só uma fragrância acalma. É aquela composta por leite e o extrato das cascas de citrinos. Há o aroma chipre com notas quentes da gordura do couro humano. Há o gosto de sal e ferro. O epitélio nasal e as papilas aprendem a reconhecer o lar antes dos olhos.

As costelas são espremidas, o torso enganchado levita. Da contramão da vontade transborda o pranto. A noção do desejar se completa com a negação. O uivo entre soluços é a fala primária. O tudo e o eu se confundem nos golpes de tirania nem sempre acatada.

O estômago guarda uma ampulheta. A deusa da criação e da morte secreta leite em oferendas. A boca da criatura faminta forma um altar. Sobre o próprio colo, a deidade concebe o templo à progênie. No pavilhão auricular, ela entoa sutras ao devorador de sonhos. "Baku-san, venha comer o pesadelo da criança". O cântico sussurrado tece um casulo. Os fios de seda são uma carícia à pupa que envolvem.

A língua colide com o seio quente. A aréola febril recua para trás da névoa. Uma multidão de novos dedos engancha o torso. A fragrância nas digitais não acalma, pois é estranha. Este não é meu lar. Velhos sutras são entoados em novos timbres. Este não é meu hino. Os poros absorvem uma ausência lancinante. Os sinos dobram através das horas imensuráveis. A novilha descobre como o lamento corrói laringes.

O corpo implora pelo fim da distância inédita. A inocência proclama o desmerecimento daquele isolamento. Mas nem todo suplício se origina de um delito praticado.

A exilada conhece os ventos frios da perda. Percebe neles signos de leite, extrato das cascas. O ar carrega aroma de chipre com notas quentes. A fraqueza dos cheiros denuncia a distância e a doença. Outros abraços não consolam o abandono. A gritaria perdura em gemidos e engasgos.

A língua colide com um seio morno. É outro mamilo. Este não é meu lar. O cheiro e o gosto não exalam amor. Este não é o meu lar. A boca estranha a tessitura da pele. Este não é meu lar. O seio insiste, a língua recusa. Este não é meu lar. O sangue debaixo da pele das mamas circula um calor estrangeiro. A ausência do lar se expande na substituição, dói mais. Mas a fome, enfim, suplanta a rejeição.

Nada na existência pesa mais do que o abandono. A estrada da fuga perpassa o entorpecimento do sono. A lassidão pesa nas pestanas e pálpebras úmidas.

Mãos aveludadas tateiam o corpo. A pele reconhece os passos do balé dos afagos, reconhece o lar. Chipre, gordura, ciprino, leite. Mas também sangue, bile, muco, estercobilina, lágrimas. O cântico vernáculo treme, carregado de umidade.

A fragrância amada, então, se esvai. O templo natal perde calor, desaba. Sobra apenas a couraça pálida que não é mais ninguém. Os dedos queridos fedem a princípios de putrefação. A deusa da criação e da morte transita para o vale das sombras. A criança percebe antes de todos a extinção total do cheiro que ama. O choro acorda a uma casa inteira.

Sutra

Agosto de 1943.

Dias depois do funeral, Kaede ainda ouve ecos do sutra. Eles se confundem com o berreiro das cigarras e das folhas enquanto ela aduba a horta, quase debruçada sobre a terra. Fantasmas das sílabas se hospedam em sua cabeça. É estranho, Kaede não conseguiu prestar atenção no sutra quando foi entoado. Mas os sons se encravaram em seus ouvidos por um caminho subterrâneo. "*Bus se A mi da kyo nyo ze ga mon*"[1]. Revivida, a voz do senhor Saito soa encorpada, carrega partículas de incenso queimado, deixa um cheiro residual do outro dia.

O tom era grave, uma ressonância arrancada do estômago. O canto soa novamente sem variação de notas, impregnado no ar em torno de Kaede. É como o cheiro de sangue e doença que não larga os tecidos, por mais que ela os esfregue. "*Ichi ji butsu zai sha e koku.*" Até os olhos voltam a queimar, como olhos cansados queimam.

Os fonemas a perseguem agora. Quando foram pronunciados, tentaram alcançá-la, porém desistiram com a resistência e se afastaram. Kaede estava em um sonho naquele dia. Porque a consciência do presente era tão forte que o real parecia irreal. Os joelhos sentiam o chão, porém flutuavam. Kaede escutava melhor as batidas vacilantes do próprio coração do que o sutra durante o velório. Elas percutiam como uma série de marteladas para depois murchar. A atenção estava concentrada em manter os olhos abertos e o corpo ereto, não no senhor Saito. "*Cho ro sha ri hotsu.*

[1] Senhor Saito entoa o *Sutra de Amida* nas lembranças de Kaede.

ju ze sai ho." Apesar de todo o esforço, o corpo cedia, ameaçava desmoronamentos.

As pálpebras em brasa pendiam como pedaços de pano largados no ar. Na primeira vez que cederam, Kaede não soube quanto tempo levou para reabri-las. Poderia ter sido um segundo ou um minuto. Os sons ao redor se distanciaram, mas se reaproximaram com o despertar. O sutra ainda era entoado, como ela percebeu em retrospecto. "*Myo i goku raku. Go koku shu ju.*"

Seu corpo se curvou à segunda investida do sono. Kaede teve certeza de que os olhos do pai a vigiavam. Estavam fincados no rosto dela, coroados por duas sobrancelhas espessas e franzidas. Neles, o branco havia se tingido de rosa. Era um avermelhado de choro e de raiva. Ele não havia a perdoado pelo quimono.

Kaede desviou o olhar para o caixão de madeira, montado às pressas. Parecia até desajeitado. Kaede tentava corrigir a própria postura. O cansaço empurrava seus ombros. Ela, então, percorria a própria pele com as mãos para que o tato avivasse sua consciência. Veja como os dedos estão frios, o rosto lhe dizia. Sinta como os cabelos estão embaraçados, as digitais bronqueavam.

Ela buscava socorro nos arredores. A casa tinha sido arrumada às pressas por Kaede. A denúncia estava nos detalhes. Caçarolas e panelas mal guardadas e tecidos mal dobrados se revelavam pela abertura dos armários, restos de comida permaneciam sobre a mesa em farelos, sujeiras mal varridas se acumulavam nas quinas da parede.

O velório se resumia à família, ao senhor Saito e ao corpo no caixão que não podia mais ser a mãe. Kenji chorava em silêncio com o rosto abaixado, Kaede sabia, embora tudo que enxergasse do irmão fossem ombros convulsos. Aiko e Chiyo exibiam as faces molhadas e soluçavam sem pudor. O pai enxugava as próprias lágrimas e a observava.

Kaede sentia que a vigília se voltava para si e não mais para o corpo. Até o senhor Saito a olhava enquanto cantava. "*U sha ri ho. Goku ra koku do. Shichi ju ran jun.*" Os olhos de Kaede continuavam secos, só queimavam. Apenas o sono existia. As piscadas se tornavam mais demoradas.

Restava se concentrar em uma tentativa de chorar para ficar acordada. O corpo no caixão não podia mesmo mais ser a mãe, mas um dia foi ela. Era agora um casco desocupado, porém tinha dedos que acariciaram a franja de Kaede até a chegada do sono quando ela era criança, que brincavam de apertar a ponta de seu nariz. A mãe a levava a passeios pelo jardim do Castelo de Okayama, onde apontava para as árvores com as folhas vermelhas de nome igual ao seu e para o lago com carpas, porque sabia que a filha gostava de jogar comida aos peixes. Lembrar-se disso não parecia o suficiente para ajudar seus olhos. As lágrimas continuavam contidas.

Ninguém viria prestar homenagem à sua mãe, com exceção de tio Mitsuo e tia Hanako. Japoneses não podiam se reunir em grupos grandes, a não ser que fossem familiares. Seria assim mesmo em caso de morte. Os amigos viriam em gotejamentos de um em um para a despedida, se viessem.

A mãe não foi cremada, o corpo seria deixado numa cova em um país que não era o seu. Um dia, talvez a família partisse em um barco e a deixasse para trás. Se fosse no Japão, os sutras seriam recitados por um monge, não pelo senhor Saito, um simples dono de comércio que conhecia orações melhor que outros colonos e por isso se tornou um substituto de sacerdote. Amigos e mais familiares pegariam varetas de incenso e as acenderiam. Todos se curvariam diante da mãe. Tomariam o chá que a família — a própria Kaede — não preparou por culpa de um esquecimento nascido do cansaço.

Kaede pensava no casebre. Quando a família chegou ao lote, havia apenas um sapezal ali. Os pais trabalharam com os colonos para erguer o casebre de tábuas de madeira e palha. As mãos da mãe estavam em cada quina, o que tornaria sua ausência mais pontiaguda. Tudo estava marcado por ela. O futon colorido em um canto do quarto jamais seria desdobrado quando o resto da família se aprontasse para se deitar. Poucas horas antes, havia acomodado a mãe. A xícara de barro sobre a mesa era sempre vista entre os dedos magros e havia sido carregada por Kaede para umedecer os lábios secos de Kazumi dois dias antes. Quando ainda não havia caído de cama, a mãe circulava com as chinelas por aquele chão. As plantas do jardim retinham um pouco de seu suor. Agora isso tudo ficaria num passado. A mãe não se deitaria mais no futon colorido, não tomaria chá ou café na xícara de barro.

Nenhum apelo adiantava, o choro não vinha, embora o romper no peito se alastrasse. Quando as crianças demonstrarem exaustão no algodoal, ninguém mais vai cantar. "Ó, libélula vermelha... libélula vermelha ao pôr do sol. Eu te vi pela primeira vez carregada nas costas dela. Foi há quanto tempo atrás?" Engolir é doloroso, mas todos ainda encaravam seus cílios secos. O sono voltava em ondas altas, varria o corpo.

Para Kaede não era fácil chorar, não como era para os irmãos e para a mãe. Às vezes, ela via Kazumi com os olhos úmidos, fungando, enquanto preparava comida ou cuidava do jardim. Nunca perguntou o porquê, agora não poderá mais saber. Assim como jamais indagaria à mãe como era ser mulher crescida, se era doloroso ser casada, se ela realmente gostava do pai como homem ou se já preferiu outra pessoa. As lembranças do que não se fez também não fisgavam soluços naturais.

Kaede tentava calcular nos dedos a última vez que havia dormido. A memória distante falhava. Antes de o senhor Saito chegar, havia recolhido as últimas louças largadas pela família nos cômodos. Yukiko chorou, e ela aninhou a irmãzinha contra o peito, prendeu o tronco da bebê ao próprio. Horas antes, ajudou o pai e o tio a acomodarem o caixão no quarto e os assistiu carregarem o que restou da mãe para o interior. Antes disso, Kaede lavou todo o corpo com um pano úmido. Estava mais duro e pesado do que em vida. As pontas dos dedos escureciam, ou era a imaginação de Kaede? Ela, então, vestiu o corpo com o velho quimono trazido do Japão. O mesmo que a mãe havia dado para ela ao perceber que as duas já tinham a mesma altura. Ninguém estava por perto enquanto ela manuseava a pele fria. Os irmãos evitavam olhar Kazumi, como se fosse um pedaço indecoroso de carne. O rosto permaneceu coberto por um lenço na primeira noite após a morte, como era necessário. O pai também não permaneceu por perto enquanto Kaede vestia o corpo. Havia sido levado pelo tio Mitsuo para providenciar o caixão e resolver assuntos sobre o enterro.

Os olhos de Kaede só conseguiram medir o sono acumulado quando a mãe morreu e não precisou mais de cuidados. Ela havia se afastado do quarto que cheirava a doença para respirar o ar da noite. Encarava o jardim esburacado quando Yukiko começou a chorar e atraiu toda a família para onde a mãe estava deitada. A irmãzinha estava caída no chão, tocada ainda pela mão materna já sem calor.

Horas antes, a mãe descansava, após o corpo ter se recuperado de uma convulsão. Ela pediu água. Kaede a serviu com a xícara de barro e acariciou seus cabelos. Quando a mãe dormiu, a filha andou até o jardim. Os intervalos entre as convulsões diminuíram naquela noite. Chiyo gritou mais que o Yukiko durante a tarde. Não devia ter ficado em casa, porém Kenji e Aiko não conseguiram distraí-la.

Tia Hanako apareceu naquela manhã com um embrulho com comida. Ela evitou olhar para Kazumi se contorcendo, porque dizia que a visão fazia mal para o bebê que carregava na própria barriga, e logo saiu. Kaede e os irmãos comeram o arroz e a carne seca trazida pela tia. O pai não tocou na comida. Quando amanheceu, Kaede havia passado a noite em claro. O próprio cheiro e o do suor da mãe se misturavam.

No dia anterior, durante o jantar, Kenji entrou correndo na casa com pés pesados a ponto de fazer a cortina *noren* pendurada na porta levantar e um calendário cair da parede. Trazia o quimono nas mãos. O mesmo que havia sido enterrado semanas antes. Kaede levantou os olhos da tigela e entendeu a intenção do irmão.

— Para que Kenji pegou isso?

— Se Kaede vestir na mamãe talvez ela se anime. Mamãe ama esse quimono.

— De jeito nenhum! Que estupidez! Kenji não vê como a mãe está fraca? Se vestir nela, ela vai piorar. É isso que Kenji quer?

— Se Kaede teimar, Aiko é quem vai vestir na mamãe.

— Ninguém vai fazer nada com o quimono. É meu. Mamãe me deu! Eu digo o que fazer com ele — Kaede exclamou, arrependida logo das palavras que lhe escaparam. O pai, sentado à sua frente, a encarava em choque. Kenji a ignorou com o quimono aninhado sobre o braço. Andava pela casa feito um sonâmbulo.

— Com Kazumi nesse estado e é nisso que Kaede pensa? No seu quimono? Em roupa? — A voz do pai ecoava pela casa, que parecia mais vazia.

— Mamãe vai piorar se fizerem isso!

Kaede quase chorou. Foi o momento em que mais chegou perto do pranto nos últimos dias. A mãe não tinha forças para argumentar a seu favor, ela percebeu naquela hora. Kaede sentia os soluços no peito, mas as lágrimas haviam secado, pelo jeito, de tanto ver a mãe se contorcer e gemer. Mas, não, ela deixaria não que agitassem e cansassem a mãe para vestir o quimono naquela noite.

"*I hotsu gan kon potsu gan. To hotsu gan.*" Os olhos tremiam, os ouvidos pareciam impenetráveis à voz do senhor Saito. Só pareciam. Os três dedos dobrados sobre a palma da mão lembravam-na de que foram três noites sem dormir. Todos pareciam distantes, ausentes até. Kaede registrou a aproximação de tia Hanako e tio Mitsuo. Só os via, não os sentia.

A tia ficou mais presente ao cutucar com força seu rim. Doía, Kaede ainda sentia dor. Ela percebeu que havia adormecido com o queixo encostado na clavícula. Os irmãos choravam, porém o pai só tinha olhos para Kaede. Ele parecia ter esquecido o caixão e o corpo que lá estava. Mal piscava, enquanto Kaede lutava para manter os olhos abertos.

"*Kan gi shin ju sa rai ni ko. Bu se A mi da kyo.*" Senhor Saito fez silêncio. As pessoas em volta de Kaede se movimentavam, porém ela não as entendia. Havia esquecido quem elas eram. Sabia só que as pernas formigavam depois de tanto tempo ajoelhadas. A percepção física se resumiu, depois, ao sono que queimava os olhos. Ela, a tia e a irmã menor abriam caminho, porém Kaede não entendia bem a razão. Tia Hanako segurava Yukiko. Aiko, Kenji, o senhor Saito, tio Mitsuo e o pai carregavam o caixão para fora, ajeitavam-no sobre uma carroça. Alguém perguntava algo a Kaede. Era o pai. Ou outra pessoa.

— Kaede não vem?

— Responda o papai, *nee-chan*.

— Deixe a garota, *nii-san*.

— Kaede!

— É choque, dá para perceber. Ela precisa descansar.

— Não, eu vou, sim. Preciso.

A voz não parecia mais sua, o barulho de cascos e ferradura é que soavam no ar. Kaede só percebeu que eles se distanciavam quando sentiu o atrito das rodas. Aiko e Chiyo abraçavam sua cintura no cemitério. Era difícil permanecer em pé. Um *gaijin* estranho jogava terra sobre a mãe. A poeira secava ainda mais os globos oculares de Kaede. Ela mal se recorda da volta, mas foi ali que o sutra tornou a ser entoado em sua cabeça. Ao chegar em casa, logo sentiu o solo do quarto contra o rosto. Os olhos não abriram até o dia seguinte.

Butsudan

Agosto de 1943.

O ar desliza pela cavidade nasal de Mitsuo, rodopia pelo espaço entre o palato e a mucosa da boca, engana a gustação ao raspar na língua inerte. Ele saliva. As papilas tentam o convencer de estar saboreando o cheiro que aspira, por um mecanismo de reconhecimento e memória. O aroma imita o gosto do café quente. O paladar provocado pelo cheiro evoca um carrossel formado pela imagem do grão moído, as idas às casas de café quando era um jovem à procura de companhias de sua idade ainda no Japão, o primeiro gole após chegar em Santos, a diferença entre o sabor com o qual estava acostumado e o que friccionava a língua depois do desembarque, a mão de Kazumi entregando-lhe a xícara naquela mesma casa.

A sensação de quentura penetra na garganta como um anzol. Ele quase conta os segundos até Kaede lhe oferecer a xícara de barro. A sobrinha insiste enquanto entrega outras para as irmãs, sentadas ao redor dos dois. Fiz justamente para o tio. O não-precisava dele se desmonta.

O café tem um leve sabor de queimado. É uma decepção senti-lo depois da expectativa. Kaede ainda está aprendendo. Tatsuo resmunga com frequência que sua comida é insossa, queimada ou encharcada. O irmão é duro demais com a menina. Perdeu a mãe como os outros. Mitsuo sorri em agradecimento, bebe o café com pressa para sentir mais a quentura que o sabor e para voltar logo ao trabalho.

A tábua de cedro precisa ser lixada para ficar do mesmo tamanho da outra. Juntas, formarão a porta do *butsudan*. Era de se espantar que a família de Tatsuo tenha passado tanto tempo sem um. O irmão era tão apegado às tradições nos tempos do Japão... Faz quase oito anos desde que cruzaram oceanos a bordo do Santos Maru. Mudar de país causa desprendimentos, eclipsa importâncias. Agora, porém, é imprescindível que as crianças tenham um altar decente onde deixar oferendas para a mãe.

Kaede teve medo quando Mitsuo chegou com as tábuas e ferramentas. Se os *gaijin* verem, não saberão para o que serve. Vão pensar que é um armário, *né*. E não tem nada a ver com a guerra, é só um *butsudan*. Não vão prender Kaede por isso. Era só mantê-lo no quarto, por via das dúvidas, se tinha mesmo tanto receio. E Kazumi merece o risco, Mitsuo pensou em silêncio. A sobrinha aceitou com um sorriso tímido e pediu licença para cuidar dos afazeres.

Aiko e Chiyo o observam, primeiro de longe, os olhos longos de curiosidade. As garotas querem participar, embora ainda conservem terra fresca nos sapatos e se encurvem sob o cansaço da lavoura. São um par de corpos inquietos, por isso Mitsuo começa a pedir que busquem ferramentas. As meninas o ajudam a lixar as peças. Aiko se mantém mais quieta, porém Chiyo tagarela. Parece esquecer o luto em alguns momentos, o que na sua idade não é ruim.

Do outro lado do jardim, Kaede retira as plantas mortas do caminho. Tenta cobrir buracos. O jardim de Kazumi era invejável, Hanako costumava dizer. Agora parece o cenário de um desastre. Kaede busca restaurá-lo, mas o olhar se perde e as mãos não sabem por onde começar. A limpeza segue pouco a pouco. A transpiração recente de Kaede se mistura ao suor do trabalho de um dia inteiro no algodoal.

— Tio Mitsuo está feliz com a companhia, mas Chiyo e Aiko não querem ajudar a *nee-chan*? Kaede parece precisar de ajuda, não é? Quando voltarem, o *butsudan* já estará pronto.

— Está bem, vou ajudar, se é assim. — Aiko se afasta com passos lentos e ombros caídos. Chiyo permanece, quer ajudar a montar peça por peça. Fala animada, imita o barulho da serra, da lixa e do martelo. É fácil gostar da sobrinha pequena. Logo Mitsuo terá o próprio filho. Ou filha. Será tão instantâneo assim gostar da criança?

Mitsuo nunca conseguiu explicar as próprias simpatias e antipatias. Encantava-se por tiques, sons de vozes que imitavam os ritmos dos pulmões dos pássaros, uma frase bem construída, bocas semiabertas. Desenvolvia implicâncias por gestos pequenos — uma risada estridente emitida em momento impróprio, uma opinião forçada ou vulgar, uma verruga em um ponto inusitado da face, um bigode que lembrava o de alguém de quem não gostava. Ele tentava se convencer de que se tratava de besteira, porém, quando percebia, o gostar e o desgostar já haviam se calcificado.

O encantamento por Kazumi foi instantâneo no dia em que ela chegou para um trabalho em tempo parcial na loja de doces. Seria atendente. Tinha uma pronúncia clara, uma fala polida e uma aparência agradável, a mãe concluiu e a garota foi contratada. Kazumi se dizia pronta para se esforçar até os limites do possível. Nisso, era difícil de acreditar para Mitsuo e o irmão. As mãos eram macias, intocadas pelo trabalho. Havia nascido e crescido em uma casa respeitável de classe média de Yokohama. As perdas no grande terremoto foram significativas, por isso, Kazumi e a mãe, a viúva de um professor, se mudaram para Okayama, onde dependiam de parentes. As informações não vinham dela, que tinha uma postura orgulhosa e discreta, e sim de uma amiga da mãe de Mitsuo que a havia indicado para o trabalho. Naquela época, a procura por doces fluía e os Fujikawa precisavam de mais mão de obra.

Não eram as qualidades que garantiram o contrato de Kazumi e fizeram Mitsuo sentir um prenúncio de afeto por ela logo no primeiro dia de convívio. Ela era delicada, porém tinha uma postura segura, sem medo da experiência nova e do contato com desconhecidos. Seu sorriso convidava imitações. Kazumi exalava uma curiosidade sincera quando fazia perguntas. A boca semiaberta ao terminar frases — sobretudo as interrogativas — lhe dava um ar de charme ingênuo ao revelar as pontas dos dentes dianteiros. Kazumi tinha uma beleza que para Mitsuo parecia sobrenatural.

Ele teve um pico de criatividade para esculpir novos moldes para que o pai e o irmão confeccionassem variedades de mochi diferentes das outras lojas. Desejava fasciná-la com as novidades. E Kazumi realmente se mostrava entusiasmada, elogiava o talento de Mitsuo.

Ele descobrira o dom para talhar formas em madeira havia pouco tempo, nas aulas de marcenaria. Mostrar o próprio trabalho e ver o resultado na forma de doces o inflava com orgulho.

A mãe começou a desconfiar que a nova atendente fosse corrompida. Uma moça avançada demais. Os cabelos, as roupas no estilo ocidental e a maquiagem a denunciavam. A mãe dizia que procurar independência com o trabalho, pensando bem, era algo suspeito para uma moça. Mais ainda quando Kazumi se mostrava tão solta na presença dos rapazes depois de tão pouco tempo e investia parte do salário em peças para a beleza. E cantarolava músicas norte-americanas! A mãe o havia obrigado a perguntar se ela sabia dançar o jazz e a garota confirmara que sim. É tão agradável! Mitsuo não quer aprender a dançar comigo? A mãe dizia ao pai que já não sabia mais se era uma boa ideia tê-la contratado. Trabalhava razoavelmente bem, mas convivia com os rapazes e poderia ser uma má influência, trazer hábitos inconvenientes de uma cidade como Yokohama. Mitsuo a defendia. Lembrava que ela vinha de boa família e que era para tornar mais digna a presença na casa dos parentes de quem dependia que havia procurado um emprego. Queria tanto ter uma casa só minha e de mamãe, sem dever nada a ninguém. Uma vez ela confessou e Mitsuo repetia, na insistência de quem toca um tambor de guerra.

Tatsuo tinha uma relação menos amistosa com ela. Era tímido, mas piorava na frente da moça. A boca mal se abria. No entanto, tornara-se mais corajoso nos experimentos com doces, a ponto de irritar o pai, que acreditava que a clientela os procurava por estar segura nas opções que ofereciam. Minhas receitas não são boas o bastante?

Um dia Tatsuo tomou coragem e fez uma pergunta direta para Kazumi. Havia algum doce do qual ela sentia falta em Yokohama? A questão foi disparada do nada, com uma sonoridade quase brusca. A corrida do sangue tingiu de rosa o rosto de Kazumi. As palavras escapavam embaralhadas pela boca semiaberta. Tinha um bolo *kasutera* em uma loja. Muito bom. Mas adoro os *kibi dango* daqui. Nunca Mitsuo havia notado em sintomas de desconcertos semelhantes quando conversava com ela. Kazumi era articulada. Às vezes falava como um livro, reflexo de ler muito. Era filha de um professor, afinal. Foi o suficiente para ele se assegurar de que a atendente e o irmão estavam apaixonados.

Mitsuo resolveu se afastar. Doía perceber que Kazumi se mostrava magoada com seu distanciamento. Ela transpirava confusão ao ouvir dele respostas monossilábicas. Mitsuo anda tão sério. Ah, essa expressão! Agora parece até outra pessoa. O rosto se tornou uma máscara. O que será que esconde atrás dela, hein?

Ele experimentava uma punhalada física no peito, que resfriava e ardia. A pulsação também o convencia de que estava apaixonado. Mitsuo começou a sentir uma forte dor de cabeça, a faltar ao trabalho ou aparecer só quando Kazumi não estava. O coração, partido, havia se transformado em um mal físico palpável. Quando não conseguia fugir das ordens dos pais, mantinha-se nos fundos da loja, cuidando das formas ou das embalagens. Depois arrumou um emprego em uma fábrica de móveis para manter afastamento seguro.

Não tardou para Tatsuo anunciar que falaria com a família de Kazumi. Queria que a mãe intermediasse o contato para fazer o pedido de casamento. Os pais se opuseram de início, mas o filho mais velho tinha uma insistência afiada.

Mitsuo trocou os dias pelas noites. Resolveu frequentar as casas de café à procura de jovens que fossem talvez mais bonitas que Kazumi. Depois foi atrás de gueixas. Seus corpos eram quentes e suas pernas eram macias, mas ele sentia que as enganava e a si mesmo. Decidia não voltar mais, o que esquecia no primeiro encontro bem-sucedido subsequente. Ele não conseguia dormir, cheio de perguntas. Se o ciúme não o tivesse feito afugentar Kazumi, ele seria o noivo? Por que fingiu que queria tratá-la como amiga se, naquelas circunstâncias, amizade era um dedo enfiado numa ferida aberta? Uma declaração afastaria Kazumi para sempre ou a tiraria do irmão? Um dia simplesmente acordou mais leve e julgou que a paixão havia passado. Ficou até mais produtivo na fábrica de móveis. A partir de então, conseguiu ser amigo de Kazumi, agora sua cunhada. Em alguns momentos, sentia que não fingia mais quando demonstrava felicidade pelo irmão.

Tatsuo continuava compenetrado no trabalho, responsável, porém não mais sério a ponto de parecer carrancudo. Antes, os sentimentos do irmão eram um enigma mesmo para Mitsuo. Porém, ele vira Tatsuo chorar no nascimento da primeira filha. Kazumi o deixava mais alegre e havia abandonado completamente o passado de menina de classe média para trabalhar tanto quanto o marido na loja. Mesmo a mãe e o pai começaram a dar o braço a torcer: a nora era, sim, uma boa esposa — embora isso só tenha acontecido após o nascimento de Kenji, um ano mais novo que a irmã Kaede.

Kazumi não parecia abalada quando teve de cortar gastos. As crianças usavam roupas que pareciam já pequenas demais para seus corpos. A mãe dela a ajudava a reformá-las para que pudessem usar por mais tempo. A própria Kazumi não comprava nada para si. A deflação tornava mais escassos os ganhos com os doces, e a clientela, também em dificuldades, era menos frequente. O pai de Mitsuo passou a gastar ainda mais com jogos e era violento quando perguntavam por que chegava tão tarde em casa. Foi então que Tatsuo propôs que fizessem economias para investir na compra de um lote nas fazendas do Brasil. Em dez anos, voltariam muito mais prósperos. Os pais emburraram ao ouvir a notícia. Cuidariam da loja sozinhos, se era o que os meninos tanto queriam. A mãe de Kazumi também demonstrava desgosto, embora mantivesse sua oposição embrulhada em um silêncio. Mitsuo primeiro foi relutante, porém passou a seguir o irmão nas aulas sobre agricultura — que depois se provaram inúteis, já que as ferramentas e as práticas no interior do Brasil eram muito mais precárias do que imaginavam antes de cruzar o mar no ano 11 da Era Showa.

Muitos pareciam tristes em Kobe enquanto as famílias acenavam para o Santos Maru — seus pais e a mãe de Kazumi, inclusive. Mitsuo não; sentia uma excitação pela mudança de ambiente. Seria como uma aventura, ele e Kazumi repetiam. Durou pouco. Na segunda semana em alto-mar, ninguém aguentava mais enxergar apenas água para onde quer que olhasse. A angústia era partilhada com o irmão e a cunhada. Mitsuo buscava se distrair com exercícios e jogos, conversar com as pessoas que sempre tinham histórias distintas, mas expectativas idênticas de enriquecimento. O capitão parecia ter uma simpatia especial por ele e pelos sobrinhos. Chegou a tirar uma foto com Mitsuo, Kaede, Kenji e Aiko, todos muito sorridentes e cheios de esperança. Porém, a impaciência possuía cada reentrância de seu tórax. A viagem pelo mar parecia não ter fim. A comida tinha gosto de velha, os corpos dormiam próximos demais. Fediam a calor e gordura.

Os passageiros começaram a manifestar sinais preocupantes. Os baldes se enchiam de vômito e merda. O cheiro era insuportável e Mitsuo tentava ficar ao máximo no convés com as crianças. As famílias choravam, despediam-se de corpos embrulhados em lençóis lançados ao mar.

Em pouco tempo a comida também não parava em seu estômago. Mais que a impaciência, agora era a fraqueza que corroía ossos e músculos. Mitsuo parecia ter perdido o domínio do intestino e da própria fala. Chorava. Pedia para que não o deixassem morrer. Não queria ser devorado por bichos marinhos.

Kazumi debruçava-se sobre ele, limpava o suor de seu rosto com um lenço e pedia que tivesse calma. Ela cuidou do cunhado como quem trata de um filho adoecido. Estava o tempo todo a seu lado, hidratava-o, seguia as orientações do médico do navio.

Outras pessoas adoeceram. Ao lado de Mitsuo, deitou-se uma garota muito esguia, que ele jurava que fosse morrer antes dele. Apesar de doente, tentava conversar quando tinha forças. Contou ter saído de Hokkaido. Falava da ilha, da paisagem gelada, de um céu com azul extraordinário. Dizia ter saudades e lamentava ter entrado no navio. Maeda Hanako é como me chamo, mas gosto mais de Hana-*chan*.

Kazumi passou a cuidar dos dois. Mitsuo sentia o calor no tato da pele da cunhada enquanto ela limpava seu corpo e levantava sua cabeça para que ele bebesse água. Percebeu que ainda a amava e essa descoberta trazia ondas de intensificação do sentimento, pois vinha acompanhado pela culpa. Mitsuo tinha medo de fazer uma declaração em delírio. Apesar de o receio agigantar a cada dia, conseguiu se recuperar sem dizer nenhuma palavra.

Ele se recordava da ternura no olhar de Kazumi. O tempo que passaram juntos construiu uma cumplicidade mais forte entre os dois, um vínculo que Tatsuo parecia ignorar. Seria possível amar duas pessoas? Seria possível que Kazumi o amasse? Era inútil se perguntar. Mitsuo se horrorizou ao perceber um pensamento sobrevoar a própria cabeça. Se incomodava com o quanto o irmão continuava saudável, enquanto outros padeciam de cólera e eram atirados ao mar. A partir desse dia, resolveu pedir Hanako em casamento. Casaram-se ao chegar em São Paulo. Não foi o suficiente.

Agora Kazumi está morta e Mitsuo constrói um *butsudan* para que os filhos dela possam prestar-lhe homenagem. Ele sente a madeira lisa nas mãos. O santuário parece simples demais. Mitsuo resolve que as portas merecem ornamentos e pede para que Chiyo busque formões em sua bolsa. A sobrinha corre, está em uma idade em que parece incapaz de dar passos numa velocidade comum. Mitsuo procura por Kazumi nas expressões e na voz da menina, também no rosto de Kaede, na inquietação mal ocultada de Kenji e até nos olhos embotados de desgosto de Tatsuo.

Dói pensar que a cunhada nunca mais o receberá com café, que não lhe perguntará as novidades com a boca mal fechada em uma revelação de expectativa. Ou imaginar como sua pele macia irá se desfazer, que seus cabelos longos se separarão do crânio, que seus lábios entreabertos não existirão.

Kazumi havia nascido em Yokohama. Amava a cidade, conhecia diversas histórias acumuladas de muita leitura, era educada, tinha intimidade com poesia na forma de *waka*, *haiku*, *renga*, sobreviveu ao terremoto que havia desfeito a casa de sua família e soterrado seus enfeites, trabalhou em uma doceria, parecia alegre, apesar de tudo, casou-se, teve cinco filhos, mudou-se de continente, absorveu os modos pesados de trabalho na agricultura e fora enterrada em outro país. Em um século, ninguém mais se lembrará dela. Ou de todos com quem Mitsuo já conviveu.

Ele se pergunta o que Kazumi havia desejado para a própria vida quando era criança. Teria sonhado com viagens marítimas? Mudar-se para o Brasil encaixava-se em algum dos seus sonhos? Os filhos bonitos e saudáveis eram uma realização grande o suficiente? Foi feliz?

Quando era um menino, imaginava que o próprio futuro seria importante, e à cunhada não poderia ser tão diferente, ainda mais tendo amadurecido em meio aos livros. Para Mitsuo, ainda pequenino, o presente se resumia ao próprio ego, então, a vida quando fosse crescido teria de ser uma grande história. Mitsuo queria ser soldado quando era criança. O pai adorava contar-lhe sobre a expedição à Sibéria. Mitsuo pensava que a própria vida seria heroica. Depois conheceu a trabalho em madeira ao criar os moldes para a loja da família. Trabalhou em uma fábrica de móveis para ampliar as técnicas de gravura e marcenaria. Quis aprender a construir peças e um dia ter o próprio ateliê, longe da loja de doces. Talhar madeira o animava mais do que qualquer outra atividade. Era ainda adolescente e sabia que o talento não lhe garantia um destino glorioso, porém o enchia de satisfação imaginar que criaria móveis delicados ou estatuetas que decorariam as casas de outras pessoas. Ele estaria em diferentes lares, de certa forma, e, se criasse peças duradoras, talvez alcançasse as décadas em um futuro distante. No final, não passou do básico, por necessidades da vida.

Quando tinha tempo entre o plantio e a colheita, fazia mobílias para não esquecer a prática. Era um passatempo e irritava Hanako. Madeira não é barato, Mitsuo! E essas coisas suas demoram a vender! Onde vamos guardar? Agora as habilidades voltam a parecer especiais. O *butsudan* para Kazumi é um gesto de despedida. O altar fará diferença para a família de Tatsuo. A morte de Kazumi aconteceu e Mitsuo havia passado a tarde com os sobrinhos, construindo aquela peça sem ouvir a voz da cunhada. Ao terminar o trabalho, ver Chiyo bater palmas, arrancar sorrisos das bocas de Kaede, de Aiko e de um Kenji recém-chegado de suas longas caminhadas, ele se pergunta se para os sobrinhos será mais fácil ou mais difícil entalhar o futuro que querem. Ou se têm qualquer ambição quanto a isso.

O rádio

Setembro de 1943.

Até pouco tempo, Kenji não tinha o costume de caminhar sozinho. Passeava em companhia das irmãs menores para nenhuma delas se perder. Ia e voltava do algodoal com os pais. Quando começou a andar sozinho, aquele território ao redor do sítio se tornou mais querido. Buscava detalhes nas casas, os novos e os antigos.

Reconhecer as estruturas de toras, pau a pique e sapê com as quais havia se familiarizado trazia o conforto da ausência de tragédias. Mais ainda, avistar uma novidade na forma de mobília, um animal ou construção aguçava a curiosidade. A vida de alguém corria e prosperava.

Naquela tarde, porém o som do rádio o irritou e contaminou toda a paisagem. Kenji fechava porteira do próprio sítio quando escutou. Era uma música. A melodia convidava pares para dança. A voz era aveludada, mas um pouco chorosa. Cantava o fim de um amor.

A princípio o som capturou sua atenção sem despertar pensamentos. Parecia tão distante a última vez que ouviu música. E era. Ele e o pai entregaram o rádio da casa para o delegado com expressões mais apologéticas do que em desafio.

Aiko resmungou o dia todo. Ordens são ordens e desrespeitá-las traz problemas, papai dizia. Ai-*chan* e a mãe eram as pessoas que mais gostavam de ouvir música. Às vezes dançavam sem ritmo, porém felizes. Podiam ser músicas japonesas ou de outros lugares, as duas paravam o que estavam fazendo para ouvir. Kaede também, às vezes, cantava, geralmente de longe, sozinha e tímida.

O pai prestava atenção nos noticiários que não entendia bem quando não em vozes japonesas. Ficava em silêncio, mas, no dia seguinte, costumava comentar algo que ouviu, geralmente com tio Mitsuo ou algum conhecido que os cruzasse.

Kenji mesmo prestava pouca atenção no rádio até ser proibido de o ouvir. Começou a sentir falta depois. Perceber que em algum sítio tão próximo alguém ouvia rádio sem qualquer preocupação deixou sua língua grande demais para a boca. Engolir requeria mais esforço.

Kenji marchou com força. Se avistasse alguém durante a caminhada seria capaz de não cumprimentar. Mesmo se fosse um japonês proibido de ouvir rádio como ele. Não viu ninguém, nenhum caminhante ou carroceiro.

Regressa com os pés e a cabeça quentes. O rádio ainda soa. Para um pouco para escutar. A voz do locutor, embora distante, parece conhecida. É o *Repórter Esso*? O pai gostava de ouvi-lo. Embora ainda não entendesse português fluentemente — pedia que Kaede traduzisse a maior parte das frases do radialista.

Kenji sente o mau humor ferver dentro de si ao chegar em casa, de onde se ouve uma mixórdia de timbres. Soam como falas brasileiras, femininas. Distingue Kaede e seu português quase sem sotaque.

Ao se aproximar, viu a mulher que amamenta Yukiko. A irmãzinha está agarrada ao peito daquela *gaijin* desconhecida. Jacinta também está ali, abraçada a Aiko, que anuncia a Kenji que era para ele lavar as mãos. Tem bolo de milho! Nem parece que houve um velório na casa há tão pouco tempo.

A presença alegre de todas rasga o subterrâneo da pele de Kenji. Ele precisa se distanciar. Caminha pelo jardim, senta-se no balanço e o impulsiona até sentir tontura. Quando criança, competia com Kaede para ver quem alcançava a maior altura. Sentia que era capaz de dar voltas, ver o mundo de cabeça para baixo. Agora o balanço o cansa fácil. Kenji permanece sob a copa do jatobá até a noite cair e as mulheres se despedirem.

— Já anoiteceu e a comida não está pronta. Todos vão adoecer se depender de Kaede. Mas o que importa? *Nee-chan* prefere se divertir com as amigas *gaijin*, *né*? — Kenji se ouve dizendo à irmã.

As palavras atropelam sua vontade. Ele nem sequer sente fome, mas percebe uma irritação correr os músculos.

— Não estava me divertindo. Estava fazendo companhia para Francisca enquanto ela amamentava Yukiko. Francisca é boa e está fazendo um favor. Yukiko se acostumou com ela, mas às vezes chora e Francisca fica sem saber o que fazer.

— Eu ouvi Kaede tagarelando com Jacinta. Até riam. Estava se divertindo, sim. E Jacinta não sabe mais quando atrapalha as coisas em casa. Perdeu a noção.

— Se não ficasse andando para lá e para cá, talvez pudesse ter cozinhado.

— Não é meu dever. É o dever de Kaede. Eu trabalho com a plantação.

— Sabe que eu também? E fale baixo para não assustar Yukiko. Se ela ficar agitada, chora. E eu não durmo. Assim é que não terá mais comida.

— É, Kaede só pensa mesmo em dormir.

Kenji não espera uma resposta da irmã. Pode imaginar um olhar ardente seguir suas costas em silêncio. Saboreia o prazer em ofender e depois a vergonha por ter magoado. É como se ele se movesse contra a vontade. Caminha até o quarto, onde o pai permanece deitado, o olhar perdido. Parece até menor que Kenji, embora não seja ainda.

— Pai, pai?

Não adianta chamar. O pai continua inerte, sem perceber sua presença. Toda a energia agora era usada no algodoal e esgotava rápido. Porém, se esforçava muito na lida. Já haviam colhido quase todo o algodão da temporada. Logo iriam arar o terreno e destruir os galhos e folhas restantes, para, depois, plantar novos pés. O pai também se movia para vender o algodão quando preciso. Usava poucas palavras, mas falava com quem negociava. Às vezes, ia ao bar. Talvez conversasse por lá. Era em casa que ele se fechava.

Kenji percebe que chora quando o rosto já está úmido. Apressa-se para fora de casa, não quer ser visto. Porém, ao cruzar a porta, avista a figura de Aiko. Ela se agacha em meio ao jardim, olhando o caminhar de uma taturana, que cutuca com um pedaço de galho. A irmã tem um sobressalto ao ser surpreendida. Kenji esfrega o rosto.

— Quero pedir uma coisa.

Kenji conta à irmã sobre o som de rádio que ouviu. Aiko não parece interessada, de início, talvez estivesse também braba com ele por Kaede, porém Kenji sabe que a irmã o escuta. Ela não responde. Os movimentos da taturana são mais atraentes que a voz do irmão. Kenji resolve propor um jogo. Ele a desafia a pular a cerca até o vizinho e procurar o aparelho. Quer saber como o rádio era, o tamanho, onde estava. Aiko não parece animada.

— Ai-*chan* tem medinho? Que vergonhoso!

— Vão me ver. Não quero. E parece uma ideia boba de criança.

— Já está escuro, Aiko só precisa espiar pela janela.

— Não sei, não. — A irmã o ignora e começa a se entreter com arrancar picões da saia.

— Aiko é tão medrosa. Que feio! Aposto que Chiyo iria.

— Chame Chiyo, então.

— Não quer nem tentar ouvir uma música? É um rádio igual ao que tiraram de nós, Ai-*chan*.

Os dois caminham juntos até a cerca. Kenji pôde imaginar Kaede terminando o jantar enquanto tem de ralhar com Chiyo por se debruçar sobre as panelas. Talvez a irmã mais velha estivesse zangada com ele, porém não diria. Kaede nunca esboça o que sente, a não ser em relances breves.

Fora de casa, já não há música. A noite tinge tudo de escuro. Um canto de ave persiste no ar. Talvez seja um curiango que saiu à caça de alimentos. Sebastião o havia ensinado a reconhecer alguns cantos de pássaro quando começou a trabalhar como peão no algodoal. Kenji gostava dele. E de Jacinta, contra quem nunca sentiu nenhuma animosidade. Ou Francisca, a quem não conhecia bem. Não sabia por que se sentia tão enraivecido com todos, mas a sensação ainda arde no esôfago.

Aiko acaricia brevemente a cerca de arame farpado. Então a levanta para atravessar. Kenji quase a chama quando a vê correndo no terreno ao lado. Era o que ele queria, não era? O curiango voa para longe. As nuvens também se afastam, revelam estrelas. Aiko não volta. Kenji mal consegue engolir. A garganta de repente parece inflamada ou pequena demais para a passagem de saliva. Outra voz de pássaro começa a cantar, invisível. Asas largas cruzam o espaço sobre Kenji. Parece uma coruja. Kenji distingue as formas da irmã no escuro. As pernas e braços magros e compridos quase engatinham. Aiko ofega, quase engasgada.

— Viu?

— Hum. É desse tamanho, pequeno, escuro. Estava desligado. Não tinha música

— Onde estava?

— Perto da janela.

— Por isso que dava pra ouvir tão bem. Alguém viu Aiko?

— Não. Tomei cuidado.

— Não tinha ninguém por perto?

— Parecia vazio até. Só se ouvia os bichos na casa.

— O carro estava lá?

— Não, estava não.

— Dava para carregar o rádio?

Era possível ver o movimento da saliva ao atravessar o espaço da garganta ao peito. O pescoço de Aiko era magro, frágil, pequeno.

— Não, Kenji, não vou.

— Só para ouvir um pouco. Aiko não quer? É um direito nosso! Foi gente como aquela que tirou o nosso rádio de nós.

A irmã encara os próprios pés, como se procurasse uma deformidade nos dedos. Kenji repara que a própria raiva se concentra agora em Aiko, que é uma de suas pessoas prediletas no mundo. Ela não se move e isso o irrita. Kenji consegue farejar o medo que ela sente. Covarde! Kaede a chama. O jantar está pronto. Kenji escuta os passos alegres de Chiyo. Kaede havia apenas dito o nome de Aiko, ainda estava com raiva dele.

— Só um pouco e devolvemos?

— Hum.

— Só se não tiver ninguém, *né*?

Aiko mergulha novamente no escuro. Kenji sente o pescoço palpitar. Ele era quem devia ir, não a irmã. Mas seria mais fácil justificar se flagrassem uma menina. Aiko era pequena e ágil. De andar leve, quase inaudível. Kaede torna a chamar. Sua silhueta contra a porta ganha visibilidade até se afastar pela falta de resposta. A noite está fria, só então Kenji percebe. Ele começa a esfregar a pele dos braços para se esquentar.

Kenji tenta espiar à distância, alcançar Aiko. Ele vê o balançar de arbustos, mas não sabe se é a irmã. Ela demora mais na segunda vez. Talvez os vizinhos tenham voltado e flagraram Aiko. Será que os *gaijin* seriam capazes de chamar a polícia para levar uma menina de treze anos? Kenji se prepara para cruzar a cerca quando Ai-*chan* ressurge, abraçada ao rádio. É novo, retangular, funciona à válvula, tem uma madeira escura avermelhada.

— Não tinha mesmo ninguém. — Ai-*chan* sorri. — *Nee-chan* e papai não podem saber. Nem Chiyo, muito menos Chiyo.

Kenji toma o rádio nos braços. Ele sente o peso como se fosse medi-lo. Kenji caminha lentamente com o rádio nas mãos. Aiko o segue em círculos esperançosos de uma dança oprimida. Ele só coloca o rádio no chão para abrir o depósito. Kenji procura o machado, mas não o encontra. Que raiva sente! Tio Mitsuo certamente tem um, mas o seu sítio está longe demais naquele horário. As mãos encontram, porém, um martelo. Serve.

Aiko tapa a boca para silenciar o grito quando ele dá o primeiro golpe. A irmã dá passos para trás. Kenji sabe que basta um sopro e ela choraria. Ele se sente mais forte a cada golpe, o braço acelera. O rádio se desfaz aos poucos. Kenji o larga ali mesmo ao caminhar para dentro de casa. Aiko o encara com olhos bem abertos, incapaz de pronunciar uma palavra. Seus lábios tremem.

— Perdão, Kaede — Kenji fala baixinho, ao entrar na cozinha. Ele soa calmo. — Foi besteira, o que eu disse.

PARTE DOIS

OS TRAÇADOS

Nome

Novembro, 1993.

Fujikawa Aiko. O próprio nome. Há quanto tempo não o escreve em *kanji*? Mesmo assim, cada curva é conhecida, cada reta. São mais familiares do que os caminhos das ruas na cidadezinha onde cresceu. E que os corredores do sobrado que se alongam à luz de velas. Quando Aiko segura os pincéis para escrever o nome pela primeira vez, os traçados saem tortos. Ela imita os gestos da mãe. No caderno, a caligrafia é delicada e precisa, embora tenha borrado com o passar dos anos e se transformado em transparência pela água.

O dedo desliza sobre a folha úmida. *Fujikawa Aiko.* Ela sente o sobe e desce do pulso. O caderno um dia foi vazio. Depois que o nome é riscado, o papel se torna mais dela. E ela é mais ela quando traça, quando toca. Quem se é quando se esquece do próprio nome?

Fuji — ela visualiza cascatas de azul e lilás. Glicínias, flores do sobrenome da família. Caem das árvores feito cachos de uva, formam tetos de pétalas sobre as cabeças, o pai conta. Ele não está mais aqui. Kawa — do rio sob a ponte que a família atravessou tantas vezes. *Nee-chan* a levantava para espiar a correnteza quando suas perninhas eram curtas demais. Kaede não a encara nos olhos desde que se reencontraram. Sua íris tem estrias de medo e culpa. Treme durante toda a visita. Preferia nunca ter ouvido.

A sala escura permanece vazia. Kaede está oculta em algum canto do sobrado, protegida dos olhares atrás de madeira, tijolo, cimento, argamassa, papel de parede. Aiko tateia os carretéis molhados deixados para trás pela irmã. Nenhum parece grosso o suficiente para salvar os cadernos.

O assoalho range sob o desconforto do desconhecimento. Não sabe abrigar o pisar de Aiko. Não foi feito para ela. O fim do corredor é um enigma. A casa é dos outros. Não tem os tapetes de crochê com tramas e relevos feitos pelas suas mãos, lembretes da própria existência. As passadeiras coloridas de casa têm efeito de um legado. As linhas gritam: eu crio, eu sou. Mas elas estão em outro lugar, livres de chuva ou goteiras. O chão é hostil, não tem a terra batida das corridas a pé descalço que fazem a mãe gritar. A pele não encontra a refrescância do piso de azulejo, ensaboado para a faxina, sobre o qual os meninos se atiram em um deslizar travesso. Aiko está em uma casa que nunca foi sua. Por que a levaram para lá?

A história que as ranhuras da parede contam se forma em um idioma incompreensível. Sobre elas há quadros com rostos, corpos, roupas, paisagens. As imagens se alternam entre as coloridas e aquelas reveladas sob a ausência de cor. Uma senhora e um rapaz se abraçam na frente de uma ponte. Têm sorrisos sem significado conhecido para Aiko. Os dois são figuras recorrentes entre molduras. Juntos. Sozinhos. Com outros rostos sem nome. No meio de um desfile, se destaca um corpo feminino coberto por ramalhetes e luzes. A mesma senhora, já envelhecida, e o mesmo rapaz da outra foto surgem pequenos em comparação com um templo dourado. Estão no Japão. Aiko queria revisitar o país onde nasceu. Nunca pôde. Em outra foto, os dois posam em frente a um bolo com uma mulher de traços ocidentais e cabelos cacheados, mais jovem que a senhora e mais velha que o rapaz. O trio parece alegre em uma celebração da própria intimidade. Por que Aiko olha os porta-retratos? Aquela história é dos outros, dos que partiram, daqueles que decidiram não mais estar com ela. A própria memória é que ela precisa preservar, marcada em traçados da menina que foi, pistas sobre a mulher que é.

Os pulmões inflam em uma ânsia de ir embora. Porém, as portas estão fechadas, são empurradas pela ventania, recebem baques de murros do ar em tumulto com a água lá fora. Não há possibilidade de fuga no sobrado alagado ou no jardim destruído pelo despencar das gotas, mas as janelas translúcidas a chamam por um instante. O vidro parece orvalhado, como as plantas do velho sítio ao amanhecer. Uma chuva cai. Ah, tanto pior. Aiko se recorda dos cadernos. Estão molhados, prestes a desmontar.

Os dedos de Aiko sentem um barbante em um carretel maior que os das linhas coloridas. O esparadrapo cobre pouco a pouco o dedo pequeno e Midori morde os lábios. Não quer chorar, apesar do talho feito pela abertura da lata de leite condensado. Na tentativa de parecer corajosa, a neta miúda faz a mão de Aiko doer em uma pinçada com suas unhas pequenas. Parece tanto o pai. Akira e Selma acenam do ônibus. O filho mais velho e a nora exibem a alegria dos que vão para longe e a melancolia dos que deixam uma filha para trás. Mitsuo olha uma vez para trás. Kaede não.

O barbante parece firme. Olhos em alerta a seguem. Rostos embaçados ganham formas distintas. Yukiko e Midori a assistem mudas, as feições cobertas por penteados destruídos, sujas.

— Os cadernos, onde estão? Me ajuda a fazer um varal aqui. Segura a ponta daí!

Aiko encontra o gancho da cortina vinho. Tudo naquela casa tem colorações opressoras. O nó do barbante está apertado. Isao cantarola ao prender a rede nas colunas da varanda. O cadarço de Keitaro está sempre desfeito, por mais que Aiko ensine o filho mais velho a amarrar. Nobuo faz cócegas ao desatar a alça do seu vestido. O barbante encontra o prego de um quadro, Aiko cria um varal. Kaede amarra um laço nos cabelos de Setsuko, que logo escorre enquanto ela corre pela loja. Os vestidos de Yukiko elevados pelas mãos úmidas de Kaede balançam, pequenos em comparação às calças de papai e até com a camisa de Chiyo.

As páginas dos cadernos estão frouxas, presas umas às outras numa confusão de películas transparentes. As tintas ameaçam desmaiar. Aiko gosta de folheá-los, de sentir os reencontros com vidas passadas, com a garota que é e não é mais. Os cadernos não podem se desfazer, senão Aiko é quem se despedaça.

O rapaz das fotos se torna uma forma viva e entra no quarto escuro. Ah, é mesmo. Então ele é Mitsuo. Ele olha para Aiko. As mãos longas acendem uma vela, duas, três. O quarto se ilumina. Ele mergulha os dedos nos bolsos e pesca prendedores de roupas, que são reunidos em uma oferenda silenciosa. Keitaro lhe dá flores amassadas, arrancadas do jardim de uma vizinha. Yukiko mostra na palma as moedas furtadas da bolsa de Aiko com um pedido de desculpas nas covinhas. Akira agarra com força os caramelos na palma estendida pela mãe. Tem a fome exagerada de um primogênito. Koji chora e estende a mão pequena em um pedido de ajuda à mãe. Tenta se levantar entre as raízes da árvore, mas o tornozelo está quebrado. O terceiro filho é o mais travesso e o mais desastrado.

Mitsuo e Aiko se queimam com passeios mútuos das pupilas sobre a pele. O rapaz tem um rosto alongado que Aiko não viu se formar, ergue-se a uma altura que ela não viu ser alcançada, guarda vestígios de uma criança desconhecida. Nenhum dos dois pisca.

Mitsuo se esquiva dela, cansado do peso dos olhos que brilham. Aiko percebe que seus dedos estão úmidos enquanto prendem cadernos no barbante. A mão do rapaz se afasta rápido como quem foge do fogo. Língua das chamas envelhecem a carne quando a lambem. É mesmo bom que todos fujam do fogo. O quarto tem o brilho das velas, dá medo. A pele de Mitsuo é quente como a carne tenra das crianças. Ele nasceu febril do esforço para rasgar a mãe.

O sobrado tem paredes e chão frios. Os quartos cheiram a afogamento, repelem os corpos com estranheza. Casas desconhecidas geram perguntas. Onde é aqui mesmo? Há quanto tempo vim para cá? É como o sonambulismo. Yukiko se levanta e anda com olhos cerrados desde que Kaede foi embora. Chiyo diz que é fingimento. Essa aí só tem carência de atenção, Ai-*chan*. Aiko cuida da irmã criança em suas caminhadas adormecidas e a guia de volta para a cama quando a hospeda em casa.

Yukiko solta fumaça pelo nariz enquanto assiste aos cadernos serem presos. Ela se aproxima com o cigarro preso entre os lábios. As mãos seguram um caderno impregnadas pelo receio de tocar o papel molhado e estragá-lo. Ela aperta e solta o prendedor com pressa. O cigarro cria um arco de alívio na testa da irmã, mas uma dureza paralisa a mandíbula logo abaixo. Yukiko está desconfortável, embora tente aparentar calma mesmo golpeada no ombro por uma goteira.

— Não sei se vai resolver, mas é o que dá pra fazer agora. — Mitsuo tem o timbre grave dos homens da família. Até lembra a voz de papai. Diz a ela que devem secar até amanhã.

Aiko escuta bem, entende bem. Por que Mitsuo não olha para ela quando fala?

— Está vendo, vovó? — Midori assume o papel de intérprete. — Vai dar pra salvar os cadernos. Alguns até que não molharam tanto assim.

Estão todos encharcados. Algumas páginas foram mastigadas nas pontas. Outras parecem irreversivelmente grudadas. Aiko tenta salvá-las, mas cada vez acredita menos no resultado.

Mitsuo se afasta enquanto Midori e Yukiko erguem outros cadernos. Aiko reconhece as costas da neta e da irmã numa expansão de familiaridade naquele lugar escuro. Vê-las afasta o medo. Já os ombros do rapaz são polígonos alheios. O rosto dele está refletido no vidro da janela. Os olhos lembram os do pai, mas a boca tem o desenho dos lábios de Kenji, o nariz faz a mesma curvatura do de *nee-chan* e da avó, o queixo é de Aiko. A pele não é mais vermelha. O bebê nasceu com a mancha mongólica, Aiko percebe logo. "Venha comer, Baku-san, o pesadelo da criança."

— Kaede ensinou você a ler japonês? Queria que visse os cadernos, se secarem. Eu que escrevi há muito tempo. Por isso que trouxe. É de quando vivíamos juntas, Kaede e eu. Pena molharem feio assim. — Aiko não vê mais as feições de Mitsuo. A luz das velas arde os olhos, faz lágrimas.

— Se ficarem assim vão secar. — Ele continua de costas. — É só não deixar perto das goteiras.

— Resta ter paciência agora, Aiko.

— Deita, vó, vem, descansa agora.

Mitsuo cambaleia para fora do quarto sem dar boa noite às três. O corpo se movimenta com pressa, como o carro azul-ciano nas ruas de paralelepípedos. A vista de Aiko o segue em sua diminuição pelo corredor escuro.

Casas estranhas sempre dão tristeza. Aiko não consegue dormir bem na cama nova de casada nos primeiros dias. Posso ser esposa e dar aulas, não posso?

— Mas que chuvinha mais insuportável! Parece não ter fim! — A explosão de Yukiko tem gosto de fumaça e Aiko conhece bem esse sabor. Seu corpo desaba no sofá. Ela dá as costas para a janela, para o aguaceiro.

Parece mesmo não haver fim para o derramamento de água. O céu desconhece a continência, como se sentisse uma emergência em se esvaziar.

— Será que ela não vai achar ruim o cheiro de cigarro aqui? Ah, também quero um, então.

Os dedos de Midori são ágeis. Kaede costura com pressa na antiga máquina. Mamãe folheia um livro abaixo da lamparina. Kenji, Chiyo e *nee-chan* têm olhar ávidos e ouvidos esticados que refletem o amarelado da luz.

— Está se sentindo bem, Aiko? — A voz de Yukiko soa preguiçosa do sofá.

— Essas velas ardem nos olhos. Não gosto. Melhor apagar. É até perigoso com tanto pano solto por aqui, com tanto vento.

Yukiko não se levanta. Midori é quem corre para assoprar as velas como se fosse novamente a criança aniversariante com saia de tule e cabelo pintado com papel crepom rosa que deixou de ser há muito tempo. Aiko reconhece as horas e os dias. Sente a si mesma outra vez. A escuridão do quarto recobre os móveis. Há só uma fonte pequena de luz. Yukiko oferece um cigarro aceso e Aiko pega. Não lembra quando foi a última vez que sentiu a quentura invadir os pulmões. A fumaça grossa sobe aos céus noturnos, fabrica ataques de tosse nos homens que a tragam em frente ao barracão.

Os cadernos pendurados estão prontos para ser sentinelas dos desacordados. Midori diz que não irão mais estragar, mas as folhas de alguns estão manchadas. Cada caderno é uma fatia da memória. Aiko não consegue dizer se lembranças são algo bom. Sente que nem sempre é o caso, principalmente com recordações com ontens e hojes embaralhados como as suas. Porém, a sensação de perdê-las dilacera o lado interno do peito. Se conseguir reler os cadernos, ela será mais Aiko. Mas estão deformados pela umidade. Só com muito esforço dará para distinguir alguns traçados nas páginas menos danificadas. O próprio nome está ali em algumas delas. Aiko. Os olhos sobrevoam a junção dos significados de "Amor" e "Criança" em seus ideogramas: 愛子. É como uma carícia. O nome a faz se sentir uma criança amada. Menos quando o gritam para dar broncas. A mãe o escolheu. Dá o nome a todos. Kaede. Kenji. Aiko. Chiyo. Yukiko. Aiko queria fazer o mesmo. Não pôde. *Nee-chan* impediu.

A vibração do próprio nome arrepia os dedos do braço enquanto Aiko olha os cadernos. A efusão de ser ela mesma é como um vento que faz deitar a plantação ao passar. O prazer é quase igual ao de quando escreve o próprio nome. Antes do caderno, Aiko gostava de riscar o chão com galho. Raspa a ponta contra a terra vermelha. Destrói formigueiros quando encontra os grãos avermelhados. Aiko, às vezes, é ruim, mas sem intenção. Não pensa em que faz, não percebe o que fala.

Marcado na terra, o nome tem vida curta. Um pisão e está desfeito. Nos cadernos é diferente. Antes da água, o nome continuou sobre as folhas ano após ano, mais resistente que muitos corpos. Durou mais que Noriko Higuchi. Brincavam muito as duas, Kaede, Kenji e Hideki Higuchi quando a família chegou à colônia. Era o tempo das corridas, piões, petecas, bonecas de madeira.

Os cadernos viveram mais do que Keiko Tomizawa. Era uma das poucas meninas que gostavam de Aiko na escola japonesa. Quando uma garota colocou os pés no caminho para ela cair, Keiko Tomizawa a defendeu. Deu um chute na menina, que a derrubou, e outro, e outro. Precisa ser arrastada da briga pela professora Handa. Foi um pouco antes de a escola japonesa ser fechada.

O caderno também continuou inteiro por mais anos do que o prédio onde Aiko estudava, do que o pronto-socorro onde Setsuko, Akira, Keitaro, Koji e Mitsuo nasceram. Ao olhar para os cadernos pendurados, numa última tentativa de sobrevivência, Aiko lembra com dor que nos últimos anos conviveu com eles mais do que com *nee-chan*. Ela não reconhece mais traços do rosto ou as alternâncias na voz de Kaede, mas decorou os desenhos da própria escrita nos cadernos. Mitsuo também é um vulto desconhecido. Aiko nunca pôde vê-lo se tornar menino, ou se transformar em homem. As folhas amareladas com seus *kanji*, *katakana* e *hiragana*, sim, são íntimas.

Cadernos

Burajiru, Showa juuhachi nen kugatsu kokonoka.

Mamãe reconhece o caderno? Ele e seus irmãos de capa amarela? São do tempo em que mamãe nos dava lições sob a lamparina. Estavam escondidos no velho depósito. Descobri quando *nee-chan* e eu procurávamos o caldeirão de fazer *udon*. Eu os vi abandonados ao pó, alguns com páginas intocadas, outros com rabiscos miúdos.

Falei à *nee-chan* que ia ficar com eles. Ela disse "Chiyo pode usar quando as aulas da escola brasileira voltarem". Mas respondi que Chiyo já tem caderno para isso. Aqueles eram meus.

Me transformei em eco. Fui embora antes de um "não" ou "talvez".

Dei um para Kenji, que tem mãos de desenhar, mas não tinha vida nos olhos desde que a mamãe adoeceu. *Nii-san* me chama a cada figura brotada de seus dedos. Como era bonito o seu bem-te--vi. Admirei também quando Kenji fez um Momotaro que deixou Chiyo de boca aberta, o pôr-do-sol entre as árvores, um tanque de carpas, nossos rostos. A mãe precisava só ver!

Chiyo bateu palmas ao avistar os cadernos. Kenji mandou eu dar um para ela. No começo, senti raiva. Fui eu quem achou. A escolha de guardar ou não era minha. Mas aquele rostinho redondo se acendeu em um sorriso largo. Fez a raiva definhar. Senti vontade de segurar sua cabecinha entre minhas palmas. Queria apertar as bochechas inchadas de cor-de-rosa. Fazia assim quando ela era bebê e resmungava menos.

Chiyo rasgou folhas para transformar em origami. Seus bichos, eu não dizia para não arrancar choro, eram desajeitados. Mais pelicanos do que garças, mais cogumelos do que cachorros.

O resto dos cadernos, guardei para mim. Escondi entre minhas roupas. Espero que *nee-chan* não os tire do lugar. Kaede e sua nova mania de arrumação.

Kenji se concentrava em formatos da própria imaginação. Olhos apertados, a língua para fora da boca. Dava vontade de imitar. Meus desenhos são feios, Chiyo disse com a boca cheia de bananas. Até os rabiscos de quando Kenji só quer matar tempo são melhores que os meus. Pouco importa, o que eu queria de verdade era escrever. Sinto tanta falta dos meus cadernos antigos, dos meus livros. Quando vamos poder desenterrar tudo, mamãe?

愛子

Burajiru, Showa juuhachi nen kugatsu tooka.

Quero retratar tudo o que viver para o papel, para a senhora, mamãe. Não tenho mesmo muita gente para conversar. Papai vive entre a roça, a casa dos outros plantadores, os negociantes de algodão, a cooperativa, o bar. Só volta pra cá para comer e dormir. Chega emburrado, uma silhueta no anoitecer carregada do cheiro de álcool. Sua careta promete brabeza. Geralmente é para *nee-chan*, mas também sobra pra Kenji, Chiyo e pra mim. Yukiko não. Ainda é muito bebê. Se fizer sujeira ou chorar, a culpa é de Kaede.

Papai nem sempre foi assim, *né*, mamãe? Era quieto, mas guardava uma risada no céu da boca. Estalava igual folha seca no fogo. Era uma gargalhada quente. Papai foi quem pegou restos de madeira dados por tio Mitsuo e fez o balanço. Usou cordas firmes para aguentar qualquer um da família. Suportava até a mamãe com Chiyo no colo, lembra? Papai não ri mais. E quer arrancar o balanço do jatobá quando alguém briga para ver quem vai se sentar nele por mais tempo.

Nee-chan era minha melhor amiga. Ainda é, na verdade, mas está afundada no trabalho. Roça, afazeres de casa, lavagem de roupas, ferro de passar, costura, as crianças. Já nem tem tempo de cantar. Sinto falta da voz dela. Lembra a de mamãe, acalma. É toda parecida com a senhora, bonita igual.

Kenji anda calado. Prefere ficar sozinho ou com os Tomizawa. Chiyo é muito criancinha, bicuda e barulhenta. Kaede diz que mamãe a mimou demais. Desculpe, mas talvez seja verdade. Preciso ser honesta com a mamãe. Prometi.

Yukiko ouve, mas não sei se me entende. Ontem ela riu pela primeira vez. Escondo o rosto com as mãos e reapareço para a assustar. Ela só gargalha.

愛子

Burajiru, Showa juuhachi nen kugatsu juusan-nichi.

É estranho. De vez em quando, a solidão é forte. Amarra meus ossos contra o chão. Outras horas, a casa está tão cheia — papai, Kenji, Kaede, Chiyo, Yukiko, às vezes tio Mitsuo e tia Hanako. Na roça há *nihonjin* recém-chegados à colônia. Trabalham no algodoal como peões quando precisamos. Jacinta e Sebastião vêm semana sim, semana não para roçar. Meu eu se dissolve em meio a tanta gente — olhos que não me enxergam, ouvidos que não me escutam. Fica igual quando a mamãe e eu amassávamos arroz. É impossível saber onde começam e onde terminam meus grãos.

Para os outros *nihonjin* da colônia, sou filha da mulher que morreu. Não se ofenda, por favor, mas não quero ser só isso. Me chamam de coitadinha. Dizem que virei malcriada pela tristeza. Uma boca para um pai alimentar sozinho, coitado. Uma mão já muito boa, devia até colher mais algodão. Faço parte de uma família que conheceu a morte. Sou alguém de luto. Até Jacinta lança sobrancelhas franzidas de pena em vez de alegria a cada vez que me vê.

Para os outros, mamãe, sou só uma criança. Não importa quanto anos eu faça. Onze, doze, treze. Para os *gaijin*, sou mais uma *nihonjin*. De repente, virei ninguém.

Precisava voltar a ser Aiko, mamãe. O caderno me dá isso. Não consigo parar de escrever, sentada entre as raízes do jatobá. Fico onde não há outros olhos. Só os dos tangarás e pica-paus.

愛子

Burajiru, Showa juuhachi nen kugatsu hatsuka.

O rosto de *nee-chan* paralisa quando ela corta nossos cabelos. As tremidas dos lábios revelam terremotos de um medo afundado no peito. E se machucar a gente com a lâmina? No começo, ficávamos pavorosos, mamãe. Um lado da cabeça menor que o outro, as franjas imitavam as curvas das estradas de terra. Papai prometia que *nee-chan* não chegaria mais perto de seus cabelos com a tesoura. Até hoje resmunga que *nee-chan* faz tudo errado. Seu *dango* de fubá é ruim, seu arroz queima, seu missô parece água suja, sua roupa é mal esfregada, sua vassoura deixa restos de sujeira. Quando Kaede cortava o cabelo dele, não tirava o chapéu da cabeça. Queria disfarçar o malfeito.

Agora, as franjas de Chiyo e as minhas ficam retas, como se tivessem sido cortadas com a ajuda de um hashi. Mas na última vez que *nee-chan* se aproximou de mim, levantei a mão para dizer que não.

"Também não gosta do jeito que eu corto?" me perguntou Kaede, parecendo triste.

Eu disse: "Só quero que o cabelo cresça. Já estou grande. Meus cabelos são fortes. Posso tê-los compridos feito uma pessoa crescida".

Nee-chan não insistiu. Apenas sorriu. Fiquei feliz por preservar meus cabelos. Vou ter cuidado ao escová-los agora. Quero sentir os fios escorrerem até a cintura. Também gostei de ver os lábios de

Kaede formarem um sorriso. É bom espiar a pérola dos seus dentes. Hoje em dia, mamãe, *nee-chan* fala pouco e sorri menos ainda.

あいちゃん

Burajiru, Showa juuhachi nen kugatsu sanju-nichi.

Kenji é estúpido e falso. Sei que é seu filho, mamãe, mas não minto quando falo. Ontem ele me convenceu a ir até o vizinho *gaijin* para buscar um rádio. Fui, queria tanto ouvir música! Quando mordi a isca, Kenji o martelou. Passei a noite toda calada. Se abrisse a boca, o que escapariam seriam gritos. Quando os vizinhos perceberem a falta do rádio, vão desconfiar da gente. Muito bem, *nii-san*!

Não falei com Kenji nem de manhã.

Ele me acordou antes do galo e de *nee-chan* se levantarem. "Vamos correr até a ponte. Precisamos nos desfazer dos pedaços do rádio. Se jogarmos na água, ninguém vai saber." A voz crepitava uma ordem. Meus pés seguiram seus passos, minha boca passou a caminhada toda fechada. Contei os segundos de cada queda. O rio borbulhava ao receber restos de madeira, som e música. Prometi que não falaria mais com Kenji. Mantive o juramento mesmo quando ele apareceu à tarde. Tinha as mãos cheias de frutas só para mim. Mangas, jabuticabas, araçás. Comi todas, mas não soltei uma palavra.

愛子

Burajiru, Showa juuhachi nen juugatsu itsuka.

Nee-chan costura até a beira da madrugada. Seu corpo se encurva abaixo da folhinha de calendário. A foto da mamãe a vigia do *butsudan* quando esquecemos de fechá-lo após a última oração. Ela mexe com tecidos e linha iluminados pela luz amarela de lamparina. As mãos de *nee-chan* são mais rápidas e habilidosas do que quando foram apresentadas às agulhas. Ajudar a mamãe a reformar roupas velhas foi uma boa escola. Pegar panos velhos para treinar aprimorou seus gestos.

Agora ela tem uma boa máquina de costura. Pegou rápido o jeito de usar. Mamãe precisava ver.

Tio Mitsuo que trocou uma mesa nova que construiu pela máquina. Tia Hanako não achou um bom negócio e recusou recebê-la. Era velha e pior do que a máquina que ela já tem. Nós, sim, a quisemos quando tio Mitsuo ofereceu. *Nee-chan* e eu fomos buscar juntas na carroça. Eu me sentia livre naquele dia. O vento batia em meu corpo encarapitado na madeira.

A máquina pertencia a uma velhinha que não enxerga mais muito bem. Estava empoeirada num canto e a família resolveu se desfazer dela. Era o maior luxo da casa onde fomos buscar. Talvez seja agora o da nossa, junto com o ofurô feito por tio Mitsuo.

Quando sobra algum dinheiro, Kaede compra retalhos, agulhas, rendas, linhas, enfeites. Papai não pode saber. Conseguiu até uma revista com modelos da moda na cidade. Faz roupas novas ou renova as mais velhas tão bem que parecem recém-compradas. E não só para si mesma. Suas noites em claro é que nos vestem. Percebo que ela fica contente ao ver as camisas, vestidos e calças prontas nos nossos corpos. Se estiverem bonitos, significa que suas mãos são mesmo habilidosas.

愛子

Burajiru, Showa juuhachi nen juugatsu muika.

Kaede escolheu as roupas que vestiríamos para tirar a fotografia. Todos trajamos as melhores peças. *Nee-chan* limpou a terra do rosto de Chiyo, sujo como sempre. Ajeitou a gola de Kenji e o fez sorrir ao dizer que a camisa nova ficava bem nele. Separou o vestido que me caía melhor. Um amarelo, reformado. Era seu, mamãe, foi dela, agora é meu.

Queria que mamãe pudesse nos ver.

A Tanaka foi quem nos contou da chegada do circo-teatro. *Nee-chan* sabia que não poderíamos assistir aos espetáculos. Não prestou atenção até a Tanaka mencionar o fotógrafo lambe-lambe e mostrar o retrato com todos os seus filhos. À noite, quando aprontávamos os futons, Kaede suplicou para que eu pedisse a papai que nos deixasse ir. *Nee-chan* insistia que se sou eu quem pede, as chances de papai permitir seriam maiores. Tinha razão. Fiquei feliz quando ele concordou.

Adoro fotografias. É uma pena que muitas das nossas ficaram na caixa enterrada. Gosto de olhar para o retrato da mamãe. Paro na frente do *butsudan* e admiro. Foi o último tirado no Japão.

Fecho os olhos e vejo a trilha perfeita dividir os cabelos em duas molduras onduladas. Cobrem os cantos do rosto ovalado. A mamãe ficava muito bonita com os cachos, imitando um estilo ocidental. A senhora estava feliz naquele dia? Os cantos da boca estão levantados de leve. Gosto tanto de observar a blusa com mangas cheias. Passo os dedos no tecido cheio de ramos delicados e floridos. Admiro os botões brancos rechonchudos. Ainda peço para *nee-chan* fazer uma igual para mim.

Decorei os detalhes do retrato da mamãe. Devotava um longo tempo a apreciá-lo. Agora, faço igual com a nossa fotografia nova. É bem pequena, mas vejo todos os detalhes. *Nee-chan* e eu estamos sentadas no centro. A pose de uma é o espelho da outra. Kaede com cabelos em coque, eu com meus cortados no queixo, porque ainda não cresceram muito. Nossas pernas se cruzam na mesma altura do tornozelo. A diferença são as mãos. As minhas sossegam no colo. As de *nee-chan* contornam a barriguinha de Yukiko. Nossos vestidos formam um par. Os dois são claros. A foto não mostra bem, mas o meu é amarelo; e o dela, verde. Pareço emburrada, mais séria do que gostaria. A luz do sol invadiu meus olhos, causou um deslocamento de sobrancelhas. Chiyo e Kenji nos circulam. *Nii-san* parece tímido, o topo da cabeça escuro com os cabelos espetados. Chiyo tem um ar altivo e usa um chapéu de palha. Yukiko encara o mundo com espanto, embora esteja segura nos braços de *nee-chan*.

O fotógrafo lambe-lambe escolheu onde devíamos posar. A luz batia mais bonita naquele horário da tarde. Organizou as cadeiras, apontou, deu ordens. O fotógrafo lambe-lambe fazia um trabalho itinerante com o circo-teatro. Se apresentou com Felício e contou ter circulado por toda parte.

Muita gente da cidade o procurou. Fez fotos dos Tomizawa, dos Higuchi, dos Haneda, dos Kimura, dos Horie. Tia Hanako obrigou tio Mitsuo a acompanhá-la até lá ao ver nossa foto. As famílias compraram fotografias nas quais todos pareciam cerimoniosos. Expõem sorrisos tímidos e uma seriedade ensaiada. Kenji disse que todos mostravam a mesma cena com rostos diferentes. Ainda sinto que as fotos são queridas para todas as casas.

Com exceção da minha careta estragada pelo sol, todos estão muito fotogênicos na nossa. Kaede está com os lábios contraídos, envolvida numa seriedade que lhe dava um ar de nobreza. Mas lembro que, naquela tarde, ela se sentia bem e feliz. Insistiu na fotografia porque sabia que era uma novidade para nossa vida sem mudanças. Ela nos olhava com orgulho o dia todo. Éramos mais seus quando ela cuidava de nós.

Kenji não permitiu que assistíssemos ao espetáculo do circo--teatro. Keiko Tomizawa havia descrito os cenários, os atores, as cenas. Mastiguei a inveja em silêncio. Havíamos prometido a papai que tiraríamos a foto e voltaríamos para casa, *nii-san* repetiu ao perceber como olhávamos para a grande tenda.

Atravessamos a cidade a passos lentos, os olhos em todas as janelas. O que revelam, o que escondem? Chiyo logo choramingou que estava apertada. Kenji sugeriu uma parada breve na pensão dos Higuchi. O cansaço era um peso para meus braços e pés. Tinha pressa, mas não reclamei. Minha garganta seca pedia por um copo d'água.

No meio do caminho, cruzamos um bar. Homens berravam palavras longas e embaralhadas, o vidro dos copos e garrafas tiniam. Não quero deixar a mamãe triste, mas papai estava agachado entre eles. Permanecia sozinho num canto da porta. Tinha uma garrafa meio esvaziada na mão. Ficou cabisbaixo, nos acompanhou com o rosto sem parecer nos olhar. Reparei na roupa suja. Kenji e Kaede encararam o outro lado da rua. Fiz o mesmo. Caminhamos sem parar, ultrapassamos a pensão dos Higuchi sem pedir ajuda. Chiyo não demorou a espernear. Pouco adiantou. Andamos rápido sem olhar para trás.

愛子

Burajiru, Showa juuhachi nen juugatsu nanoka.

Nee-chan confessou que quis perguntar ao fotógrafo sobre as outras cidades que ele visitou. Teve medo, porém, das sensações que as respostas arrastariam. Não sei o que ela quis dizer, mamãe, mas achei bonito. É uma pena. Também anseio por conhecer novos lugares. Mapeamos juntas andanças na imaginação. Vimos grandes cidades, vilas praianas, fazendas na serra.

Também não consigo falar com os *gaijin* que desconheço. As perguntas nasceram, mas as palavras me escapam. Tenho vergonha do meu sotaque, mamãe. É carregado demais. Piora quando falo com brasileiros de fora da nossa intimidade e arranco risadas. Sinto a fúria inflamar, uma febre bem ruim.

愛子

Burajiru, Showa juuhachi nen juugatsu youka.

Kaede está em idade boa para casar. A sugestão foi de tia Hanako como era de se esperar. Tagarelou alto enquanto estávamos colhendo algodão. Tia Hanako está com a barriga ainda mais pesada, então, sua colheita é mais lenta. Já Kenji, Chiyo e eu competimos para ver quem consegue ser mais rápido. O suor ardia meus olhos quando levantei a cabeça para enxergar a resposta. Papai encarou a *nee-chan*, porém não disse nada. Esboçava uma reflexão muda. Talvez nunca deixe *nee-chan* se casar. Quem mais faria o trabalho de casa se ela tiver os sogros para cuidar?

愛子

Burajiru, Showa juuhachi nen juugatsu juuichi-nichi.

Saquearam nossa horta enquanto estávamos no algodoal. Levaram as hortaliças das quais *nee-chan*, Kenji e eu cuidamos com tanto afinco. Algumas talvez tenham até passado pelas mãos da mamãe quando eram brotinhos. Chamamos papai e tio Mitsuo para ver a destruição. Eles riram. Não entendi no começo. *Ken-kun* foi quem adivinhou a graça. Os ladrões levaram o chuchu que Kaede usa para fazer *tsukemono*, carregaram alfaces e cebolinhas. Mas deixaram o nabo, o broto de feijão e a acelga. Todos os nossos favoritos.

あいちゃん

Burajiru, Showa juuhachi nen juugatsu juuroku-nichi.

Não queria falar de tantas coisas ruins, mas preciso. Chiyo não ama Yukiko. Talvez Kenji, *nee-chan* e eu tenhamos a empurrado para esse afastamento. Espero que a mãe nos perdoe. Começou como uma brincadeira no tempo em que a mãe ainda não parecia ter adoecido. Nossas gargalhadas estralavam feito o canto das cigarras enquanto cochichávamos que Chiyo não era mais a bebê da família.

Ninguém mais a carregaria no colo ou cantaria para ela dormir. Porém, foi depois da morte da mãe que Chiyo odiou Yukiko.

A Tanaka comentou, depois do funeral, que foi o parto e não sua vontade que a deixou mais fraca. Era como se precisasse defender a mamãe por não ter resistido ao chamado da morte. Em casa, ninguém mais teve a doença, ela lembrou. Não adiantou *nee-chan* insistir que um mosquito é que havia trazido a doença, não a bebê. Chiyo já havia sentenciado. Yukiko era a culpada.

As visões que Chiyo testemunhou naquele tempo eram feias demais para alguém tão pequeno. Os globos oculares da mãe se perdiam no nada até seus gestos pedirem o balde para vomitar. Eram olhos que refletem a morte. Ainda me perseguem quando encaro a escuridão do quarto. Depois, vimos teu corpo ficar trêmulo durante o que parecia ser minutos. A mãe se agitava e vomitava ou chorava. Então, os olhos voltavam a mirar a morte que flutuava pelo quarto.

Fazia setenta e um dias que a mãe havia morrido quando fui atraída pelos soluços de bebê para dentro do casebre. Chiyo pressionava os dedos do pé contra a garganta de Yukiko. Mal tive tempo para pensar. Agarrei um maço de seus cabelos até arrancar alguns fios. *Nee-chan* trazia as mãos e as mangas molhadas quando nos separou. Senti a frieza da água no meu pulso. Sabia que, pouco tempo antes, ela estava agachada perto do barril de madeira, esfregando os tecidos das nossas roupas usadas. Correu despertada pelo barulho selvagem de crianças. *Nee-chan* berrava palavras sujas numa voz deformada que eu desconhecia até então. Os cabelos escapavam do lenço preso em sua nuca tamanha era a violência de seus movimentos. Gotículas de sua saliva atingiam meu rosto. A raiva do seu olhar ardia em minhas bochechas. Nunca *nee-chan* me tratou assim. Berrei de volta que era injusto, disse: "Eu não tive culpa, só queria salvar Yukiko. Chiyo é que é um demônio!"

Nós duas ficamos de castigo.

愛子

Burajiru, Showa juuhachi nen juugatsu nijuukyu-nichi.

Papai nunca mais foi ao bar depois do dia que o vimos. Sei disso porque agora ele não fede mais a álcool quando entra em casa e suas pernas não bambeiam. Desde então, ele só nos olha com um ar de vergonha. Mal fala conosco. Porém, hoje ele se aproximou de mim enquanto eu escrevia perto do balanço. Eu não o percebi chegar, por isso foi fácil papai tomar meu caderno e examinar as primeiras páginas. Mantive a cabeça baixa enquanto ele lia. Papai não disse nada, só limpou a garganta e devolveu o caderno.

No jantar, comentou que há alguém dando aulas para crianças *nihonjin*. Soube esses dias. É uma escola clandestina. Disse que a partir da semana seguinte, Kenji, Chiyo e eu também a frequentaríamos. Falou que a mãe iria ficar contente.

愛子

Burajiru, Showa juuhachi nen juuichigatsu mikka.

Há mais pessoas que eu esperava na escola clandestina. Fica num quartinho nos fundos da pensão dos Higuchi. Os filhos dos Horie e o menino dos Tanaka, estão todos lá. Podemos conversar em nihongo à vontade. É verdade que, no começo de toda noite, falamos em voz baixa. Há o medo de nos descobrirem, como se a polícia pudesse ver além das paredes. Quando os temores são esquecidos e se dissolvem, nós nos animamos.

Todos nos sentamos no chão, em filas separadas por idade, e estudamos muito. Sachiko Higuchi, irmã mais velha de Noriko, não tem a experiência da senhora Handa. Porém, é uma boa *sensei* e se esforça para ser entendida. Praticamos lições de *kanji*, gramática, lemos alguns poucos livros. Estudamos matemática, história, geografia do Japão e até um pouco de ciências. Noriko disse que há pessoas tentando providenciar mais materiais, mas não disse quem.

A *sensei* — preciso treinar para chamar assim — também quer nos ensinar português. Diz que é importante, pois não sabemos quando ou se voltamos ao Japão. Ouvir me deixou pensativa. Noriko, Hideki e Sachiko Higuchi viajam a uma cidade aqui perto todo dia para frequentar a escola secundária brasileira. O senhor Higuchi quer que os filhos estejam preparados para tudo.

Mamãe, a cada barulho fora do barracão, fazemos silêncio. Então, ouço só o meu próprio coração palpitar. Passa um tempo, recuperamos a segurança e retomamos os estudos. Na hora de entrar e na de sair, os alunos chegam aos pingados para não chamar atenção. Caminho com Chiyo e Kenji em silêncio, na ida e na volta. Só ouvimos os barulhos das corujas e insetos nos matagais. Na gaiola do peito, sinto explosões de fogos de artifício.

あいちゃん

Burajiru, Showa juuhachi nen juuichigatsu muika.

Ontem um feirante chamado Nomura foi preso na confeitaria do senhor Horie. A mãe o conhecia, *né*? Ele se esqueceu de que não podia falar *nihongo* na rua. Papeou com a senhora Horie na língua de casa e foi surpreendido por um policial à paisana. O homem passou a noite na cadeia. Disse que levou umas coronhadas. É um tempo ruim para ser *nihonjin* aqui, mamãe.

Não podemos mais ouvir rádio, porque a polícia recolheu o nosso. Sem o rádio, não posso mais ouvir música porque não temos gramofone, nem dançar escondida. *Nee-chan* já não canta mais comigo. A vida é ruim sem canções.

As pessoas não gostam mais de nossa presença por aqui. Outro dia, uns *gaijin* desconhecidos nos afrontaram na rua por causa da guerra. Estávamos juntas, Kaede, Chiyo e eu. Agora somos o inimigo. Nos chamaram assim. O inimigo. Não escrevi no dia sobre isso, mamãe. A fúria ainda me engasgava, preferi esquecer, mas, agora que o feirante foi preso, a lembrança me voltou.

Eles eram quase meninos, pouco mais novos que Kenji. Tinham raiva estampada nas bocas e sobrancelhas. Eles nos xingavam sem pudor. Gritavam "morte aos quinta-coluna" e "japonês calabrês, o Diabo que te fez". Demorei para perceber que era para nós. Quis gritar de volta. *Nee-chan* sentiu meu impulso. Apertou minhas mãos até os ossos entortarem. Os meus e os dela. Kaede esfregava os olhos, não sei se pelo sol ou se chorava. Provavelmente o segundo. Como mamãe sabe, *nee-chan* não é de choro. Eu tremia. Chiyo, sim, baixou a cabeça para as lágrimas escorrerem debaixo das franjas. Tive pena, aquela não era mais ela. Chiyo anda sempre com a cabeça erguida quando estamos na rua. Soltei a mão de Kaede e peguei o primeiro pedaço de pedra que achei. Antes que *nee-chan* abrisse a boca, a pedra voou pelo ar e se espatifou perto dos garotos. Pena que não acertou o nariz de um deles. Correram atrás de nós até perto da ponte. Kaede disse que nunca mais eu iria para a cidade. A não ser que prometesse jamais reagir quando os *gaijin* implicassem conosco. Também me fez jurar não contar nada sobre o que aconteceu para Kenji. Mas, antes de dormir, nós relembramos o que aconteceu. Ela, na máquina, eu, na frente do *butsudan*. Perguntei o que é "quinta-coluna" e por que nos chamam de "calabrês". *Nee-chan* também não sabe, mas concordamos que é ruim.

愛子

Burajiru, Showa juuhachi nen juuichigatsu nanoka.

Como a mamãe sabe, tia Hanako consegue ser muito desrespeitosa. Hoje mais cedo ela veio até nossa casa. Chegou reclamando do calor e do peso da própria barriga. Depois passou o dedo na madeira e arrastou as chinelas no chão. Falou da sujeira, criticou a falta de arrumação. "O que Kaede faz o dia inteiro?". Descascou uma ponkan e deixou os restos em cima da mesa.

Tia Hanako perguntou o que fizemos com os sapatos de mamãe. Queria experimentá-los. A gravidez inchou seus pés. Senti a raiva inflamar em meu rosto, porém *nee-chan* foi buscá-los. Tia Hanako percebeu que eu não estava feliz e disse "Kazumi não vai mais usar e os sapatos vão estragar em algum canto." Não respondi, mamãe.

Mantive silêncio. Torci para que os sapatos lhe deem calos, bolhas, lhe mastiguem o calcanhar. Não sorri e nem respondi quando ela se despediu, curvada em um agradecimento. *Nee-chan* me lembrou que tio Mitsuo é muito bom conosco quando precisamos. Fez até o *butsudan* da mamãe, o mesmo para o qual deixo oferendas. Trouxe a máquina de costura. Queria que eu sentisse culpa, mas não deu certo. Tio Mitsuo é tio Mitsuo, tia Hanako é tia Hanako.

愛子

Burajiru, Showa juuhachi nen juuichigatsu juuichi-nichi.

É surpreendente, mamãe! Isao, o filho mais novo dos Tanaka, tornou-se meu amigo. Desde sempre, ele me atira olhares de invocação. A senhora mesma ria quando eu o repelia com caretas. Nunca entendi a graça, para ser franca. Às vezes, quando ele era insistente demais, eu sussurrava que meninos são idiotas. Levava um beliscão do adulto mais próximo. Ou de *nee-chan*.

Lembro bem que, há dois ou três anos, quando passávamos o arado no algodoal, Isao se aproximou com cara de quem deseja dizer algo. Ficou parado na cerca. Ele me encarou por um tempo incontável. Continuou mesmo depois de eu desviar o olhar. Agarrei um punhado de terra, corri e joguei em direção a seus olhos e disse "Está ardendo? Espero que arda até raspar os olhos." Hoje sinto remorso.

Papai me levou até a cabana dos Tanaka na mesma tarde e me forçou a pedir desculpas para todos. Repeti suas palavras várias vezes. A cabeça baixa até raspou contra o chão. Nunca me senti tão humilhada. Eu me vinguei fingindo que Isao era invisível sempre que trombava com ele. Sabia que isso o magoava. Era irresistível.

Só parei de ignorá-lo há poucos dias, na escola clandestina, embora continuasse irritada com a maneira como ele arruma qualquer desculpa para chamar minha atenção. Pede uma borracha emprestada, no outro dia diz que esqueceu o lápis, derruba coisas perto de mim para ver se me movo para devolver.

Isao me encontrou no armazém de secos e molhados do senhor Fukushima. Eu sentia cócegas com a sua presença, como também percebia os reflexos do balançar das peneiras e gaiolas penduradas um pouco acima da minha cabeça. Mirei apenas a balança e o rosto do senhor Fukushima, como se não houvesse mais ninguém ali. Fazia meus pedidos em português. Esquecia algumas palavras, apontando para as estantes altas. Senhor Fukushima respondia em um português ainda pior do que o meu. Isao andava para lá e para cá atrás de mim. Afundei com raiva meus dedos nos grãos de feijão acomodados em um barril na minha frente. Peguei um punhado para examinar. Fingi estar muito interessada nos desenhos de sua pele e ignorei o caminhar de Isao pelo armazém.

Foi só na volta para o sítio que Isao falou. Eu já estava prestes a gritar para ele não me seguir mais, encolhida pela garoa que começou a cair.

"O caminho até a casa da Fujikawa-san é longo. Posso ajudar a carregar" ele disse. Até então, Isao não falava muito, apesar de me encarar demais, e quando o fazia, tinha uma pronúncia sufocada e baixa, como se estivesse com a boca cheia. Fiquei surpresa ao ouvir sua voz alta e clara em meio à garoa.

"Não precisa. Tenho dois braços", falei. Fui ríspida porque não gosto de quando me tratam como fraca. Embora, às vezes, finjo sentir uma dor inexistente quando posso passar os pesos para as mãos de *nee-chan* ou *nii-san*.

Ele retrucou "Não me canso fácil. Pratico beisebol por horas e horas, já viu? Dizem que sou um bom rebatedor."

"Já disse que não precisa", respondi, depois de engolir um "o que me importa seu beisebol?", que afoguei no fundo da garganta.

Eu revirava os olhos ao sentir Isao no meu encalço quando ele voltou a falar: "Também já perdi alguém. Um irmão mais velho. Sempre é doloroso perceber que ele não vai estar nas refeições. Olho na cadeira vazia e vejo sua cumbuca de arroz sem nada. Sinto falta até de sentir *nii-san* esfregar meus cabelos com uma força que antes me irritava. Mas, sabe, eles continuam aqui nas coisas que falaram e nós repetimos."

Fiquei em silêncio sob os chuviscos pelo resto da viagem, não porque continuasse nervosa, mas porque me faltavam as palavras. Só chacoalhei a cabeça que "não" quando Isao tornou a perguntar se eu queria ajuda com as compras. A garoa continuou a cair enquanto seguíamos o caminho. Trazia um cheiro esverdeado de terra úmida.

Ele disse: "Tanaka-*san* podia jogar beisebol comigo e com *nii-san*." Só rompi o silêncio perto da porteira do lote onde Isao morava. Kenji anda triste e talvez se animasse.

Isao apareceu na tarde seguinte, com tacos e bolas. Ele foi seguido por Keiko Tomizawa a quem também convidei e que jurava ser melhor que qualquer um de nós. Jogamos Isao, Kenji, Keiko e eu por horas e horas. Alternávamos entre as posições de arremessador, rebatedor e receptor.

Meu coração saltitava quando eu fazia o *home run*. Chiyo nos observava com uma vontade muda de participar, escondida em uma máscara de descaso. Sentia o orgulho ferido por não a termos convidado. *Nee-chan* sorria enquanto cozinhava ao nos assistir. Naquela tarde, ela nem me chamou para ajudá-la e eu fingi esquecer que ela precisava de ajuda.

愛子

Burajiru, Showa juuhachi nen juunigatsu juuichi-nichi.

Parei de chamar Isao de Tanaka-*san*, mas continuo a ser Fujikawa-*san* nas nossas conversas. Em poucas semanas, compensamos o longo período de silêncio. Trocamos histórias, que é a melhor vantagem em se criar vínculos com novos amigos. Falar e ouvir. Isao me contou que é *nissei*. Igual Chiyo e Yukiko. Ao contrário de todos os irmãos dele, nasceu no Brasil. É tão mais novo que os outros meninos do Tanaka. Tem a mesma idade de um sobrinho.

Os pais emigraram em uma das primeiras levas de *nihonjin* para o Brasil. Vieram de Nagano. Conheciam bem a vida no campo, juravam enriquecer em poucos anos, para retornar ao Japão. "A clássica história de engano e frustração", Isao dizia e ria do que não se deve rir. Sonhavam com o verão eterno e as terras em que tudo que se planta cresce com fartura. Viajavam agarrados às promessas em folhetos. Foram levados direto para as lavouras de café, onde o trabalho não tinha fim, assim como as dívidas. Palavras de Isao.

A mãe não imaginaria que os Tanaka pudessem ser aventureiros, *né*? Isao contou que, numa noite, os pais e os irmãos guardaram os poucos pertences em trouxas e fugiram feito ladrões. Trabalharam muito na terra dos outros até conseguir comprar um lote na colônia. Isao não viu nada disso, só repetia os relatos dos outros.

Eu também contei a história da família. Fiquei surpresa quando Isao confessou não saber o que era o grande terremoto de Kanto. Para mim, era um acontecimento tão pavoroso que se transformava num monstro mítico. Sempre foi assim.

Perguntei: "O que Isao faz durante as aulas?".

"Nunca gostei de estudar história recente. Só dou atenção quando falam das eras muito distantes. Pergunte qualquer coisa sobre o período Heian ou Muromachi. Mas depois. Agora continue", ele me disse, e segui: "Kanto Isao sabe onde fica, *né*?"

Chamou minha atenção: "Não seja maldosa, Fujikawa-*san*!"

Falei para ele dos fortes tremores de terra que duraram dez minutos, dos incêndios de dois dias, das casas enterradas, dos mortos nas ruas. Falei de como o medo transtornava as pessoas. Contei que a mãe era de Yokohama, filha de um professor, mas que perdeu o pai em um ano, e no outro o terremoto levou embora a casa, maior bem da família. Disse que toda a cidade foi destruída, e, junto com ela, o imóvel que meu avô havia herdado de seu pai e deixado para a família, se ele conseguia imaginar.

Narrei a mudança às pressas para Okayama e como a *obaasan* chorava na viagem de trem por se lembrar da casa e dos móveis destruídos, por depender da caridade de parentes. Mudei a voz grave que usei para falar das tragédias para um tom mais alegre e anunciar que foi assim que a mãe e o papai se conheceram. Era assim que a mãe soava ao me contar como os dois foram apresentados.

愛子

Burajiru, Showa juuhachi nen juunigatsu nijuuyokka.

Chiyo parecia que queria rasgar a própria cabeça. *Nee-chan* a deitou em seu colo para ver se havia piolhos. Seus cabelos pareciam limpos enquanto *nee-chan* os atravessava ágil com os dedos. Então, ela sentiu algo. Mamãe, eram dois carrapatos! Bolas inchadas de sangue como os que vemos no couro dos bois. *Nee-chan* os jogou no fogo e eu pude ouvi-los queimar. Depois disso, Kenji e eu começamos a fugir de Chiyo.

Ela nunca gostou de ficar muito perto das pessoas, reclama do calor. Porém sentia medo de fugirmos dela para sempre. Eu jurei que nunca mais tocaria nela. Falava que o carrapato a havia manchado, que era sujo. Foi então que Chiyo começou a gritar alto.

Chiyo olhava para o nada enquanto berrava que ninguém em casa gostava dela. Não adiantava negar, ela sabia. Agora todos tinham amor só para Yukiko. Para ela só sobrou o ódio. Chiyo se sente sozinha e por isso às vezes se deita no pasto, perto das vacas. Se conforta ouvindo o barulho dos mugidos. Chiyo não chorava, mas gritava com fúria.

Ela disse que na vila ninguém mais gostava dos *nihonjin*, mas que ela se sentia mais odiada que todos porque a própria família fugia dela. Nem olhavam para Chiyo, a não ser que ela sujasse a roupa, quebrasse um copo ou fizesse Yukiko chorar. Então, ela sujava a roupa, quebrava copos e fazia Yukiko chorar. Assim, papai, Kenji ou *nee-chan* se lembrava dela para dar broncas.

Todos ouvimos em silêncio, porque nunca Chiyo havia desabafado conosco. *Nee-chan* veio do quintal sem que Kenji e eu percebêssemos seus passos e a abraçou. Ela carregou Chiyo até o balanço e brincou com ela. Da janela, Kenji e eu não conseguíamos ouvir o que elas diziam, mas Chiyo parecia mais calma quando voltou. Cantarolava *Libélula vermelha*, mamãe, como a senhora fazia nas horas difíceis. Então eu soube era a canção que *nee-chan* e Chiyo cantaram juntas, tão longe que não pudemos ouvir.

Chiyo voltou revigorada. Mantinha a cabeça erguida do jeito arrogante de sempre. Era como se nunca tivesse tido dois carrapatos.

愛子

Burajiru, Showa juukyuu nen ichigatsu tsuitachi.

Foi Ano Novo, mas não teve festa. Mamãe é que insistia para que comemorássemos. Fazia *mochi* com tia Hanako, *nee-chan* e eu como ajudantes. Também gostava de sentir ecos das marteladas enquanto o arroz era amassado? Quando estava pronto, decorávamos a casa com *mochis* e ponkans. Preparávamos juntas *osechi*. *Nee-chan* diz que nem se compara ao que se serve no Japão, mas eu gostava do *sunomono* quando conseguíamos fazer. Era doce acordar no outro dia e compartilhar com Kenji e Kaede os sonhos que tivemos. Dessa vez, não teve nada disso. Parecia um dia como outro qualquer.

O que salvou foi tio Mitsuo que nos visitou com envelopes. Um pouco de dinheiro para cada um de nós. Foi o único gesto com cara de Ano Novo.

愛子

Burajiru, Showa juukyuu nen ichigatsu nanoka.

Ontem fomos todos ao algodoal preparar o terreno para um novo plantio. Éramos um grupo grande. Os novos peões, além de Jacinta e Sebastião, nos seguiram. Isao quis nos acompanhar. Estava disposto a ajudar para que eu terminasse mais cedo e tivéssemos tempo para estudar juntos.

Era ainda escuro quando tivemos de nos levantar. A mãe deve recordar como é. Quando o galo anuncia o amanhecer, sei que tenho pouco tempo ainda para descansar. Sinto vontade de estrangulá-lo. Por mais feio que seja ter esses pensamentos, saboreio o prazer de imaginar minhas mãos em torno de suas penas. A vontade segue numa crescente. O galo parece despertar cada madrugada mais cedo.

Ninguém mais canta *O porto de Habu* enquanto caminhamos até o terreno depois que a mãe morreu. O algodoal sem música não é igual. Começo para ver se alguém me acompanha. "Os corvos-marinhos voltam para o beira-mar na hora do anoitecer" se forma na minha traqueia. É tão rarefeito ao sair que a canção se desfaz antes de o primeiro refrão terminar. Tento começar "Ó, libélula vermelha... libélula vermelha ao pôr do sol", mas engasgo novamente.

Enquanto arávamos, tia Hanako murmura algo sobre a guerra e tio Mitsuo acena para ter cuidado. Os dois miram os peões *gaijin* e os *nihonjin* que chegaram há pouco na vila. Tio Mitsuo adora falar sobre ações militares. É uma desculpa para lembrar sobre a experiência de vovô na expedição da Sibéria. "No ano sete da era Taisho...", como sempre começa. Lembra, *né*, mamãe? Porém, agora tio Mitsuo se cala de medo dos outros.

Confessei a Isao que odeio a guerra. Quando ouvíamos o rádio, o locutor falava sobre vitórias, glória e imperador. Porém as cartas das minhas avós, quando chegavam, traziam lamentos, preocupação, morte. Odeio a guerra mais ainda, porque ela mudou tudo e ninguém mais confia em ninguém.

Antes as festas da cidade reuniam velhos, jovens, crianças. O campeonato de beisebol arrancava gritos de apoio e comemoração. Esquecíamos o correr do tempo quando nos sentávamos para ver o cinema itinerante para *nihonjin*. A Associação de Jovens transportava para a colônia um pouco do Japão. Encenava teatro nó, kabuki, comédias. Moças agitavam guarda-chuvas floridos em coreografias alegres do estilo folclórico. Nada disso existe mais.

愛子

Burajiru, Showa juukyuu nen ichigatsu juuhachi-nichi.

Isao me contou que seu pai e os irmãos vão criar bicho-da-seda. Disse que há *nihonjin* enriquecendo em outros cantos com os casulos. Com dinheiro dá para construir uma nova casa de tijolos e com um quarto japonês com tatame. Queria tanto morar em um lugar assim, ou pelo menos visitar. Seda parece, para mim, que é menos cansativo que plantar e colher algodão. Não deve dar tantas feridas e calos nos dedos. O pai e o irmão mais velho de Isao viajaram para outra colônia para aprender. Talvez já voltem com as larvas para começar o trabalho.

Isao me disse que vai trabalhar muito com o pai e que, quando tiver dinheiro o suficiente, viajará para o Japão para concluir os estudos em uma universidade. Ele prometeu que me levará junto. "Não seja ridículo", eu ri. E completei: "Nós só somos crianças."

あいちゃん

Burajiru, Showa juukyuu nen ichigatsu nijuuroku.

Kenji tinha o rosto descorado quando chegou em casa. Demorou a falar, parecia engasgado. Contou que a polícia bateu no sítio dos Tomizawa. Fizeram uma revista meticulosa. A conversa que Kenji ouviu era de que levaram tudo, rádio, uma espingarda, documentos, até dinheiro. Kaede disse que não poderiam fazer isso, que devia ser mentira. Kenji insistia que quem lhe contou a história foi o Taguchi, que já foi líder de associação. Falava muito sério para não ser verdade. Depois da notícia, tentou procurar os meninos para saber se estavam bem, mas ninguém respondeu quando Kenji chamou.

愛子

Burajiru, Showa juukyuu nen nigatsu yokka.

Jacinta nos fez uma surpresa. Para Chiyo, na verdade. Pediu para *nee-chan* nos levar até sua casa. Quando chegamos, abraçou a todas nós e nos conduziu até o quarto. Queria ficar na cozinha, onde o cheiro de bolo de milho era forte, mas segui. Sua cachorra, Nenê, estava deitada em meio a panos velhos. Estava cercada filhotes. Ainda tinham os olhos fechados e soltavam gemidinhos agudos. Chiyo se encantou. Agora vai todo dia à casa de Jacinta. Hoje confessou a mim que ganhou um dos cachorros de presente e que, quando ele abrir os olhos, irá trazê-lo para casa. Está mais feliz e parece ter certeza de que papai não irá impedir. Chiyo já deu até um nome a seu cachorro, Taro. Até parou de morder e beliscar Yukiko.

愛子

Burajiru, Showa juukyuu nen nigatsu juusan-nichi.

Houve um tumulto na cidade e Kenji esteve no meio dele. Cercaram uma mulher e o filhinho acusando-o de serem espiões do Eixo. Os dois eram *nihonjin*. A mulher falava baixo com a criança. Ninguém entendeu uma palavra, então poderia significar qualquer coisa. Podiam estar planejando tirar os trilhos do lugar. Podiam ter instruções de como envenenar a água ou queimar plantações. Uma pessoa chamou a atenção da outra. Todos os *gaijin* estavam desesperados com o risco que mãe e filho poderiam representar. Alguns os xingavam e apontavam os dedos. Outros erguiam no ar ameaças na forma de punhos fechados. O barulho foi tanto que um policial resolveu interferir chacoalhando um cacetete. Resolveram que a melhor opção seria levar a mulher e a criança para a delegacia. Foi quando Kenji se aproximou. Ele esclareceu que mãe e filho só queriam comprar remédio. Era o que ela tenta explicar aos gritos. O policial não aprovou a intromissão. Tanto que deu um murro no peito de Kenji. Ken-*kun* se manteve em pé, repetiu o que havia falado. O policial perguntou se ele queria ir para o xadrez junto com a mulher. O delegado não gostou do que fizeram. Deixou a mulher ir embora. E ela seguiu o caminho de volta pra casa, sem o remédio, depois de ouvir os xingamentos de sempre — "quinta-coluna". Kenji também terminou a tarde livre.

愛子

Burajiru, Showa juukyuu nen nigatsu hatsuka.

Kenji está muito falado entre os *nihonjin*. Apesar de não ser alto e ter só dezessete anos, ele foi corajoso e enfrentou o policial. Ficou com um hematoma feio no peito. Não raro pedem para *nii-san* abrir a camisa e mostrar a porção de um amarelo arroxeado de sua pele. Kenji a exibe com orgulho. É sua medalha, uma prova de bravura.

Os homens repetem que ele honrou o Japão. Kenji nos contou que até já disseram o que ele fez equivale ao que os soldados *nihonjin* estão fazendo na guerra e que o imperador teria orgulho dele. Me pareceu um exagero. Kaede não esconde os risos de descrença. Os dois brigaram. Kenji disse a *nee-chan* que não tem culpa se a vida dela é tão chata e sem eventos. Depois pediu desculpas. Ela não quis aceitar, deixando-o cabisbaixo.

Kenji está menos tímido porque não é mais enxotado das conversas dos mais velhos. Tenta demonstrar opinião mesmo quando não sabe do que estão falando. Ele sente muito orgulho e parece se considerar capaz de tudo.

愛子

Burajiru, Showa juukyuu nen sangatsu futsuka.

Papai se aproximou de mim enquanto eu escrevia no caderno. Quis saber como estava a escola clandestina. Contei que Sachiko Higuchi é uma boa *sensei* e às vezes me elogia. Falei pouco, porque papai é quem quis falar. Jurou que mamãe ficaria contente se visse que eu continuei a estudar. Era importante para a senhora que os filhos não se esquecessem da educação japonesa e não se tornassem caipiras. Ele lembrava de como era prazeroso para mamãe nos ensinar, ler para nós, contar histórias, declamar poesia. Não é toda casa na colônia que é assim. Mamãe era especial, nós deveríamos ser também. Papai ficou tão empolgado com as lembranças, mamãe. Ouvi e eu não falei nada sobre o medo e o cansaço que a escola clandestina me dá. Ou de como meus joelhos tremem quando vejo policiais. É como se estivesse desenhado em meu rosto que Sachiko Higuchi, eu e os outros alunos transgredimos as leis do presidente brasileiro. Às vezes, nem consigo me concentrar direito, para dizer a verdade. Tem dias que Sachiko chama minha atenção em vez de me elogiar, embora, em outros fale bem da minha caligrafia, meus conhecimentos de história e até de meu português. Estou mais decidida a continuar porque a senhora ficaria feliz.

愛子

Burajiru, Showa juukyuu nen sangatsu kokonoka.

É tempo de muita colheita e fico cada vez mais cansada. Não tanto quanto Kaede que é a primeira a acordar e a última a dormir. Cuida de Yukiko, mais desperta à noite depois de cochilar o dia todo. Passa roupa com o ferro de carvão à noite para matar as larvas de insetos de tudo que vestimos. Porém, conciliar a lavoura e a escola arranca minhas forças.

Tenho de seguir em frente e me aplicar. Sou muito sortuda. A maioria das meninas *nihonjin* só fazem o primário e, no máximo, um curso de corte e costura. *Nee-chan* nem isso teve.

あいちゃん

Burajiru, Showa juukyuu nen sangatsu juuichi-nichi.

O senhor Taguchi trouxe um rádio e alguns papéis. Pediu a Kenji que escondesse o rádio e preenchesse os papéis com desenhos e frases de motivação. Primeiro, papai hesitou. Kenji falou que deveríamos ser solidários com outros *nihonjin*. Os dois respeitam o senhor Taguchi porque ele era presidente da Associação dos Jovens. Quando senhor Taguchi foi embora, papai e Kenji sintonizaram o rádio e deixaram tocar. Queriam saber as notícias da guerra, de certo, como todo mundo. Ouviram o radialista falar o horário de Tóquio e algumas notícias. Eu me lembrei do aparelho que Kenji quebrou, mas fiquei quieta. Percebi nos olhos de *nii-san* que ele pensava o mesmo.

Queria ouvir música, mamãe, então aguardava as notícias terminarem quase sem respirar. Papai gritou para eu sair de perto quando me viu. Parte de mim se sentiu triste com seu jeito brusco de me afastar. Parte de mim se sentiu mais próxima dele. Ambos temos segredo, ambos somos transgressores, ambos não nos dobramos. Ele com seu rádio, eu com meu caderno e as aulas. Kenji permaneceu a seu lado. Depois de um tempo, eles desligaram o rádio e saíram para escondê-lo.

Nee-chan resmungou baixo que não gosta de quando senhor Taguchi vem. É a segunda vez que ele traz papéis para Kenji transformar em panfletos de guerra e distribuir. Kaede se apressa em jogar fora quando consegue pegá-los.

"Isso não vai acabar bem", ela disse. O que *nee-chan* diria se soubesse dos meus cadernos?

あいちゃん

Burajiru, Showa juukyuu nen shigatsu yokka.

Foi horrível, mamãe. Não há outra palavra para usar além de horrível. Os Tomizawa estão mortos. Todos eles. Keiko tão forte e saudável está morta. Os irmãos que a seguiam como sombras estão mortos. Eles não irão crescer. O pai está morto. A mãe deles está morta.

Sinto arrepios a escrever. É muito, muito horrível.

Isao me chamou aos gritos atrás da porteira. Estava rouco. Demorou para entendermos o que queria dizer. Contou que os Tomizawa haviam morrido e que estavam retirando seus corpos da casa. Corremos todos juntos até lá para ter certeza. Isao, eu, Kenji, Chiyo, Kaede com Yukiko no colo. No começo, eu estava só assustada e sentia curiosidade. Ver a movimentação me paralisou. Não consegui ver os corpos, mas os imagino. Sinto medo, e agora não passo mais na frente do sítio que foi deles. Isao diz ter pensamentos parecidos ao caminhar por lá.

Kenji está com raiva. Ken-*kun* quebrou uma vassoura de raiva quando chegamos em casa e Kaede nem brigou com ele.

Ouvimos muita coisa. A história que mais contam é que os Tomizawa fizeram a última refeição juntos e se envenenaram. Havia só arroz na mesa. Também ouvi dizer que a polícia realmente tirou tudo deles e eles não teriam como pagar nada que deviam, a não ser que dessem as terras. Parece que fizeram muitas dívidas e recebiam cobranças. E que Tomizawa-*san* tinha informações sobre grupos de resistência, delatou pessoas e se sentiu envergonhado. Talvez fosse perseguido por *nihonjin*. Falaram também que eles viviam sob o medo de a polícia voltar e encurvados de vergonha. São muitas histórias.

Eles decidiram morrer e é isso que mais me apavora. Ou pensar que talvez as crianças não quisessem e os pais as forçaram. Não sei o que é pior. Querer. Não querer. Papai disse que há vergonhas que machucam mais do que a morte. Chiyo o olhou em choque, assim como eu. Não consigo concordar.

Tento me lembrar das vezes que brincamos na mata atrás de ninhos e lagartos. Ou de quando Keiko veio jogar beisebol conosco. Não consigo esquecer que ela me defendeu quando me fizeram cair na antiga escola. Penso que ela queria uma amizade que nunca consegui dar por inteiro.

Na colônia, não se fala outra coisa. Há lamentos, há pessoas culpando os *gaijin*, há pessoas recriminando os Tomizawa. Sinto que a vida na cidade mudou, mamãe. E nunca mais será igual, mas nem todo mundo percebeu.

愛子

PARTE TRÊS

O FOGO

Aquários

Novembro de 1993.

Há uma segurança ilusória no teto branco. As fendas são pequenas, mas estão lá, ocultas nas rachaduras sutis sob o véu das sombras dos lustres e entre os vértices de gesso. Telhas foram amputadas pela cumplicidade dos golpes da chuva com os ventos. Os vazamentos são denúncias da fragilidade da alvenaria.

As evidências de deterioração sempre começam acanhadas. A olho nu é raro se suspeitar que um corpo ereto e enérgico, apesar da idade, possa estar mastigado nos ossos e tecidos dos órgãos. Corroído onde a visão não alcança. O estômago tem a revolta de uma roda da fortuna em um giro oculto. As dores vêm em punhaladas, mas é possível escondê-las.

A casa é uma construção antiga como tantas outras do bairro. Há um apelo romântico na fachada ruborizada, acentuado pelos floreios e rostos brancos de gesso próximos ao telhado. As alunas de história da moda simpatizam com as paredes rosadas e os ornamentos antiquados. Elogios à casa sempre interrompem as conversas. Até já a fotografaram. Foi a estima dos outros que salvou os detalhes das ondas de reformas.

Não há freios para o avanço da decomposição. Tudo degrada. O canto da chuva, com seus gemidos, é um réquiem naquela noite. Mais do que sempre. É o que Kaede sente durante a ronda pelo sobrado, enquanto vigia as goteiras. Os músculos dos olhos doem ao serem forçados. Escancaram a marcha da refração ocular. Kaede precisa driblar os baldes para não tropeçar, embora ela mesma tenha posicionado um por um. A cada reencontro, esvazia os que ameaçam transbordar.

Apesar dos baldes, o cheiro de umidade se infiltra nas narinas, exalado pelo carpete e pelos sofás que as gotas fustigaram. A água se espreita por cada vão. O odor se agarrou aos pelos da pobre Diana, alerta a qualquer levantar de pernas e braços de Kaede. Se houvesse eletricidade, secaria com ventos fortes e mornos os pelos do animal. Queria expulsar a transpiração de uma aquosidade suja que piora os próprios enjoos.

A quietude da sala foi violentada por uma ocupação de objetos sujos. Todo canto abriga rolos de tecidos encardidos até a metade pelas injúrias de uma água barrenta, atracada também aos vasos e abajures. Deviam ter trazido apenas os aquários. Ela havia insistido, mas a gentileza de Takeshi foi impositiva, ignorou a sensatez e contaminou as hóspedes.

Os restos do ateliê, sobreviventes da pilhagem praticada pela enchente, apenas trouxeram a depredação para o andar superior. São lembranças quase vivas da chacina da enchente aos moldes e croquis. Traços de uma criação de décadas se desfizeram em uma noite. Muitos dos desenhos eram apenas souvenires de uma celebração a si própria, Kaede sabia, e a despeito dos esforços da natureza, eles já cumpriram um papel de gerar roupas. Vestidos, paletós, saias, tailleurs e calças palpáveis se fizeram escudo para vulnerabilidades de carnes e peles. Realçaram personalidades. Já as revelaram também. Tecidos dão transparência às pessoas. Despertam destemores. O papel agredido pela água era só a origem, não o fim. Mas houve uma decisão em guardar os croquis. E fora de Kaede.

A violação das próprias escolhas atordoa, fura a pele das mãos, dos braços, do tronco e do pescoço como se o destino bordasse vagonite. A sensação acompanha Kaede desde a adolescência. Equivale também a amarras feitas com uma fita fina, porém de tramas firmes. Ela não imaginava que seu arbítrio seria atacado até na velhice. Pela chuva, pelos músculos da garganta que endurecem diante das pessoas, pela multiplicação das próprias células doentes.

O aquário na frente de Kaede a atrai. Seu peito precisa de desaceleração. A circulação do sangue pelas veias e artérias converte a respiração em um tumulto audível. Ela sabe que o aquário exerce um efeito calmante. Os movimentos lembram até a voz de Maura — que ela esteja segura e livre de enchentes, por favor! Os peixes e suas escamas acetinadas estão ao alcance, tornam-se mais corpóreos que Takeshi, que as irmãs, que as dores. A água que os contém é mais água que a inundação.

Kaede está isolada. Takeshi a castiga com um silêncio estrondoso desde que ela avisou sobre as visitas. Foi uma surpresa ele ter permanecido para o almoço. Kaede sente os poros arderem com o rancor e sentimento de rejeição dispersos pela respiração do menino. Porém, as pressões da mágoa calada de Takeshi não estrangularam a fúria antiga dentro dela. Primitiva, esparramada, enrijecida. Contra si, contra Aiko. Só os peixes a diluem, porque eles sabem nadar.

Uma tranquilidade toma as rédeas de seus músculos quando ela assiste à coreografia das barbatanas e rabos. Kaede repara no termômetro caído no meio da areia branca. Além dos corredores, um vozerio a recorda das presenças presas naquele sobrado. São cativos, como ela. Há uma comunhão no confinamento imposto pela chuva, porém a estranheza entre os corpos é maior.

Kaede não ensaiou discursos. Nunca esperou arrebatamentos afetuosos. Porém, via a si mesma em um diálogo com as irmãs quando imaginava o reencontro. Não tinha um roteiro pronto, só fantasiava a sonoridade plácida das palavras. E precisavam se falar. Havia uma urgência, as células gritavam. Os impulsos se desmontaram quando Yukiko e Aiko surgiram, duas presenças materiais com odores desconhecidos. A mais nova aspergiu um perfume amadeirado na pele. Cheiro inédito, maduro, distinto do frescor úmido e animal do fim da infância. Aiko tinha um aroma dos hidrantes adocicados, comprados nas perfumarias baratas. As irmãs envelheceram à distância. Seus tecidos celulares se desfizeram e reconstruíram ao longo dos anos. São novas pessoas, apesar dos traços familiaries nos ângulos dos olhos e das bocas. Os próprios ossos tremem com a mera visão das irmãs.

Toda intenção de saudações se paralisou. Kaede engoliu os verbos regurgitados, os receptivos e os vingativos. Da outra parte, Aiko passou o dia estática, o olhar vagante, os membros domesticados como se ela tivesse abdicado à natureza impulsiva há tempo demais para se lembrar. Yukiko se tornou uma mulher desenvolta, porém distante. Havia uma aspereza no seu timbre. Nenhuma manifestação de fisicalidade afável ou nem sequer de armistício das irmãs. Só estavam ali e ocupavam espaço.

Os corpos se mantêm afastados como se fossem se espetar com agulhas escondidas entre a costura das roupas na menor tentativa de toque. As trocas de olhares são também agudas, pontas de tesouras com a sinuosidade das acusações. Fincam nos ossos, não soltam, fazem feridas de anzol. São parecidas com as lâminas presentes nas pontas dos gestos de Takeshi.

As irmãs e o menino estão a uma distância de paz. Kaede concentra a visão no aquário. A tempestade, apesar da infiltração e das falhas no telhado, continua do lado de fora. Os peixes é que merecem atenção. É curioso como o movimento em meio a água contida entre as paredes de vidro a conforta, diferente do fluir da inundação pela rua da frente.

Kaede se apressa para vestir uma luva de borracha azul — a mesma que sempre usa na limpeza do aquário. A mão enluvada mergulha na água e resgata o termômetro. A introdução dos dedos faz os peixes se precipitarem para o fundo em meio a plantas aquáticas. É uma interrupção fantasmagórica da rotina do aquário. O acontecimento equivale à descida de um deus até os homens para corrigir uma anomalia da natureza em uma manhã de terça-feira, enquanto as pessoas estivessem em trânsito para o trabalho ou escola. Todos os seres humanos também correriam com medo. Não dá para ressentir a pressa dos peixes em se esconder. Já há ressentimento demais para amargar a atmosfera abafada daquela casa.

Kaede pressiona a ventosa transparente até pregá-la contra o vidro. O álcool tingido de um tom sanguíneo ultrapassa por um risco o número vinte e cinco na escala de zero a cinquenta. Vinte seis graus. A temperatura é a ideal, apesar do motor desligado. O alívio e a sensação de controle alongam a distância entre os cantos dos lábios de Kaede.

Na solidão compartilhada com os peixes e com Diana, ela pôde fingir que aquela é uma noite normal. A discussão com Takeshi de ontem está distante. Nem sequer raspou gargantas e tímpanos. A casa não abriga mais familiares de um passado que seria melhor se continuasse passado e morto. Kaede não passou o dia a se perguntar por que achou que seria uma boa ideia fazer o convite.

Sob os signos dos peixes, Aiko e Yukiko não são mais reais com sua visão, audição e memória. Não mais se sentam à mesa para partilhar alimentos. Não mais carregam uma expectativa e um temor nítidos nas expressões dos olhos e na velocidade das mãos. Tudo volta à calmaria e Kaede passaria mais trinta anos sem vê-las — no que depender do aquário, ela vai até viver mais trinta anos.

O peixe-de-briga macho sobrevoa a ponte de resina. O rabo vermelho e azul dança como um vestido de chiffon mergulhado no mar. A etiqueta na loja de animais informava o nome científico da raça. *Betta splendens*. O peixe era reconhecido por uma classificação. Não era nada pessoal. Como as fotos em tamanho três por quatro. A numeração em um documento de identidade. Depois ele virou Shiva, por sugestão de Takeshi. Shiva, um vestígio de uma obsessão juvenil por mitologia. Se olhar bem, até hoje nos croquis do rapaz se insinua uma predileção pelo fantástico e o antigo.

As duas fêmeas se apressam para a borda da água na esperança de receber granulados de um matiz terroso liberados pelos dedos de Kaede. Ela é uma entidade gigantesca que abençoa todo o aquário com comida. A embalagem dizia que a ração era adequada para betta. Kaede a comprou porque foi educada com o tempo a acreditar em frases escritas em embalagens. Parecem mais honestas que as vozes das pessoas. Mais científicas e determinadas.

No começo, o macho só tinha uma companheira, por um tempo chamada de A Fêmea. Foi Takeshi quem trouxe a segunda em uma sacola de plástico transparente após perceber o contentamento da mãe em cuidar do aquário. Depois disso, as duas fêmeas ganharam os nomes de Daisy e Violet, iguais aos das gêmeas siamesas que um almanaque folheado por Maura informou terem sido artistas de vaudeville nos anos 1930. As fêmeas de betta não eram unidas pelo tronco, tampouco eram iguais na aparência: uma tinha escamas amarelas e a outra era branca com brilho lilás. Elas só estavam presas uma à outra no mesmo ambiente. Sem escolha. Como os membros de uma família, como os enclausurados por uma enchente.

Kaede se lembra de que precisa tampar o aquário com cuidado para não prender os dedos com as placas de vidro pesadas. Bettas são peixes saltadores. Fogem e ela sabe bem qual o poder de atração de uma ideia de fuga. Mas a tampa que espere um pouco mais. Kaede sente vertigem ao olhar o aquário — é um ecossistema inteiro confinado em sua casa e ao seu alcance. Os peixes são prisioneiros dela em um cativeiro retangular. Ou melhor, seus protegidos. Como Takeshi foi e não há nada para contestar. Ele foi. Como Yukiko finge não se importar, mas acredita não ter sido. E Setsuko.

Kaede saboreia a paz ao ver que possui controle sobre tudo que está submerso na água tratada. Um domínio que depende apenas de ração, um filtro e do termostato. Sem Aiko, sem Yukiko, sem as escolhas do passado ou convites do presente, sem ofertas do Diabo, sem a mágoa de Takeshi. As coridoras e os limpa-vidros ajudam com a execução de um trabalho para higienizar o ambiente.

A pressão sanguínea de Kaede desacelera, mas uma ânsia permanece entre a laringe e o estômago. Apesar do efeito tranquilizante, ela larga a visão do aquário aberto ao perceber um zumbido de vozes em algum ponto da casa. Embora não queira distinguir as palavras, Kaede os segue.

A mão acena para Diana não pular, acaricia a pelagem vermelha para acalmar a cauda balançante. A cachorra contém a animação, é obediente. No quarto, Yukiko e a menina conversam. São a origem do vozerio. Falam com a fluidez macia com a qual Kaede não consegue propagar as próprias palavras naquela noite. Ela cala as palavras estufadas no peito, irritada com a juvenilidade que perdura e embaraça os membros.

Atrás delas, Aiko costura os olhos e as mãos aos antigos cadernos. A irmã os abandona ao avistar Kaede. Yukiko e a menina não percebem as duas se entreolharem, não viram como ficaram assustadas com o formato das pupilas uma da outra. Uma pergunta ressoa dentro de Kaede. Você ainda pensa em japonês? Ela esgana o questionamento, outros brotam. Você já se perdoou? Você foi capaz de ser feliz? Você ainda sente raiva? De si? De mim? Kaede se afasta. Não quer ser obrigada a falar.

Como o passado podia estar tão vivo, Kaede se pergunta. Ela não o havia deixado para trás ao subir no carro azul-ciano, segurando Takeshi nos braços? A culpa era de Aiko e Yukiko. Elas traziam assombrações nos traços do rosto reconhecíveis, aqueles que ainda não haviam sido transformados pela idade. Por que as invocou? Por que ainda bambeava as pernas como se fosse uma menina? Kaede se viu correndo das irmãs. Não parecia ser tão difícil quando as chamou ao telefone. Seu tronco ansiava pelo quarto, pela cama. As vozes precisavam ficar para trás. Assim como as lembranças. Não bastava o estrago que as irmãs já fizeram naquele dia? Já não trouxeram uma destruição maior que a da tempestade? Mas não era o que a família sempre fez na vida de Kaede?

— *Nee-chan*? — A voz rouca, com indícios de um passado fumante, carrega a entonação de Aiko. Não é a sonoridade da qual Kaede se lembrava. É como se alguém tivesse sequestrado a personalidade da irmã ou a imitasse. Aiko a segue. Está sozinha. Yukiko e a menina continuam a conversar no quarto. O rosto que a encara tem as rugosidades de um matelassê. O corpo guarda uma civilidade encurvada, emagrecida. É o retrato da típica vovó.

— Só vim ver se estão bem acomodadas. Parecem bem.

— *Nee-chan*, preciso falar.

— Agora não dá. Os aquários. Desculpa. Tenho que cuidar. Os peixes. Dar comida. Preciso ir. — A garganta de Kaede imprime uma distância às palavras, mas elas saem como se pregadas por uma caixa de bobina em descontrole. Ela soa como uma tola. Falar é difícil, dá náuseas. É mais fácil correr com o rosto virado para frente, sem se ver refletida na perplexidade do rosto de Aiko.

— Olhe pra cá, *nee-chan*. — A irmã percorre suas pegadas. — Você prometeu que não ia pra longe. Prometeu. Por que mentiu? Preciso saber. Rápido. Tudo está se desfazendo para mim.

— E acha que para mim não?

— Já vai fugir outra vez? Por que nos recebeu, então?

Aiko fala alto, como se inconsciente do fato de que foi abandonada para trás no corredor, como se ignorasse a pressa de Kaede.

Os pés não param para ouvir o resto. Eles a conduzem pelos corredores, exploram um caminho familiar.

A sola da meia pisa em algo frio estendido no tapete. Kaede sente logo que não é uma parte da fibra fofa. Quando as luzes dos raios voltam a iluminar o quarto, Kaede reconhece o corpo vermelho e azul. O betta parece morto há alguns minutos. O corpo já perdeu a umidade. Ela se ajoelha. O aquário está aberto. Ela havia esquecido a tampa? Como?

Sente o raspar da respiração pelos pulmões. O peixe fica pequeno em sua mão, menor do que quando o trouxe preso em um aquário redondo em miniatura. Ele está seco. O peixe pulou porque quis. Kaede podia ter fechado a tampa. Ela poderia ter deixado Takeshi para trás. Ela poderia ter amarrado as meninas na loja de doces, longe do rio. Ela poderia ter fugido de casa antes de a guerra terminar. Ela poderia ter gritado mais com Aiko para a irmã aprender a não falar o que não devia. Ela poderia ter chorado no funeral da mãe. Poderia?

Quando os sons de soluço se alargam e escapam, percebe que a garganta está destreinada. A última vez que escaparam foi quando sentiu o suco escorrer dos caquis amassados. Antes disso, chorou quando as mãos sentiram a vida se esvair dos músculos da porca. Foi tudo há tanto tempo. Kaede havia se esquecido de como as lágrimas ardem ao escorrer.

A porca

Abril de 1944.

Kaede, Kaeedeee! A voz de Chiyo é afiada, talha o ar. O som tem uma inclinação para o choro, cambiante entre o lamento e o rogo. Lançado no quintal, o nome pertence a alguém desconhecido. Mas é assim que a chamam. Ou *nee-chan*. Nos últimos tempos, ouvia aquelas invocações em profusão. Kaede, tenho fome, o almoço vai demorar? *Nee-chan*, caí, machuquei, me ajuda. Kaede, faça Yukiko parar de chorar! *Nee-chan*, Chiyo está estragando o futon outra vez.

Desta vez, ela não oferece a imediatez de sempre. Nem sequer encara de volta, embora o grito da irmã raspe a nuca. As palavras concebidas nas gargantas das crianças e dos homens são vazias. O som da porca, sim, pulsa. É o grito mais humano do pátio. Ecoa vibrações de um animal numa zona fronteiriça. Oscila entre ser e não ser mais.

O vestido de Kaede guarda em cada entrelaçamento de fios o afeto de uma predileção. A estampa florida desbota levemente de lavagem e dos sóis que conheceu ao quarar e nos varais. É usado com frequência por ser uma roupa querida, feita por si mesma. Agora está arruinado, encharcado de vermelho na borda da saia e na manga bufante que Kaede se esqueceu de arregaçar. Nunca havia feito partos de animais. Desconhecia os ritos preliminares. Mas havia ajudado no nascimento de Yukiko e tudo ocorreu bem. Haneda até a elogiou na sua prontidão.

A porca é uma marrã, quase recém-desmamada, revestida de carne rosada e tenra, cheia potencial para crescer mais. As orelhas alçadas se mantêm intactas das mordidas dos seus semelhantes, feito duas folhas frescas. Os olhinhos pretos brilhavam sadios. Pareciam até gracejar.

Kaede tem uma predileção por criar porcos entre todos os animais. As crianças gostam tanto da carne. Eles se deliciaram com o assado preparado uma vez na casa de Jacinta. Kaede tentava adivinhar os gostos dos irmãos. Às vezes até ganhava alimentos e, em vez de saborear sozinha, oferecia a eles.

Não havia vez que passasse na frente de Watanabe-*san* sem que ele oferecesse uma porção de ponkans. Kaede traz na saia dobrada as esferas alaranjadas. A casca crivada imprime um aroma cítrico duradouro no tecido e nas pontas dos dedos. Ao cruzar o sítio e ver o pomar, ela sempre comenta a beleza das frutas. Um acerto. Watanabe-*san* é um homem orgulhoso. O grande feito da sua vida nos últimos anos era ter introduzido o cultivo de ponkan naquela região — jura que se não fosse um senhor um tanto mais apressado da colônia de Bastos, teria sido ele a apresentar a fruta ao Brasil. É generoso ao receber subornos na forma de elogios. Kaede nem precisa pronunciar o desejo de levar ponkans para casa, seu pedido é atendido antes de brotar na boca.

A mãe era quem sabia desvendar vontades ocultadas nas curvas do rosto das crianças, acentuadas nas bochechas elevadas, nas dobras das sobrancelhas e na espessura dos bicos. Sentada na soleira de casa, numa época em que existia o tempo para respirar em paz sem ter de se ocupar com mais uma tarefa, Kaede sentia as trepidações no estômago esvaziado. A fome a iludia, criava cheiros e gostos de alimentos, iscas lançadas pela lembrança. Sonhava com conservas de gengibre, rabanete e *ume* servidas pela *obaasan* em Okayama. A mãe, então, a surpreendia com a confissão de ser presa de uma fome por picles irmã da vontade que a mordia. Elas colhiam juntas mamões ou chuchus para preparar em um vidro com vinagre. Não era o mesmo sabor do Japão, mas era o mais próximo possível.

A marrã, quando trazida pelo senhor Dionísio e o filho, também atendia a uma intenção de Kaede. Faria companhia aos porcos e porcas que a família já tinha. A população do mangueirão tinha de aumentar, mas os animais estavam envelhecendo. Precisavam de espécimes jovens como aquela. Talvez logo procriasse. Daria tempo de ter pelo menos um leitão para o aniversário de Aiko. Um filhote da marrã poderia ser assado na reunião de família. Jacinta lhe ensinaria como preparar. Kaede também queria desvendar as formas de fritar o couro e de confeccionar linguiça como aquelas que via penduradas no armazém. Na imaginação, não parecia ser tão difícil. Ela poderia ainda extrair banha da gordura e toucinho, como já viu a mãe fazer.

Kaede esfregava as fraldas de Yukiko quando os homens chegaram com a porca encomendada. Ela os cumprimentou sem jeito e foi chamar o pai, prostrado no quarto. Ficou sozinha com os dois até que o pai resolvesse se levantar para os entreter com o dinheiro e as conversas sobre colheitas, terras, preços. O rapaz tentava desvendar o rosto dela, semiescondido pelos cabelos soltos. O olhar queimou a intimidade de coxas às quais se agarrava o tecido da saia molhada e percorreu o contorno dos seus seios sob o vestido. Kaede ansiava pela chegada do pai. Temia também, pois ela é quem podia ser repreendida. Com o pai nunca se sabe.

Quando ele chegou, Kaede correu a levar a porca recém-adquirida ao mangueirão para se alimentar com movimentos de agradecimento às visitas. Dava pena apresentá-la aos porcos. Era tão nova ainda. E machos tinham tanta inconveniência em seus impulsos, despertados pelo cheiro de fertilidade impregnado entre as coxas das fêmeas. Kaede mesmo fez essa descoberta desde que o corpo começou a se arredondar. Os olhos dos homens passaram a fazê-la ruborizar numa ira emudecida. Ela já não gostava mais tanto de andar sozinha até a cidade para as compras de alimentos, rendas, linhas e tecidos. Seus passos vacilavam sob a visão dos adultos.

Em questão de dias, um porco estaria acavalado no lombo da marrã, em um exaspero, como se precisar encontrar algo nas entranhas da fêmea para sobreviver. Kaede sabia que seria assim. Ela via o mesmo à noite, quando o pai acreditava que todos estavam dormindo, e se deitava sobre a mãe.

Kaede sentia as bochechas queimarem ao se perceber ainda seguida pelo olhar de um rapaz. A mente dele, de certo, era povoada por cenas parecidas. Buscava palavras para ofendê-lo em uma luta muda e interna. Queria correr, mas manteve a postura e ancorou a própria mira na porca. Era um animal de porte médio, porém robusto. Tinha um focinho bonito. Formava uma simulação de alegria com os olhos pequenos.

Formava, antes dos gritos.

O que a porca quer agora, ela se pergunta. Talvez o fim, talvez voltar para um tempo em que a dor não fosse uma realidade tangível. Berra pelo que pareciam ser horas. O filhote está atravessado. Dá para tatear contornos diminutos por baixo da barriga rosada. O relevo está sensível entre as tetas dilatadas, prontas para servir. Kaede tenta manuseá-lo por dentro, mas só arranca mais gritos.

Chiyo também chora. Quando os vendedores trouxeram a marrã, brincaram juntos a criança e o animal. Chiyo, já no fim da primeira tarde de amizade, carregava nas pernas e nas roupas os traços de lama do mangueirão. No banho, até confessou a Kaede sobre estar espantada com como a própria pele e a da porca eram parecidas. Mas ela tem pelos bem mais grossos, Chiyo não tem, *né*? Veja só! A pequena também reparou que os olhos da marrã pareciam sorrir. Agora a irmã pergunta entrecortando o pranto por que tudo precisava sofrer. Jura que não comeria hoje, amanhã e se pudesse cuspiria todos os bichos que já engoliu.

A porca estremece. E o filhote, quando as mãos de Kaede conseguem torná-lo visível, parece ora arroxeado, ora branco. Cores da morte. De certo, é um obstáculo para os irmãos em sua ânsia de seguir o caminho até o nascimento. Os outros devem estar em agonia feito a mãe.

A porca tem um coração palpitante. Kenji estende uma faca. Acerta logo, *nee-chan*! A porca só irá sofrer mais se *nee-chan* prolongar a vida. Kaede chacoalhava a cabeça. Aquele era um dia de vida, não de morte. Já havia morte demais naquela casa, naquela cidade. A mãe, os Tomizawa. Não, Kaede não sabia matar. Não é o que quer agora. Nem toda morte é igual. Não havia problema em matar dependendo da necessidade, Kenji dizia. A mãe era boa gente, *né*? O pai é boa gente, *né*? Os dois eram certeiros. Quase não se ouvia os porcos e bois quando eles os golpeavam, Kaede mesmo estrangulava galinhas quando os irmãos tinham fome. Não era pra produzir animais para o abate que ela arranjou aquela porca?

Aiko olha de longe. De certo, não quer transparecer desespero, mas as mãos apertam o ouvido há tempo demais, com força demais. A cabeça parece pronta para estourar.

Kaede tateia a umidade vermelha na superfície cutânea de um cor-de-rosa pálido. O sangue escorre sobre a carne da porca. Ou era a pele dela própria? Eram mesmo parecidas. Kaede tenta puxar o filhote outra vez. Falta força. Ela apalpa, apalpa, aperta fantasmas da carne do filhote. A porca berra. Lágrimas se formam no canto dos olhos sorridentes. Por que ela não morre logo? E se não estava disposta a morrer, por que não foge? Por que não morde Kaede?

A porca se tornou uma existência plena ao pisar na soleira da morte. O ser se expande quando vai morrer, quando luta contra o destino. Kaede se lembra bem disso, já viu antes. A porca parecia não querer morrer.

Kaede suja o rosto ao esfregar as mãos na pele. O suor dela se dilui com o sangue da porca. Os soluços de Kaede se fundem aos gritos do animal. São uma só.

O pai não existe mais. Por isso, é estranho que ele a empurre, que tome a faca da mão estendida de Kenji. Kaede não responde. A porca solta um grito mais forte, agudo. O quintal gira. Kaede é um pião. Então, a porca se cala.

O corpo do pai obstrui vista. Kaede enxerga apenas partes do corpo imobilizado. A porca virou um cadáver. A mudança de estado se faz num instante. Agora você é. Agora você não é mais. Foi assim com a porca. Foi assim com mamãe.

O sangue se prende na pele de Kaede. Ela o esfrega com as digitais, mancha o rosto com coágulos. Macula as pontas dos cabelos, o vestido, as pernas. Seu choro vaza. Escapam com o vento as lágrimas e os gemidos guardados por meses. Ela não ouve ninguém. Nem os irmãos, nem o próprio grito.

Não ouve sequer o tapa. Sente só o ardido no rosto. O pai a olha severo. Sem remorso. Ninguém mais fala. Aiko e Chiyo param de respirar. Os olhos de Kenji se arredondam, círculos perfeitos de susto. Ele ruboriza como se tivesse visto a irmã nua.

Kaede baixa a cabeça ensanguentada e caminha em direção ao escuro da casa. Os pés começam lentos, depois ganham impulso, açoitam o solo, correm. A família se distancia a cada passo. Ficam para trás também as paredes de madeira, o jardim finalmente florido outra vez, o jatobá com o balanço, a porteira. Todos fazem silêncio, menos os pés de Kaede.

Boneca

Abril de 1944.

A terra onde mora a família é feita de areia movediça. Leonor sempre temeu as viagens de regresso e aquela duraria muito, pois escondia um castigo. Ela se sente soterrada pela poeira que avermelha as toalhas das mesas, os balcões velhos das lojas e bares, o rosto dos homens que levantam o chapéu ao vê-la passar. Quanto mais se debate, mais se afunda. O pó está entranhado nas narinas e no ventre. Leonor virou desértica agora, como papá bem queria.

O tempo ali corre tão devagar. Há dias em que até retrocede. Por mais que Geraldo diga o contrário, as fachadas das lojas são as mesmas. A confeitaria daquele senhor japonês de nome gozado serve doces iguais aos da infância de Leonor, dez anos antes, quando ela pisou no vilarejo pela primeira vez. As ruas são cruzadas por homens e mulheres cobertos por trajes gastos que parecem ter sido feitos quarenta anos antes.

O quarto de Leonor ainda é um polo de frufrus. Lá se concentra a permanência de um branco casto nos lençóis e no mosqueteiro sobre a cama, de uma exalação de claustro que vem das paredes. As duas bonecas francesas, do tempo de meninice, estacionam em cada extremidade do leito. Nas tardes de preguiça e calor, ela ainda se deita entre aquelas figuras de corpos de mulheres. Torna-se parte de uma imagem que é prova de que Deus não só existe, como é sardônico.

Papá ama as terras, o café e o gado como o avô amava as fazendas de café. Talvez goste mais até das bestas, tanto que agora mal visita a outra fazenda ou a casa na capital. Os bois nunca dão desgosto, solta quando dá na telha. O pai é cheio de refrões. Repete as mesmas histórias das disputas físicas e judiciais por terras, lotes vendidos por ele e o avô no passado que haviam virado povoados ou até distritos. Fala ainda mais orgulhoso de como seu rebanho se expande. Comenta que os bois são um negócio que ainda vai dar mais lucro que o café já deu a ele e seu pai juntos. Fareja os ganhos, arrobas de ouro nos cupins. Bem espertos os mineiros que se aventuraram naquela região para investir em boiadas. Vai ser um império, brinca. Ao mesmo tempo, jura que os preços e impostos brutalizam tanto o agropecuarista naquele país que estrangulam qualquer empenho. Repete a ladainha quando se senta à tarde na varanda para receber homens. Eles trazem outras frases prontas debaixo da língua, sempre idênticas às da tarde anterior.

Avistá-los com as sobrancelhas erguidas dá azia. Leonor sabe bem das intenções do pai de um matrimônio com um daqueles sitiantes e fazendeiros carcomidos, ou com um de seus filhos. Que sejam bacharéis ou capiaus metidos a barão do café do tipo que nem existe mais, são igualmente rançosos. O pai queria refrear os impulsos dela com o cabresto de um marido, como insistia em brincar Geraldo. E poderia ser mais feio. Ah, se a mãe soubesse o que a mana andava fazendo em São Paulo, seria pior que papá. Alguém teria um piripaque! Você ou ela. Com a cabeça pendente para o chão, Leonor molda "nãos" na laringe. Serão seu triunfo enquanto puderem ser.

Mamá todo dia reclama de enxaqueca, da certeza de que a cozinheira ou arrumadeira estão surrupiando a prataria, o enxoval da época do casamento ou os dois. Esses pobres-diabos não têm noção nem respeito pelo que é posse dos outros. Mas, menina, essa vitrola precisa ficar tão barulhenta? Está me matando! Você e seu irmão vão conseguir me matar. É o que querem? E essa cachorra dentro de casa? Tira esse bicho daqui.

Leonor tem certeza de que mamá odeia o marasmo do interior, mas, quando está em São Paulo, se diz atormentada pelos ruídos vertiginosos que não calam nem durante a noite. A enxaqueca piora quando pensa na população atordoante em expansão. Há um desencaixe entre ela e todas as formas de contentamento. Mamá sofre com a ausência dos filhos e se sente igualmente atormentada pela presença simultânea dos dois. Mal a rádio começava com seu "Quando faz noite de lua e os casais de enamorados" que tanto delicia os ouvidos e pernas dos irmãos, a mãe clamava por silêncio.

Aquela vida é estar presa na encenação de atos repetidos de uma mesma peça. Nem a companhia de Geraldo aquieta o coração de Leonor, porque ela sabe que, a pedido de papá, o irmão havia sido transformado em cão vigia. Era um segundo spaniel em seu encalço, junto com sua querida Diana. Leonor se agoniava com a agudez dos olhos do irmão, embora, em essência, ele fosse mais cúmplice dela do que do pai. Mas a mana também não conhece um limite. Você parece ter um gosto por escândalos!

Não mais que você, meu bem. Ela engole réplicas para não perder o comparsa que a deixa dirigir o Chevrolet sempre que vão até a cidade. Leonor acelera, como pudesse lacerar o tempo com a velocidade. Você é uma maluca, é isso que é! Ainda vai matar alguém.

Os pelos de Diana esvoaçam na mesma direção que as plantas do campo. A corrida faz o carro plainar. O irmão gargalha, com uma ameaça nas mãos de tomar o volante. Suas gaiatices têm valor de maldição. Uma figura atravessa de um lado para o outro da ponte e os dois não a veem. É estranho demorarem a enxergar os cabelos longos levantados pelo vento. Combinados com a roupa clara manchada de vermelho, os fios negros e soltos são a composição de uma fantasmagoria. Porém, o baque do corpo contra o carro reverbera até o volante.

Quando Leonor breca, arranca um gemido das rodas e uma sequência de latidos de Diana. O carro estanca. A moça está debruçada sobre o capô. Perto o suficiente para se reconhecer nos olhos amendoados a natureza estrangeira da mulher. De certo, é parte das colônias. Duas manchas correm dos ângulos de encontro entre as pálpebras. Seguem até o queixo como córregos, vestígios de um choro seco. A pele está lívida. A boca se mantém aberta, suspensa, ofegante.

— Diacho! — O irmão se torna muito mais do sertão noroeste quando se enerva. Passou mais tempo nas fazendas do avô e do pai do que ela. — Mas que diabos você quer? Se matar?

A garota tenta se levantar atordoada. Porém, o corpo cede antes que ela consiga ficar em pé.

— Isso é sangue? Minha Nossa Senhora, Geraldo, é muito sangue! — Já Leonor, quando ansiosa, revela as tardes na capela junto da mãe, a catequese e a educação entre as freiras. — Você está machucada?

— Acho que ela não entende, Leonor. Talvez seja até japonesa.

— Mas é lógico que é japonesa! Você é cego, por acaso?

— Não desconta em mim. Você é quem estava no volante. É sua culpa se essa moça agora der de arrumar encrenca com a polícia.

— Melhor que um médico a veja. Está cheia de sangue. Pode ter quebrado algo por dentro com a batida no carro.

— Não foi o carro. — A moça japonesa fala português, então! As palavras saem com uma fluência clara. Depois se atropelam em um pranto profundo, que aparenta ser grande demais para se conter no corpo da garota. O verbo é afogado pelo choro estremecido. Diana resmunga quando Leonor deixa o banco dianteiro do Chevrolet rápido demais para que as patas possam acompanhar.

— Um médico precisa ver você. Pode ter uma hemorragia interna, externa, vai lá saber! Levamos ele até sua casa se... — Geraldo propõe. A fala apressada denuncia o quanto ele mal pode esperar para se ver livre de problemas.

— Para casa não quero nunca mais voltar. — A garota recupera o fôlego para logo depois voltar a chorar. As unhas raspam pelo pescoço e pelo rosto, como se ela quisesse rasgar o pranto, mas não conseguisse.

— Vamos para a nossa casa, então. Até você se acalmar e ser examinada. Pode ser? Só não pode ficar sozinha no meio do nada. Aqui é que não dá pra ficar.

— E nada de polícia, entendeu? Você quem se jogou, percebe?

— Geraldo!

— Não se preocupem. Não vai ter polícia.

A garota japonesa se rende à ideia, ou simplesmente se submete à correnteza dos movimentos. Ela se permite ser tocada como se fosse um corpo esvaziado de arbítrio. É igual manusear uma boneca. Leonor tinha familiaridade com elas. Foi uma criança que existia para as acalentar, pentear seus cabelos, as despir e as vestir. Mal sabia caminhar quando ganhou a primeira. Os pais ainda passavam mais tempo em São Paulo do que no campo naquela época. O avô era vivo e foi quem deu o presente. A boneca veio com chapéu de vime, cachos dourados e boca bem vermelha. Ainda está no quarto, já descabelada e suja. Foi batizada de Louise. O destino era mesmo zombeteiro.

Leonor permite que Geraldo tome o volante. Senta-se ao lado da moça japonesa no banco de trás, fazendo Diana abanar o rabo em acordo com a escolha. Leonor sussurra perguntas. O sangue não é mesmo do atropelamento? A dor é muito forte? A garota se entretém com o grande nada em sua frente. A garganta não emite mais nenhum som. Os olhos encaram o vazio, tão escuros que as pupilas se confundem com a íris. São tingidos de um preto que desconcerta. Lembram precipícios que incitam ao mergulho quando encarados por muito tempo. O sangue está agarrado a seu colo, rosto. Empedra as pontas das mechas dos cabelos longos, mancha até as luvas rendadas de Leonor. Há uma intimidade naquela nódoa carmim transportada da roupa da garota até o revestimento de seus dedos.

— Não vai mesmo falar com a polícia?

— Ela já disse que não, Geraldo, deixa de ser cacete.

— Olha todo esse sangue. E se ela mudar de ideia?

— Não é meu o sangue.

Geraldo procura os olhos de Leonor. A expressão do irmão indica que ele acredita que levar a moça para casa vai gerar amolação, se não trouxer um perigo maior. Leonor ignora. O irmão não importa agora.

A retração dos músculos da garota a encolhem contra o banco de couro. Ela olha sempre adiante, como se estivesse distante de Leonor ou de Diana, embora a cachorra ofegue e tente cheirar seus cabelos lisos. A menina só vira o rosto na direção de Leonor quando carro estaciona e Geraldo desce para abrir a porteira. Parece pronta para descer, quando Leonor insinua uma espera com a mão. A moça entende e se aquieta, demorando o olhar em seu rosto. Por que pessoas tristes sempre ficam mais bonitas? A paisagem volta a se mover, destacada contra a estagnação da japonesa.

Há um estremecimento no peito manchado de sangue. Leonor uma vez salvou um gatinho no internato. Garotas mais velhas haviam atiçado um perdigueiro contra ele. A mordida perfurou a anca, tingiu de um vermelho quente a pelagem rajada. Ele respirava rápido como a garota japonesa. Leonor apertou a ferida com um lenço e só sossegou quando o bichinho estava forte. Sente ímpetos de fazer o mesmo com a menina. Tem um fraco por coisas pequenas e machucadas.

— Uma porca nossa morreu parindo e meu pai me bateu. Não foi o carro ou vocês. E não estou machucada. Só fiquei nervosa, mas já me sinto melhor. Não preciso entrar na sua casa, não. Nem de médico. — A voz percorre o espaço carregada de um calor inesperado, queima o interior das bochechas de Leonor. Há uma clareza na pronúncia, uma altivez até. Porém, o fluxo das palavras carrega uma lentidão de desconforto e cálculo.

Pais são iguais em qualquer família. Mas Leonor percebe que não sabia nada sobre os japoneses, como vivem, o que esperam de suas filhas. Sabia que lutavam do outro lado na guerra, mas ela tinha horror a esses assuntos e se limitava a folhear as páginas da revista *O Cruzeiro* que mostravam soldados ianques na Itália, pulava com a pressa de ler sobre Maureen O'Hara e Betty Grable na seção "Cinelândia". O que ouvira deles é que se espalharam pela região feito junça, que a cidade em alguns lugares era mais japonesa do que outra coisa. Trabalhavam demais e viviam em casinhas pobres, escondendo dinheiro nas esteiras em que dormiam. Papá também comentou que os japoneses estavam desbaratados por conta da guerra. Bastava soltar um boi pantaneiro brabo perto de suas terras que eles vendiam tudo rápido bem barato, por debaixo dos panos. O governo parece que os havia limitado a seus negócios e vendas formais, mas o medo dos bois e dos vizinhos era maior. Tinha gente ganhando dinheiro com isso, papá dizia. Leonor na hora não perguntou quem.

— Não vai dar trabalho nenhum. E eu bati em você com o carro. Não, Geraldo, não importa se ela quem atravessou na frente. Quem estava no volante era eu, como você disse. Faço questão de que seja examinada, vai que tenha se machucado, sim, por dentro. Depois você descansa um pouco, espairece, se limpa e levamos você para casa.

— Posso ir sozinha, não é tão longe.

Mas a moça não segue para a própria casa. Cede às mãos de Leonor com passos macios. Caminha quieta acompanhada pelos rodopios de Diana, até ser encoberta pelo véu de escuridão da sala de estar. Por que o casarão é sempre tão escuro?

— Tinham mesmo que demorar tanto nessa cidade? Já estava desistindo de esperar, ia tomar o café sozinha. Santa Mãe! Mas quem é essa?

— Mamá, precisamos de água quente. Clotilde, prepara o banho?

— Agora, na hora do café, Nonô?

— Você troca de roupa, descansa, o médico vem e então a levamos para casa, tudo bem? Vou buscar algo meu para você vestir, não dá pra continuar com esse vestido sujo senão mancha toda a casa. Temos tamanhos parecidos, uma sorte. Agora não, mamá. Vá com Clotilde, meu bem! E, Geraldo, não fique aí feito um ás de paus, manda alguém atrás do médico, por favor! Vou pegar a roupa, já venho.

Um atordoamento faz o quarto girar enquanto Leonor o invade, como quando era criança, rodopiava e se jogava no chão para sentir o mundo continuar a correr. O estranhamento da mãe é compreensível. A situação era incomum e a própria Leonor não entende se era mesmo boa ideia levar aquela moça desconhecida para casa. Foi a pena, foi o medo de represálias, foi o tédio? Mas o que poderia fazer, deixá-la sozinha na estrada depois de atropelá-la? E se morresse? Sim, fizeram bem. Leonor não sabe por que se sente tão angustiada enquanto vasculha a mala com as próprias roupas que ainda não desfez para manter a sensação de provisoriedade. A moça está bem. É só uma interrupção da mesmice. Não ansiava por eventos diferentes?

O cheiro de sabonete Palmolive recém-aberto ocupa banheiro e acalma Leonor, mas não parece ter efeito na garota japonesa. Ela apenas plaina o olhar pela brancura dos azulejos e porcelana enquanto recebe o vestido. Por trás da porta que se fecha, a moça ainda exibe uma mirada sem rumo. Leonor sente os soluços escalarem o próprio peito, sem entender bem o porquê, e os faz desabarem. Não é hora para choros.

— De onde saiu essa criatura? Ah, vocês dois me arrumam cada uma! Atropelamento! Mas não podiam deixá-la na casa do médico?

— Mamá não tem coração? Não viu que a coitadinha está em choque?

— A menina é esquisita, dona Arminda, mas não parece ser de fazer mal. Só tá muito quieta. Vai que morre por aí.

— Só não quero atrapalhação para essa casa, Clotilde. Já tenho demais, você bem sabe. E bem na hora do café ainda.

— Vá lá cuidar de seu café então, mamá, que eu cuido da minha atropelada.

— Você e o seu irmão não veem como me machucam. Olha o jeito que falam comigo! Está vendo, Clotilde? Você trata a coitada da sua mãe assim? Quando eu não estiver mais aqui, vão estourar de tanto remorso.

A mesmice cerca Leonor até quando a rotina era transformada pelo extraordinário. Estar naquela casa é o mesmo que habitar o olho de um redemoinho de repetições. Geraldo dizia que agora só um casamento seria fuga para a irmã. Mas ela iria espernear se tentassem obrigá-la. Não com aqueles velhos carcomidos e seus filhos ensebados.

A respiração desacelera enquanto Leonor espia a paisagem para fora da janela. O céu tingido de rosa, laranja e tons violáceos naquele horário é a única reincidência do casarão que lhe agrada. Até mesmo Diana se aquieta, atenta às pausas da dona, como se esperasse o menor movimento para ladrar. Leonor se comove com a expectativa da cachorra, mimando-a com carícias nas orelhas.

— Quem é essa menina, hein, Diana?

O sol poente passeia com um reflexo dourado pelo corredor quando a moça sai do banheiro. Os cabelos molhados sombreiam o vestido bege de Leonor, mas o aspecto já não é mais o mesmo. Um pouco da tristeza parece ter se esvaído, porém a moça continua bonita.

— Parece outra pessoa! Venha cá se ver, vem.

Os passos da moça imitam os de Leonor, porém mais incertos. Os pés ainda estão descalços e deixam pegadas escuras de água pelo chão. Com aquele vestido de gola rendada, a moça até parece pertencer ao quarto de Leonor.

— O espelho. Aqui. Deixe eu escovar seus cabelos. Não seja arisca, só vou pentear para você estar apresentável quando médico chegar, não quero te machucar, hein? Prefere escovar sozinha? Tudo bem. Olha, você até que está com o aspecto bem melhor. Meu vestido lhe caiu tão bem. Parece feito sob medida para você. O seu também é bonito, pena ter ficado tão manchado.

— Eu mesma que fiz.

— Oh, é mesmo? Sou uma negação para costura. Mamá diz que meu único talento com roupas é pra correr pelas boutiques. Nem pra remendar, sirvo. Mas olhando bem, muito gracioso seu vestido. Talvez não esteja tão dentro da moda, mas a costura é bem feita e a modelagem também. Ah, você poderia costurar para mim, não poderia? Posso comprar tecidos, revistas! Papá não quis me trazer para esse fim de mundo? Que arque com meus custos, então! Desculpe falar tanto, não consigo parar. Ah, sinto uma ansiedade tão enorme que poderia até desmaiar se me calasse! Mas você está mesmo muito melhor. Não sente nenhuma dor da batida? Não? Ah, você ficou uma beldade, não é? Olha para a renda em seu pescoço. Parece até uma boneca. Eu poderia vesti-la com minhas roupas o dia todo.

As palavras escorrem da boca em um desespero. Leonor fala, porque parece ter desaprendido o que fazer com as mãos. A expressão séria da moça a intimida. Parece um encantamento. De repente, é como se o quarto não fosse mais seu e os membros grudados em seu tronco fossem grandes demais para o resto do corpo. É desconfortável não saber o que se passa debaixo daqueles cabelos pretos. Talvez a culpe pelo carro em velocidade, pelo atropelamento. Leonor tem pressa de seguir para a mesa e não ficar mais sozinha com a garota japonesa, ao mesmo tempo em que sente brotar um desejo de abraçá-la até seu corpo amolecer em um gesto de confiança. Como à Diana, quando era um filhote ressabiado que a encarou incerta pela primeira vez. Como ao gatinho do internato. Como à Ana Luísa.

— Mas eu não sou uma boneca.

A voz é cortante. Será que ela se ofendeu por tão pouco?

— Vamos ver se o médico está a caminho, então?

Geraldo já espera sentado junto à mãe, as mãos ocultadas pelo enxame de pratos, bolos, frutas, queijos, bule, jarras. Leonor sempre sentiu que havia mais comida do que estômagos nas mesas maternas.

— Só espero que essa história não me traga mais dores de cabeça que eu já tenho — a mãe murmura quase sem mexer a boca.

— E por que iria? — Geraldo assume uma postura defensiva. Para variar, mudou de lado após ser confrontado e agora se tornou opositor da mãe em vez de inquisidor da garota. — Já não disse que conversamos com ela? A senhora fala tanto em decência, decência. Não acha cristão ajudar uma alma...

Leonor pigarreia na esperança de que os dois se calem.

— Mas ficou uma belezura, Nonô. O banho até remoçou a menina! — Clotilde bate palmas com uma satisfação brilhante nas bochechas, como quem está crente que operou um milagre.

— E o médico?

— Já pedi pro Garcia ir chamar, mana. Que impaciência você tem, credo!

— Senta e come, minha filha. A menina também. Agora é só esperar o médico, não tem outro jeito.

Leonor ajuda a moça a se sentar até perceber uma condescendência nas próprias mãos, como se achasse que a menina fosse incapaz de entender o conceito de cadeira. Mas não dizem que japoneses se sentam no chão?

Mamá tem um sobressalto, depois se direciona para Diana, que ameaça farejar um bolo: — Esse animal não pode vir à mesa. Tira esse cachorro daqui, Leonor. Isso que não é saudável, nem limpo. E você, mocinha, como se chama? Entende o que eu falo?

— Kaede.

— Não entendo o que você diz. Sabe falar português?

— Mãe, ela sabe.

— É meu nome. Kaede.

— Ca-ê-dê? — Geraldo repete. — Até tem uma sonoridade bonita. Ca-ê-dê.

— Bonito mesmo, Dim. Parece até nome de pássaro.

— O meu é Arminda. E não estou entendendo nada do que aconteceu hoje. Você se jogou mesmo na frente do carro?

— A Ca-ê-dê... é assim que se fala? A Kaede teve uma indisposição. Não nos viu e nós não a vimos. O carro bateu de leve nela, mas melhor saber se está tudo bem, então a trouxemos para casa. O médico vindo, já a levamos embora para descansar.

— Hum. E aquele vestido manchado de sangue, minha filha?

— Fiz o parto de uma porca e ela morreu.

— Vocês criam porcos, então?

— Mamá, que tal deixar a Kaede comer ou pelo menos respirar?

— Ela tem idade pra saber cortar a própria comida, filho.

— Só estou sendo cavalheiro, mamá. Não se usa mais cavalheirismo por esses cantos, não?

— A senhora já vai beber vinho de novo, mamá? Sabe que horas são?

— Vocês me deixam tão nervosa quando estão aqui. Arranjam cada história, que vou falar. Na casa de vocês, os filhos são mais respeitosos que os meus, espero. Aqui eu sofro tanto com esses dois. Ainda me matam de desgosto, de susto.

A moça chamada Kaede mantém os braços colados ao corpo, apesar da insistência de Geraldo para que ela coma. O olhar, porém, está mais vivo e as sobrancelhas libertadas da inércia. A expressão da menina arranha os braços de Leonor por baixo das mangas. Ela sente um engasgo.

— Obrigada por tudo que fizeram. Mas não fico para comer e não vou causar problemas com a polícia. — Ela se precipita para Geraldo. — Desculpe fazer chamarem o médico, mas não preciso. Só tenho de chegar logo em casa. Vai anoitecer. E não se preocupem, não houve nada demais comigo. Foi só uma porca.

— Garcia saiu faz um tempo, logo volta com o médico. Espera.

— Levamos você, então.

— É perigoso nesse horário, Nonô.

— Não precisa. Eu conheço o caminho.

— Nós trouxemos você até aqui, nós levamos você até sua casa, não é, Geraldo? Pode ficar sem o médico, mas volta para casa conosco.

O pai fuma um paiero na varanda e repete frases do discurso de Vargas na rádio com outros homens quando Leonor volta. Como sempre, eles levantam o chapéu e a sobrancelha ao vê-la passar. A casa está mais escura ainda. A mãe borda e resmunga algo com Clotilde sobre o jantar. Leonor ziguezagueia pela casa até se cansar, seguida por Diana. O vestido manchado de sangue continua em seu quarto quando ela se deita. Estirada na cama entre as bonecas, Leonor sente um vazio no estômago que não consegue explicar.

Febre de seda

Maio de 1944.

Todos os barulhos são estrondos quando seu corpo está cansado. O *rum-rum* da mosca revoa, mas não ao ar livre. As asas raspam nas paredes de dentro do ouvido. A máquina de costura dominada por mãos ativas equivale a milhares de agulhadas na testa. Quando a fome de sua irmãzinha arrebenta a barriga dela, o berreiro se dilata em agudos e estoura. Até dói, mas não adianta brigar por silêncio, porque bebês não entendem uma palavra e sua *nee-chan* para até a costura a qual tanto adora fazer para ficar braba com você. Tadinha da Yukiko, não tem culpa se não sabe falar. Precisa avisar de algum jeito que está com fome. Chiyo não tem dó? Taro solta ganidos finos e o telhado do mundo parece capaz de desabar sobre sua cabeça. Melhor deixar ele em paz, você sabe bem. Se alguém vir suas mãos se elevarem em ameaças de tapas, a outra irmã é quem tem uma bronca prontinha para você. Não quis tanto o cachorrinho? Agora aguenta sem bater no pobrezinho.

A raiva esquenta os ossos, navega os membros por dentro do sangue até correr para a cabeça e cegar os olhos com sua quentura. É assim quando você experimenta os efeitos colaterais da primeira insônia e Chiyo sentia cada um deles. Mas à noite era difícil manter as pálpebras abaixadas, porque no escuro emergiam as feições de cada um dos Tomizawa. Tinham espuma na boca, como Chiyo ouviu dizer que eles estavam quando foram encontrados. A noite é mais longa quando você chora e quando sua irmã a abraça para aplacar medos, só conseguia fazer sua carne suar mais. O sono fugiu e parecia disposto a não mais voltar.

Chiyo sentia debaixo da pele as fisgadas de uma certeza de que a agonia permanecia em volta dos Tomizawa mesmo depois da morte. Era capaz de perceber ecos do mesmo sofrimento em si mesma.

Às vezes, eles corriam nas matas, ela sabia. Não o faziam como quando estavam vivos, alegres e seguros. Agora não tinham rumo e andavam atordoados. Chiyo escutava as pisadas nas folhas. Os arrepios reverberavam nos pelinhos dos braços. Não adiantava o pai dizer que era só o vento, alguma jaguatirica em sua caça ou até algum animal menor, porém desengonçado demais para o próprio peso.

Chiyo não gostava mais de ouvir o canto dos pássaros quando eles lembravam lamentos. O ganido do vento era pior, porque cantava uma morte lenta e prolongada.

Ela tinha medo de enxergar os meninos, por isso evitava a visão das árvores quando seguia com a família até o algodoal ou voltava de lá com os braços cansados.

— Chiyo quer ver os bichos-da-seda trabalharem?

Foi Aiko que Isao convidou para visitar o barracão de seda dos Tanaka. Apenas ela. Mas Chiyo andava tão aérea e amedrontada. Um passeio faria bem. Era só não deixar que corresse e gritasse quando chegassem ao barracão. Aiko colheu o algodão sem nem olhar direito as fibras. Sabia que deveria arrancar as mais brancas e fofas, não precisava pensar. Ela havia brincado tanto com Isao sobre ele e todos os Tanaka estarem com febre de seda que foi contagiada também. Queria ver os casulos em formação, tocá-los, sentir a delicadeza.

Kenji também precisava acompanhar a visita. Aiko queria provar ao irmão que a seda era, sim, um trabalho honesto. O irmão estava indisposto com os Tanaka. Chegou a chamá-los de traidores e prometer que falaria para o pai não deixar Aiko andar mais tão próxima de Isao. Um rancor contra o irmão se prendeu na boca do estômago de Aiko feito carrapicho. A vontade de provar o quanto ele estava errado era ainda mais forte. Pinicava a pele dos dois braços, o peito.

Só Kaede não recebeu o convite. Alguém precisava cuidar de Yukiko, ainda mais agora que ela engatinhava tão bem. A cada dia a irmãzinha parecia fazer tentativas melhores de começar a andar. A queda seria certa. Yukiko se movimentava com uma rapidez encantadora para um bebê, mas não havia pronunciado uma palavra. Tia Hanako dizia que a culpa era de Kaede, que entregava tudo que a bebê queria antes de ela precisar tecer pedidos na boca. O pai confessou a Aiko que tinha medo de que ter uma ama de leite *gaijin* confundisse a língua de Yukiko.

Aiko também previa que, por vontade própria, Kaede não teria tempo para os Tanaka. Sempre que podia fazer uma pausa nos serviços de casa, *nee-chan* sentava-se em frente à máquina de costura e se esquecia da hora de parar, fizesse claro ou escuro.

A irmã havia recebido encomendas daquela *gaijin* com mãos enluvadas que pareciam ser um convite ao toque, capaz de dirigir um carro tão bonito que dava até pena vê-lo ir embora pela estrada de terra num levantar de poeira vermelha que se agarraria às rodas e lataria.

Aiko sentia prazer em ver o metal bege reluzir sob os braços do sol que atravessam as nuvens. Queria tanto controlar o volante daquele jeito! Também gostava de folhear as revistas trazidas para a irmã, com desenhos de roupas que despertavam uma vontade de vesti-las.

Uma delas nem sequer tinha escrita em português, mas Kaede entendia a língua dos desenhos e riscos. Não importava o francês. *Nee-chan* já havia mostrado a Aiko três roupas finalizadas. As duas acariciavam juntas os detalhes mais delicados. Kaede jurava que iria embora daquele sítio quando conseguisse abastecer bem a caixa de enxoval de Yukiko com o dinheiro que escondia. Levaria as irmãs junto.

Aiko sentia uma ânsia de que qualquer pessoa a carregasse para longe não só do sítio, mas do país. Daria a mão para quem fosse. Se ela, Chiyo e um Kenji finalmente convertido pudessem convencer o pai, talvez ele começasse a criar bicho-da-seda e os Fujikawa teriam logo dinheiro o suficiente para voltar ao Japão. Aiko tinha pressa. Diziam que a guerra teria de terminar antes. A afirmação gerava uma vontade de chutar paredes. Aiko se mantinha atenta a qualquer conversa que pudesse esconder uma novidade sobre um armistício. Sentia medo de que o país pudesse matar a família inteira ou infectá-los com uma urgência em morrer antes da paz.

Vá lá no barracão dos Tanaka, Ken-*kun*. Olha tudo bem olhado. Repara se compensa investir nesse negócio de seda e me diz. O pedido do pai estala feito chicote. Kenji até derruba o prato ao se levantar, não acredita no que ouviu. Todo mundo só fala de seda, como se pudesse ser algo bom. É como uma febre mesmo, Aiko bem dizia. A irmã ria da obsessão dos Tanaka pelas larvas até falar dos casulos com o mesmo olhar delirante. O ar daquela redondeza carregava uma pestilência.

Kenji leu em panfletos trazidos pelo senhor Taguchi e jurava que eles não mentiam. A seda era vendida para o inimigo. Nas suas fábricas, virava paraquedas, com os quais podiam invadir até o Japão. A menta também tinha um destino parecido, transformada em bombas para os ianques. Japonês que fosse patriota não fazia dinheiro nem com um nem com o outro. Kenji lembrava bem as frases do panfleto. Havia decorado para copiá-las em outros papéis que distribuía entre as árvores e casas da colônia. Também as tinha repetido para o pai, mas as palavras de certo encontraram uma muralha de indiferença ou foram relegadas ao esquecimento. O intestino de Kenji dá um nó. Aquilo é traição!

Enquanto isso, militares japoneses estão morrendo. Ou ajudando a vencer a guerra. Sempre que está livre, Kenji se cobre com todos os futons do quarto e liga o rádio para acompanhar as novidades. No escuro, tenta ouvir sobre as campanhas da Marinha Imperial nas ilhas do Pacífico. Os soldados não estão plantando algodão, hortaliças, legumes ou nutrindo o exército inimigo com paraquedas e bombas. Talvez o próprio algodão pudesse ser vendido para os americanos. Se Kenji souber que seu trabalho tem esse fim, não pisa mais na roça. O pai e a mãe diziam que não deviam esquecer o modo de vida japonês.

Era vergonhoso. Todos estavam virando *gaijin*. Não eram diferentes daquele policial que esmurrou o peito de Kenji. Ou daquela horda que parecia ser capaz de desmembrar mãe e filho na praça porque eles trocaram algumas palavras em japonês. Traidores! Como todos que deixaram os Tomizawa a preferirem a morte, uns malditos. Taguchi disse que em uma cidade perto dali prenderam até um monge — um dos poucos que havia por ali — por entoar um cântico em japonês. Os inimigos haviam roubado o poder de fala de Kenji, o rádio de sua família, dado desgosto para a mãe antes de morrer. E agora japoneses em sua volta estavam dispostos a entregar seda para eles.

Aiko segue em frente, com um andar quase saltitante que parece uma dança. Está alegre com a promessa de Isao de mostrar a criação do bicho-da-seda. Kenji tem vontade derrubá-la, mas sente culpa quando Aiko volta o rosto para trás em um sorriso radiante. Havia pouco tempo que a irmã não se sentia em paz com ele. Estavam afastados desde a história do rádio, o que piorou desde que Kenji recriminou seu namoradinho, Isao.

Os três entram em silêncio no galpão. Toda a família Tanaka — pais, filhos e noras — maneja casulos brancos, parecidos com ovos de pássaros pequenos. Um dos irmãos de Isao exibe para Kenji a fibra fofa. Lagartas são alimentadas com folhas de amora. Isao mostra para Aiko como se faz. Há um orgulho em cada curva do rosto dos Tanaka enquanto eles guardam os casulos ou cuidam de larvas. Kenji vislumbra um convite à inveja revestir os olhares e falas. Deviam se envergonhar!

Isao tem pose empinada de quem está prestes a enriquecer e nem tem muito tempo que começaram com a seda. Talvez acontecesse. Kenji não se surpreenderia que os Tanaka ficassem tão ricos quanto os *gaijin* do casarão onde foi entregar um pacote com uma roupa por insistência de *nee-chan*. Aquela casa de fazenda, escondida no meio do nada, era a maior construção que ele se lembrava de ter visto. Os Tanaka bem podem edificar uma igual com enriquecimento sujo. As coisas dão certo para quem faz dinheiro com sujeira, tia Hanako sempre diz.

Aiko exibe um êxtase ao ver as larvas. Vem, Chiyo, eu ergo para você ver melhor! A irmã menor batia até palmas. Como se fossem tão diferentes de outros bichos que encontram pelo jardim. Fique um pouco aqui, Aiko e Chiyo, mas não espiem. Se acham as larvas espantosas, esperem até ver o que eu tenho! Isao caminha como uma pose ereta que não exibia antes da seda, como se família já estivesse rica. É com fogo que se responde à traição. Kenji leu no panfleto e reescreveu as frases. Depois as leu para uma Chiyo espantada. Fogo nas amoreiras, fogo nos pés de menta, fogo nos galpões de seda. Kenji se pergunta se deveria falar com Taguchi, se deveriam incitar a colônia contra os Tanaka. Hesita quando recebe da mãe de Isao um vidro de chuchu curtido. Leve pras suas irmãs, elas gostam.

Isao regressa com as mãos ocupadas por uma pequena caixa, cheia de furos minúsculos. Deixei essa larva crescer para mostrar para Aiko como é. A mariposa se debate contra o papel, branca feito um espectro, exceto pelos dois olhos grandes. São pretos e redondos. A mariposa parece ter pelos fofos, mas Aiko teme tocá-la e machucá-la. Até dá um tapa na mão elevada de Chiyo.

A irmã maior passeia com a caixa, como se guardasse um presente novo, seguida como por uma sombra pela menor. Parece até ter regredido em criança. Chiyo também se delicia com o bicho, nem é mais a mesma menina que um dia antes mesmo havia perguntado para Kenji por que a seda era ruim, que o ouviu atenta e xingou os Tanaka.

As duas contam para Kaede sobre os planos de soltar a mariposa quando anoitecer. Se ficar muito tempo na caixa, de certo vai morrer, *né*? O que *nee-chan* acha? Aos risos, as três transformam a despedida ao inseto em uma cerimônia. Kenji se recusa a assistir, porém também evita ficar em casa para não encarar o semblante curioso do pai ou ouvir suas perguntas insistentes sobre o negócio dos Tanaka

Fogo nas amoreiras, fogo nos pés de menta, fogo nos galpões de seda. Kenji esconde o corpo na água do ofurô. Aspira devagar o frescor da noite. A água está fria. Kaede anda aérea desde aquela história da porca. Nem sequer se preocupa em esquentar a água para o banho dos irmãos. Kenji guarda as reclamações, não quer falar com ninguém.

Quando fecha os olhos, nada existe. A escuridão conforta. As lamparinas da casa estão extintas quando ele sai do banho. Os olhos cruzam com o espectro branco em seu voo pelo jardim. Ainda não foi embora?

Kenji bate uma palma contra a outra. O encontro das mãos lateja na noite. Ele nem sequer sente o bater de asas. O pó branco não quer deixar suas mãos mesmo que as esfregue com força contra a calça.

Jabuticabas

Setembro de 1944.

Os dedos das mãos de Kaede descoraram feito uma carne largada por muito tempo dentro da água, um corpo perdido dentro de um poço. Quando ela os esfrega no pano de prato, sente a aspereza dos calos nas juntas. As mãos são feias, envelhecidas demais para a idade, tortas. Carregam cicatrizes de cortes e queimaduras. Trazem marcas do ferro, das facas, da mistura de soda cáustica com óleo de resina para fazer sabão. Foram deformadas pelas lavagens de roupa, pelos cuidados contra a disseminação de ervas daninhas no jardim e na horta, pela colheita do algodão.

Há muito tempo Kaede não reparava nas mãos. Devia ter olhado antes de tirar as medidas de Leonor. Agora se sente envergonhada. As mãos de Leonor quando despida das luvas surgem imaculadas. Desconhecem o sabão, a colheita, a enxada, a bucha, as panelas e tudo que deixa pegadas na pele de Kaede.

Os dedos agora pareciam os da mãe nos dias em que ela apertava o pulso de Kaede para aliviar a própria dor. A pele envelhecia tanto em tão pouco tempo! Ela nunca se perguntou o que a mãe sentia ao olhar as próprias mãos depois de tanto trabalhar na roça e no casebre no Brasil. As duas nunca conversaram sobre o assunto e não irão mais. Kaede não tem tempo para se arrepender ou parar encarar os próprios dedos por mais tempo. Precisa terminar os afazeres para finalizar o vestido antes de Leonor voltar.

Presas ao varal as roupas lembram mesmo carcaças abandonadas pela alma. Já reparou como parecem fantasmas, Leonor disse ao sair, na última tarde em que esteve no sítio. Porém, o cheiro de limpeza e a valsa do vento carregam uma beleza. Kaede também não pode parar para admirar. Os segundos são caros.

Ao voltar para cozinha, a mira percorre a máquina de costura largada debaixo do calendário. Parece encarar Kaede com uma exclamação de espera. Tudo a seu tempo! Agora é hora de preparar o café e lavar o restante dos pratos.

— Aiko não quer buscar água do poço para *nee-chan*?

— Não quero.

— Então, não vai ter café.

— Mas Kaede não pode me ver em paz!

Aiko sempre deixa vestígios de sua presença. Desta vez, é um caderno. Seria da escola clandestina? O pai poupa a irmã por ela ser esperta para os estudos. Kaede também já foi boa aluna. Faz tanto tempo que esqueceu as lições. Aiko ia menos ao algodoal, estudava com Isao e em algumas noites era levada até os Higuchi, onde estudava sobre o Japão. Kaede não pode fazer pausas para ler os estudos da irmã. Mal lembra quando foi a última vez que escreveu.

— Chiyo, o cachorro não pode sentar na mesa.

Taro apoia as patas dianteiras na madeira, com um salto em preparação. O rabo está quase invisível de tão rápido que bate. É um filhote, mas já havia crescido tanto. Será que chegaria ao mesmo tamanho que Diana? Chiyo o abraça como se temesse que Kaede o machucasse.

— *Nee-chan* disse que podia. Ontem!

— Acho que eu saberia o que disse.

— Disse sim!

— Então mudei de ideia. É sujo!

— *Nee-chan* é ruim! *Nee-chan* não gosta de bichos!

— Peça desculpas para *nee-chan*, sua besta mal-educada! — Aiko se enverga sob o peso do balde. Kaede se prepara para corrigi-la, mas prefere apenas respirar. O sol empalidece. Logo o pai chegará. Kaede escuta a efervescência da água enquanto faz força para moer o café. Aiko volta para seu caderno e dá adeus ao resto do mundo. Na outra semana, ela não parava de falar. Estava empolgada com mariposas e bichos-da-seda. Agora vive em silêncio e quase suplica por ele. Aiko é tão emocional quanto Chiyo, porém com um humor mais alternado.

É tão bom sentir o aroma do café em preparo. Kaede aprecia a cozinha arrumada. Logo será a hora da janta e tudo voltará ao caos. Aiko às vezes a olha contente, mas se cala, como quem quer guardar um mistério. É agradável saber de algo que os outros desconhecem, Kaede bem sabe.

— Mas é traição, pai! É antipatriótico! — A voz de Kenji se faz ouvida de longe. — O senhor viu o panfleto? Não é roupa que a seda que o Tanaka produz, é paraquedas para o inimigo!

— O que é traição, Ken-*kun*?

Chiyo presta atenção no irmão. Kaede deixa o pensamento correr para longe. Já conhece o discurso. Assim como Aiko, Kenji de início se animou quando os vizinhos começaram a plantar amora para a criação de bicho-da-seda. Porém, recebeu panfletos com propaganda sobre o uso político da seda fabricada no Brasil. Ken-*kun* se sentiu pessoalmente enganado por cada casulo existente no mundo.

— Nós não nos intrometemos na vida dos vizinhos, já falei, mas Kenji não ouve.

— O pai falou a Haneda que talvez começasse a produzir também.

— Às vezes nós falamos coisas para as pessoas se calarem.

— Igual o pai faz agora comigo?

— Kenji!

— Os Tanaka não criam paraquedas, criam bicho-da-seda! Por que Kenji tem que ser tão idiota? — Aiko desperta de sua escrita. O rosto estava deformado de revolta.

— Aiko!

A voz grave do pai é o suficiente para todos fazerem silêncio. Kaede quer se refugiar ao lado da máquina de costura, manusear outra vez os tecidos finos trazidos por Leonor. Têm um pouco do perfume dela. Em vez disso, começa a picar os legumes para demonstrar que não havia se esquecido do trabalho. Ninguém a olha.

Os dedos estão mesmo tão ásperos. Kaede os massageia com a gordura. Não pode machucar os tecidos. Será que rasparam na pele morena de Leonor quando Kaede tirou suas medidas na semana anterior? Ela deixou os dedos demoraram nos braços rechonchudos. A epiderme era mais macia do que os tecidos. Esbarrar nela era como sentir um afago.

Leonor não demonstrou qualquer tremor ao ser tocada. Não estremeceu mesmo quando Kaede sentiu as curvas em suas costas sob a combinação enquanto a laçava com a fita de medidas. Porém, falava em uma disparada de sons. As frases galopantes e quentes são um sinal de nervosismo mal ocultado, Kaede bem sabe.

As trocas de toques haviam começado da parte de Leonor muito antes daquele dia. Ela havia tomado gosto por aparecer no meio da tarde, quando Kaede regressava do algodoal e conseguia um tempo para trabalhar na máquina de costura. Confessava estar impaciente para ver os vestidos e blusas prontas. Faltava novidades na própria vida. Também sentia uma carência de companhias naquele redemoinho de nada que era o lugar onde moravam. Como Kaede aguenta? Ah, tem as irmãs, não é? Seria maravilhoso ter irmãs! Geraldo é bom, mas papá rouba a atenção dele de tempos em tempos.

Leonor pousou a palma sobre o joelho de Kaede. Nunca a haviam a tocado tão de um jeito tão íntimo. Kaede não conseguia mais pensar, mas a máquina continuou a costurar. Os dedos de Leonor escorregaram para batata da perna de Kaede, subiam e desciam suaves. Ela não cessava de falar sobre a vida em São Paulo, as idas ao cinema, detalhando tramas de filmes. O fôlego oscilava, a respiração de Kaede hiperventilava. Não pare, não pare, não pare, diziam os pedidos mudos que ela engolia, ecoava os tremores de seus joelhos.

Apesar da vontade, Kaede afastou a perna da mão de Leonor e a conversa seguiu mansa, na mesmice de todos os outros dias. Falaram sobre casamentos. Kaede acreditava que um marido seria a possibilidade de finalmente deixar a casa dos pais. Leonor insistia que ter um homem a quem agradar seria uma nova forma de domesticação. Usou essa palavra. A diferença era que, em vez de cuidar para aprazer duas pessoas, o pai e a mãe, sua atenção seria concentrada em uma só. Isso até chegarem os filhos, é claro.

— Mas é assim que a vida funciona. — A voz de Kaede era fraca. Leonor não prestava mais atenção.

Vestígios dos dedos ausentes passeavam por sua perna após a despedida naquela tarde. A mão ainda assombrava com uma ardência que se alastrava do joelho às virilhas. Sentia vergonha ao se sentar com as irmãzinhas povoada de tanto calor. Talvez não devesse mais receber Leonor.

Kaede levou a água fresca para o ofurô. Precisava esfriar a própria pele. O latejar não a libertava. Naquela noite, ela tentou calar a pulsação com o próprio travesseiro, apertado entre as coxas. As trepidações se espalharam pelo corpo. O que acontecia? Mas a quem perguntar?

Na manhã seguinte, apesar dos temores de viver um escândalo que se alastravam, Kaede já torcia para o tempo no algodoal se acelerar até uma possível visita de Leonor. Ela não veio naquele dia, nem no outro. Uma máscara de calma imobilizava seu rosto, cobrindo também o arrependimento pelas vontades. E uma repulsa contra Leonor. Era capaz de odiá-la por tocá-la e não mais aparecer. E só não a expulsaria quando surgisse porque receberia pelas roupas. E porque talvez aqueles dedos percorressem novamente suas coxas, rasgando sua tranquilidade. O coração falhava quando Leonor retornou para a prova de roupas e encomendou outras novas.

O choro de Yukiko anuncia que a irmã acordou. É um choro alto, sofrido. Que não esteja adoecida!

— Aiko, olhe o fogo um pouquinho, faz favor?

Yukiko crescia tão rápido quanto o cachorro de Chiyo. As roupas já ficavam apertadas! Se sobrar tecidos, Kaede pensa em ajustar as blusinhas. Quem sabe até fazer um vestidinho novo. Assim como o cachorro, Yukiko não fala. Ainda só resmunga vogais. É tão difícil entender o que ela quer. Não está suja. Talvez seja fome! Não, só de ver Kaede, ela se acalma. Pode ter se assustado. Bebês devem ter pesadelos também. Sua pele é tão fofa. Não seria mal ficar um pouco apertada contra ela, descansar um minuto. Mas é necessário terminar logo todos os afazeres.

Na madrugada, Kaede leva a máquina para fora de casa para não atrapalhar o sono da família. Só se deita quando o vestido está pronto, idêntico ao desenhado nas páginas da revista. As roupas do resto do mundo, de longe daquela cidade, eram tão diferentes do que Kaede costurava antes. Sua mente produzia centenas de outras possibilidades de vestidos, casacos, blusas, saias e até calças. Criar era bom.

Kaede colhe tanto algodão depois que acorda que arranca até um elogio do pai. Há quanto tempo isso não acontecia? O cozido — acompanhado de bacalhau, um luxo naqueles dias — também desperta olhares de satisfação na família. Mas ninguém esboça um agradecimento, como sempre.

Kaede descasca uma ponkan para Chiyo quando Aiko traz Leonor até a sala. Reconhecer o timbre a faz correr para lavar os vestígios do cheiro cítrico forte. As irmãs permanecem em volta da visita enquanto os últimos ajustes são feitos no vestido. Chiyo acaricia os pelos longos de Diana. Quando os de Taro ficarão assim, quer saber. São cachorros diferentes, meu anjo, Taro ficará muito forte e feroz. Tem patas e focinho grandes. Aiko escreve enquanto cobiça o vestido. Leonor até se inclina para ver o caderno.

— Mas as letras de vocês parecem até rabiscos!

— São *kanji*, não são rabiscos, nem letras.

Kaede torce para que as irmãs se afastem, não consegue esconder o nervosismo. Leonor a abraça quando experimenta o vestido.

— É uma perfeição! Sinto tanto orgulho de ter descoberto seu talento. Ah, Kaede, devíamos fugir juntas para São Paulo, sabe? Eu teria uma loja para vender suas roupas. Ganharíamos uma fortuna e estaríamos livres da família e de maridos. Mas, deixe, talvez arranje uma cliente para você aqui mesmo, por ora. Conheço algumas pessoas que adorariam ter roupas diferentes das coisinhas ordinárias que vendem nas lojas desse fim de mundo, sabe?

— Eu aceitaria. — Kaede pensa na fuga, não nas clientes, mas Leonor já está empolgada com outra história e não a escuta. Só a mira de Aiko a atravessa, arregalada como uma tentativa de ler pensamentos.

O sol invoca Leonor e o vestido novo para um passeio. Kaede também é enganchada pelos braços. Seguem sozinhas pelo jardim com passos calmos. Porém, há uma pressa sufocante na garganta. O pai deve chegar logo da entrega do algodão com Kenji e tio Mitsuo. Transitar entre as árvores sempre perpassa a jabuticabeira. Os frutos escuros e cheios são um chamado aos dedos. O passeio provoca perguntas sobre as árvores e frutas do Japão.

Kaede vasculha a memória que tem da própria boca. Fala dos *kaki* cheios durante o outono. Ela preferia comê-los ressecados a crus por causa do acúmulo de açúcar. Puxar uma lembrança é como manusear uma linha ligada a uma trama. Logo Kaede consegue descrever as árvores de *ume* e de *sakura*. As duas são bonitas com as pétalas rosadas. Talvez a cerejeira seja uma delícia maior para a visão. Mas as frutas de *ume* são mais gostosas para a língua. Kaede lembra bem como *obaasan* — Quem é essa? Minha avó — a usava na comida. Ela conta sobre as árvores de pêssego. Leonor acha engraçado o nome "*momo*".

— Adoraria te chamar assim agora. *Momo*! Você ficaria zangada?

— Já tenho um nome bonito. É nome da folha de uma árvore, sabia? Não preciso de nome de fruta. Minha árvore enche a vista de bronze e dourado em algumas partes do ano. Você se encantaria se visse.

— Não duvido. Mas *Momo* é tão adorável. E pêssego me faz pensar em pele aveludada assim. É elogioso. Não, não vou mudar de ideia!

Kaede descreve como os pêssegos enchem a boca de água a cada mordida.

— As frutas daqui também fazem isso. Algumas. Você não sente?

O sol queima forte. As duas buscam refúgio embaixo da copa do jatobá. Kaede se apoia preguiçosamente contra o tronco. Leonor segura jabuticabas. Está pensativa.

— Mas lá não tem jabuticabas?

— Não tem, não.

— Uma pena. Fariam muita falta, não fariam?

Kaede sorri. Ela ouve o próprio riso. Leonor furta uma jabuticaba de suas mãos. Kaede não reage. No dedo de Leonor, a jabuticaba é tão cheia que parece feita de pedra, não de maciez. Ela a encosta os próprios lábios, então, estende a mão e a oferece na soleira da boca de Kaede. A fruta é abocanhada com as pontas dos dedos de Leonor. São macias, sim, as duas. Kaede sente a carne salgada próxima aos dentes. Está úmida.

Sem pensar, Kaede a imita. E as duas seguem alimentado a boca uma da outra. O que está acontecendo? Kaede não consegue parar. A jabuticaba que Leonor oferece a ela é a maior entre o punhado em suas mãos. Kaede a deixa deslizar sobre a língua, sente o estouro úmido. A suculência adocicada escorre até a garganta, escapa um pouco nos lábios que Leonor começa a acariciar. Suja os dedos. Kaede os lambe sôfrega. Não quer perder nada daquela jabuticaba.

Mal ela engole até a casca, Leonor a beija enquanto solta o resto das jabuticabas. Kaede as sente rolarem pelas pernas. A nuca de Leonor está quente como tudo que é tocado pelo sol.

As pernas de Kaede perdem a força. Ela descobre que há uma música dentro de si. É uma sonoridade vocal difícil de conter. Escapa do peito até a garganta em pequenos gemidos, que Leonor cala com outros beijos. Os quatro pés pisoteiam as jabuticabas que escaparam das mãos das duas.

A estrada à frente e a casa contêm a promessa de observadores. Chiyo e Aiko estão lá dentro com uma ameaça irromper até o quintal a qualquer instante. Kenji e o pai também podem chegar ou até tia Hanako ou Isao, que vêm sempre antes dos convites. As cordas do balanço não as iriam esconder. Logo nada parece importar, nem como o corpo de Leonor pesa contra o seu, nem como seus beijos afogam, nem medo de que a própria língua tenha algo do gosto do almoço. O esquecimento abarca todos os temores. Navega com eles para a inexistência.

Os lábios das duas são parte de uma realidade sensível. A única possível. O jatobá tem uma pele áspera que raspa nas coxas nuas pressionadas contra ele, mas há um adormecimento pelo corpo. Kaede só sente a respiração forte de Leonor fazer cócegas nos ouvidos, sua boca molhada, os dedos. Ela compreende, então, um novo sentido para o verbo transbordar.

Pente de tartaruga

Setembro de 1944.

— Como Kaede comprou esse enfeite?

O ornamento amarelo ergue uma mexa dos cabelos pretos. Está salpicado de manchinhas marrons. Parece coisa fina. O enfeite até reluz. Os detalhes floreados se encaixam sobre a orelha, mais branca que o resto da cabeça de Kaede. A sobrinha de Mitsuo se cobre com chapéus e lenços para se proteger do sol. Igual a mãe fazia. Besteira! Ah, Hanako não gosta. Abafa. Dá mais calor. Causa sufocamento. E nem adiantava. Não existe salvação em chapéus. Kaede mesmo era mais bronzeada que as garotas de sua idade seriam no Japão. Iria envelhecer com manchas do sol igual a todo mundo. Mas o enfeite é bonito! Tem um formato tão delicado que dá uma ânsia de acarinhar as pontas com os dedos. Hanako sente a gana, mas Kaede se afasta.

— É um pente de tartaruga.

É estranho ver a sobrinha com os cabelos tão arrumados para passar a tarde a apertar nas mãos as bolinhas de arroz. Beira o ridículo. O vestido também aparenta ser novo. Tem um corte moderno que destoa do cenário. É diferente até das vestes simples de Aiko, que ajuda a irmã com a cabeça baixa. Hanako se pergunta por que a menina se arruma tanto. Ou para quem, talvez seja a pergunta certa. Kaede acha que vai encontrar alguém especial esta noite? Era só uma reunião de família. Não precisava de cerimônia, não.

— Deve ser tão caro. *Oniisan* está ganhando muito com o algodão, *né*?

Tatsuo sempre resmunga. Falta dinheiro, é pouco pra criar cinco filhos. Hanako desconfia há longa data de que o cunhado ganha mais do que queria indicar. Era irritante! Tinha medo de quê? Mal olhado? De que ela e Mitsuo pedissem socorro? Tolice, eles eram mais prósperos.

— Ficou bonito? Era de uma cliente. Ela não quis mais. Não parece o tipo de coisa que mamãe usaria no Japão? É espanhol, a cliente disse.

Cli-en-te. Agora Kaede enche a boca para falar.

— Leonor? — Aiko pergunta. Kaede esparrama a boca em um sorriso.

Hanako consegue imaginar Kazumi emperiquitada demais para a vida na colônia. A cunhada parecia desconhecer seu lugar no mundo. Tinha arroubos de grandeza muito em desacordo com a realidade no campo. Queria parecer retirada de uma *bijin-ga* ou das revistas que comprava em Kanagawa. Precisava ter coisas bonitas e exibi-las. Tolice!

Hanako não conhecia frescuras. A labuta a persegue desde a infância. Kazumi cresceu em uma cidade grande, era filha de professor, demorou a começar a trabalhar. Já Hanako desde criança raspava as palmas no arroz e no trigo. Às vezes dava duro em plantações dos outros porque a família precisava de dinheiro.

A realidade no Brasil não era tão diferente de Hokkaido, quando parava para pensar. Só o calor abafado contrastava com a neve. Dava tontura e suadouros em Hanako. A vida era feita mesmo de extremos, *nê*? Ela nunca se acostumaria com o clima, embora não sentisse tanta falta do frio que ressecava a pele do rosto, dava manchas vermelhas de queimadura e apunhalava os ossos. Mas também não tinha apreço pelo calor que a deixava sempre suada e ofegante.

— Quem de verdade deu esse enfeite para sua irmã, hein? — Hanako pergunta baixo quando se vê sozinha com Aiko, as palavras contornadas por um sorriso forçado. A família ficaria mal falada se alguma sem-vergonhice acontecesse com a garota e o pai nem sequer repara. Tatsuo vivia mergulhado em luto eterno. Mas a culpa é mais da mãe. Criou filhos sem noção da própria falta de importância, com histórias bobas sobre ter um futuro maior do que teriam. — É bom ficar atenta, Ai-*chan*. Homens são perigosos. Dão presentes querendo coisas maldosas em troca.

Antes que Aiko possa responder, Kaede retorna com o resto da família. Mitsuo não demora a elogiar o tal pente de tartaruga. Kaede está muito bonita, Tatsuo, cada vez mais parecida com a mãe. O ar parece grosso demais para Hanako aspirá-lo. Kaede realmente se tornava uma réplica de Kazumi. Os traços semelhantes se acentuaram com o tempo. Mitsuo agora se aprontava para se devotar à sobrinha igual fazia com a cunhada? Com Kazumi, parecia preocupado em adivinhar vontades antes que elas se formassem em pensamento. Com Hanako não, nunca foi assim e eles conversavam menos ainda desde que o Hiroshi nasceu. Mitsuo se debruçava sobre o filho como se nada mais existisse em casa. Hanako também precisava de afagos e atenção!

Ela se recorda da própria alegria no navio. Não só estava curada, como havia fisgado um homem bastante bonito como noivo. O futuro era promissor. Ela ficaria rica com as terras férteis do Brasil e seria amada por um moço forte e de rosto harmonioso. Não foi. Mitsuo não a socorria como fez com Kazumi quando ela desmaiou na primeira colheita. Nunca perdoaria como Mitsuo correu pelo algodoal para ajudar a cunhada desfalecida, já acudida pelo próprio marido.

As sobrancelhas dele não se inclinavam em desespero quando ela suava e tinha zonzeira. E não só porque Hanako não era frágil. Os dois também não sabiam muito o que conversar. O marido nem sequer a procurava à noite tanto quanto ela gostaria. Com Kazumi, quando a família se reunia, ele falava com familiaridade. Hanako sentia mãos esganarem o próprio pescoço. A intimidade não melhorou com o tempo e eles mal podiam se chamar de casal.

Hanako demorou tanto para ter o primeiro filho e agora não tinha a atenção do marido para os próprios desconfortos. E a mãe estava em Santos, sem salvo-conduto para se deslocar. Há tanto tempo não tinha notícia dela e dos irmãos. Não podia também papear no comércio. Não sem falar o português, e o raio da língua era impossível de aprender. Viver é estar só.

Agora o corpo permanecia redondo meses após o parto. A pele estava manchada do sol da colheita. Os cabelos não tinham nem enfeite nem tempo para serem penteados. Hanako era obrigada a aturar desaforos. Uma garota mal-crescida insinuando a beleza fresca para o marido.

Enquanto todos comentam sobre a seda, algodão, o comércio, ela emudece sob a desculpa de mastigar. Depois corre para vigiar Hiroshi. Não sem antes se abaixar ao lado de Aiko, que retira a louça para lavar, e cochichar ao pé do ouvido da sobrinha.

— Aiko está tão quietinha hoje, preocupada. Algo de errado está acontecendo com Kaede, *né*? Pode confiar na tia. Queremos o bem de Kaede, *né*?

O bebê dorme ao lado de Yukiko. O filho pelo menos era tranquilo. Tão bonzinho. Parecia-se mais com a família de Hanako do que com Mitsuo. Ao ver seus pezinhos gorduchos, ela sente um ímpeto de segurá-lo. Hiroshi é tudo o que ela tem no mundo. Apesar de às vezes roubar Mitsuo para si.

Aiko observa a tia da porta. Quanto tempo demoraria para se tornar outra Kazumi? Talvez nunca, pelo bem de todos. Aiko tinha as feições de Tatsuo. A semelhança acentua quando ela fica com as sobrancelhas enrugadas em uma apreensão como naquele momento. Hanako sente que adivinha as palavras da garota antes que ela abra boca, por isso não demonstra surpresa quando ela começa a falar.

— Tia Hanako, posso falar uma coisa? A senhora promete ajudar sem contar para o papai, promete? É sobre o pente de tartaruga.

Há um conforto morno na previsão. Uma angústia abrasa com uma ideia que parece enlouquecida, mas talvez não seja. E se foi Mitsuo quem deu o enfeite? Hanako apalpa o futon para Aiko se sentar a seu lado. A sobrinha tarda a começar a falar. Hesita num contorcionismo de dedos. Quando ela finalmente abre a boca, deixa escapar uma voz de choro. Hanako bebe cada palavra.

O último caderno

Burajiru, Showa juukyuu nen shichigatsu juuhachi nanoka.

Yukiko falou a primeira palavra, mamãe! "Taro." A pronúncia vacila ainda. Mas ouvi bem claro. Até deixei escapar um gritinho. Já tinha medo de que Yukiko fosse muda.

Perdi o controle dos gestos enquanto ela tentava puxar o rabo do cachorro. Taro escapulia ligeiro, com os quadris encolhidos contra o chão e um princípio de rosnado. "Taro. Taro. Taro." Yuki-*chan* repetia, a boquinha avermelhada amolecida. Corri com ela no colo pela casa. Martelei o chão com minha chinela a ponto de arrancar uma bronca de *nee-chan*. Queria tanto saber como o a senhora reagiria! Kenji apertou a mãozinha rechonchuda, risonho. "Fale com o *nii-san*, Yuki-*chan*!", pediu para ver se ela repetia. Em vão. Yukiko ficou tímida. Formou um biquinho de incerteza ao se ver rodeada de rostos e barulhos. Papai dizia "Taro" para ver se ela imitava e tentava a ensinar a chamá-lo de "*Chichi*". Kaede sorria da mesa da cozinha de onde escolhia o arroz. Percebi que seu olhar se afastava. Seu pensamento se refugiava para dentro de algum lugar muito escondido. *Nee-chan* anda estranha ultimamente. Piorou quando a porca morreu. Sinto preocupação, mamãe.

Ontem mesmo foi costurar e se esqueceu de preparar o jantar. "Todo mundo vai morrer de fome se depender das desculpas de Kaede", papai bronqueou mesmo enquanto ela se encurvava com pedido de perdão. Kenji sussurrou: "*Nee-chan* só pensa em si, em fazer roupas para as amigas *gaijin* e dar passeio de carro pela cidade. É outra pessoa, pai". Ele anda incomodado em ver Kaede sempre com Leonor, falando em um português cada vez mais fluente. *Nee-chan* fingiu que não ouviu na hora. À noite me disse que Kenji se tornou uma pessoa detestável desde que brigou com a polícia: "Está todo inflado! Convencido de que é alguma espécie de herói de guerra".

あいちゃん

Burajiru, Showa juukyuu nen shichigatsu juuichi-nichi.

Cada vez vejo menos Isao. Ninguém sabe mais o que é tempo livre naquela casa. O dia da família Tanaka gira em torno do barracão de bicho-de-seda. Isao começou a acompanhar o irmão mais velho nas negociações comerciais. Vai vestido como um homem adulto. Fica com os olhos cheios de brilho quando fala sobre como o pai quer começar uma fiação própria em vez de continuar a vender os casulos para os outros, diz "Vai ser logo, se tudo der certo como está dando".

Já não pensa mais em brincar de beisebol. Falta às aulas noturnas por estar cansado demais de trabalhar. Na última vez que o vi, ele perguntou se cheguei a rever a mariposa branca. Eu disse que não. "Uma pena! Queria que ela rodeasse Aiko", comentou.

Ri da falta de noção. Insetos não seguem pessoas, não como os cachorros. "Queria que Isao é que voltasse a me rodear. Parece que nem se lembra mais de mim", eu disse. Ele ficou um tempo em silêncio, amassando um pedaço de bolo de milho feito por *nee-chan*. Eu já sentia na ponta da língua o sabor da história sobre Yukiko ter falado quando Isao se levantou e disse: "É por causa de Aiko que eu trabalho tanto. Depois que Kaede se casar, será nossa vez. E se eu tiver bastante dinheiro, vamos ter uma vida confortável no Japão. A guerra vai ter acabado mesmo". Eu gargalhei e Isao me acompanhou no riso. Mas, mamãe, admito que meu coração bombeava veloz com a dúvida de que talvez as palavras dele tenham sido sérias.

愛子

Burajiru, Showa juukyuu nen shichigatsu juuhachi nichi.

Soldados brasileiros chegaram à Itália, mamãe. Kenji me contou. Tento imaginar a distância daqui até lá, cruzando o Atlântico. Kenji disse que agora somos inimigos mesmo. É algo sem volta. *Nii-san* falou que algum dia os *gaijin* daqui podem até invadir o Japão. "Talvez pousem em Okayama e até matem nossas *obaasan* e o *ojiichan*", ele disse. Chiyo ouviu e começou a gritar. Kaede teve de acomodá-la no colo, como faz com Yukiko quando ela tem cólica. Eu a ajudei fazer cócegas em Chiyo. Mostrei como Taro se empinava para fazer graça e pedir carinho. Kenji disse que é besteira nossa. *Nii-san* fala que Chiyo precisa se acostumar com a realidade para não sofrer mais quando o pior acontecer. Kaede e ele brigaram outra vez.

Kenji falou que *nee-chan* vive fora da realidade desde que arrumou uma amiga *gaijin* rica. Jurou que logo Leonor ficará enjoada das roupas e de *nee-chan* quando o efeito de novidade passar e disse ainda "Não dá para confiar em *gaijin*, principalmente ricos. E Kaede nem parece a mesma pessoa. A casa é que paga, está um verdadeiro chiqueiro. Por isso Kaede chorou tanto pela porca, *nê*?".

Kaede ficou emburrada a noite toda. Antes dormir, eu a ouvi sussurrando. Falava mais para si mesma do que para mim. Confessou que tudo que mais queria era sumir: "Vocês acordarem e eu não estar mais aqui, que sonho! A casa iria desabar, mas pouco me importaria se eu estivesse longe. Me sinto cada vez mais engolida por essa vida. Acho que nunca vou conseguir ser feliz, Ai-*chan*".

愛子

Burajiru, Showa juukyuu nen hachigatsu tsuitachi.

Estava com o caderno na mesa prestes a começar estudar quando Kaede me chamou: "Quero que Aiko me acompanhe em todos os afazeres hoje". O dia foi corrido. Lavamos e estendemos a roupa no varal. Demos comidas aos animais. Recolhi os ovos e guardei na cozinha. Depois cuidamos do jardim, da horta de casa, arrumamos os móveis e preparamos o curtido de mamão. Fiquei suada, com os braços duros e pulsantes de dor. Kaede também me fez ir até a cozinha e me guiou enquanto eu cozinhava: "Não corte assim, fica ruim. Cuidado com o dedo. Não segure nessa parte da panela! Vai se queimar. É muito sal, Aiko! Papai gosta do peixe preparado desse jeito e não gosta do udon assim. Chiyo não come o molho com esse tempero". Já não sentia mais fome quando terminei. Só queria dormir. Não consegui nem ter ânimo para estudar. Até olhar para a luz da lamparina me dá sono. Ela ainda me disse: "Amanhã vai comigo na cidade para aprender a fazer direito compras pra casa. É bom Aiko saber tudo para quando eu não estiver aqui. Lembra como papai ralhava comigo porque eu não sabia cuidar da casa igual a mamãe?" E por que *nee-chan* não estaria? Quis perguntar, mas não ousei com medo da resposta.

愛子

Burajiru, Showa juukyuu nen hachigatsu juugo-nichi.

Leonor, a amiga de Kaede, insistiu em nos levar para passear de carro pela cidade. Fazia tempo que eu não sentia reverberações do motor tremulando no meu corpo ou o vento levantar meu cabelo debaixo do céu da estrada. Fomos juntas Chiyo, *nee-chan* e eu. Kaede se deixou convencer a deixar Yukiko na casa de Jacinta, que concordou em cuidar dela à tarde: "Vai ser nenhum problema para mim. E você, menina, precisa se distrair! Não faz outra coisa que não ficar na lida, sol ou chuva".

Todos na rua olhavam para nós em um carro tão elegante dirigido por uma mulher. Leonor também é muito bem-feita, usa chapéus chamativos e roupas bonitas. Ela estava com um *tailleur* azul-marinho feito por Kaede. Descobri o nome da roupa e da cor porque *nee-chan* os repetia enquanto se debruçava sobre os moldes e tecidos. Ficou tão bonito. Gosto de folhear as revistas e me imaginar vestida como nos desenhos, mas não sei se ficaria tão bonita quanto Leonor, com seus cabelos em cachos e sua boca pintada de rosado. *Nee-chan* ficaria. Agora mais do que nunca. Seu sorriso é mais constante que antes. Os dentes expostos e a boca com cantinhos inclinados para cima iluminam seu rosto. A postura também está mais altiva, como se o corpo tivesse aprendido a imitar a pose de Leonor. Eu tento e não fica tão natural, mamãe.

Chiyo também se deliciava com o passeio, com a cabeça virada para fora do carro como se fosse a dona dele. Desde que os Tomizawa morreram, não a via tão leve. Ao chegar na cidade, pediu para passear com Diana, apesar de ser pequena o suficiente para ser arrastada. A cachorra, porém, a obedece.

Leonor quis comprar doces para nós. Kaede não deixou. "Agora eu tenho meu próprio dinheiro" ela disse, com a boca cheia. Leonor riu e comentou: "E poderia ter mais se estivesse numa cidade maior. Ah, você precisa morar em São Paulo!". O rosto de *nee-chan* logo se anuviou e ela parou de responder por um tempo. Leonor não se importou. Conversou comigo e com Chiyo. Falou sobre a vida no internato, onde descobriu que garotas pequenas podem ser cruéis e que era difícil dividir o aposento com muitas outras pessoas. Contei a ela que, em casa, nós dormimos todos juntos no mesmo quarto. Ela ficou curiosa: "E como é dormir com Kaede?". Respondi que *nee-chan* ronca bem alto, assim, de boca muito aberta, Chiyo a imitou. "E chuta muito. É mesmo horrível dividir o quarto com ela", comentei. Kaede se manifestou dizendo: "Que conversa mais besta! Se vocês não pararem, não lavo nunca mais as roupas das duas. E nem costuro mais as suas". Apesar da bronca, Kaede havia voltado a sorrir e continuou assim até voltarmos para casa.

愛子

Burajiru, Showa juukyuu nen hachigatsu nijuushichi-nichi.

Eu já estava terminando a lição de matemática, com os olhos cansados, quando Noriko Higuchi puxou minha manga. Soltava risinhos cheios de segredos. "Talvez nós nos tornemos da mesma família", brincou. Ela me contou que Hideki reparou em Kaede andando de braços dados com "aquela *gaijin* toda enfeitada."

Hideki a achou muito crescida e elegante, com seus cabelos lisos e longos e o sorriso largo. Ficou impressionado e não falava de outra coisa. Fiquei contente. Se Kaede tiver um noivo, talvez sossegue e pare de pensar em sumir.

愛子

Burajiru, Showa juukyuu nen kugatsu tooka.

Não sei nem como contar isso, mas prometi que seria totalmente sincera com a mamãe. O dia me deixou com as pernas fracas. Kaede vai embora. Tenho certeza. Ah, preciso calar o que descobri. Mas o medo é tanto que deforma meu rosto. Papai perguntou o que eu tinha. Fui obrigada a dizer que passar muito tempo no sol do algodoal sem chapéu me deixou com dores de cabeça. Era mentira, mamãe. Kaede vai embora. A culpa toda é de Leonor.

Já fiquei indisposta porque ela veio se intrometer no meu caderno e espiar o que eu escrevia. Quando percebi, Leonor fazia sombra em minha cabeça. Ainda bem que não consegue ler nada.

Já nem a acho bonita. Tem muitos dentes e olhos de raposa. É muito inconveniente e visita a casa de forma constante. Não tem cerimônia ou preocupação em atrapalhar a rotina.

Ela veio trazer destruição. Propôs a Kaede que fugissem. Ninguém mais reparou, mamãe. De certo, Chiyo não percebeu que não era piada, era um plano. Eu, sim, soube que era verdade, porque ouvi outras vezes *nee-chan* falar em sumir. Lembro bem de sua determinação em me ensinar a cuidar da casa para quando ela não estiver mais aqui. De repente, tudo se encaixou e fez sentido. Mais tarde, vi Leonor abraçada com *nee-chan*. Tive um sobressalto ao perceber que estavam com as bocas grudadas, apertadas uma contra a outra. Meu coração oscilou entre fraco e forte o dia inteiro. Precisava escrever, mamãe, não tenho com quem compartilhar. O que vi pesa na minha garganta. Eu me sinto sufocada pela descoberta. Kaede vai embora.

愛子

Burajiru, Showa juukyuu nen kugatsu juuichi-nichi.

Não quis ir à escola clandestina hoje. Sentia a angústia pisotear meu peito. Também estava cansada porque cada vez mais Kaede me passa tarefas mais pesadas para fazer.

Papai brigou comigo. Prometeu que, se eu não me aplicar, não volto mais às aulas, porque o gasto com a escola clandestina seria inútil. Kaede estava tão feliz e cantarolante que não percebeu que eu chorava baixinho, deitada no quarto, virada para a parede.

Ela quis me mostrar um presente que ganhou de Leonor. Um enfeite de cabelo. Tentou prendê-lo em mim. Eu me afastei dizendo que sentia dores. *Nee-chan* tentou medir minha temperatura e pareceu aliviada ao ver que meu corpo estava frio. Reparei só mais tarde que ela cantava como não fazia há tempo.

愛子

Burajiru, Showa juukyuu nen juuroku-nichi.

É como se Kaede e eu estivéssemos em lugares e tempos separados agora, mamãe. *Nee-chan* tem uma vida nova. Ganha dinheiro, faz as próprias roupas, guarda as economias toda cheia de segredos. Ela tem alguém a quem abraçar, com quem descobrir o mundo.

Também temo por mim. Se *nee-chan* for embora, vou ter de cuidar da casa como ela fez, igual a como ela teve de se desdobrar para fazer o que a mamãe fazia. Meu corpo parece cada vez mais enfraquecido. Às vezes, eu é quem penso em fugir antes que Kaede o faça e me deixe para trás.

愛子

Burajiru, Showa juukyuu nen kugatsu hatsuka.

Algo também está mudando dentro de mim, mamãe. E a culpa é de Kaede. Fui transformada por tudo que vi e por todo o esforço que meu corpo tem feito. Talvez algo tenha quebrado em mim, mamãe.

Guardo tantas palavras dentro de mim. E elas escapam. Agora vivo pronunciando até o que não penso. Não consigo explicar o que move minha língua. Quando papai, Kenji ou mesmo *nee-chan* me perguntam se estou bem, digo "sim". Não sou eu quem responde. Ontem foi pior. Isao resolveu nos acompanhar até o algodoal. Perguntou por que ando tão calada. Silencio tanto que Isao não imagina. As palavras ficam apertadas, loucas para fugir do sufocamento.

"Isao quer mesmo se casar comigo?" foi o que me escapou num atropelo. Isao empalideceu. Arrancou algodões do pé antes de responder: "Quero". Não foi capaz de se prolongar. Uma parte do meu corpo se viu abraçada a ele, apertada contra o rosto dele. Senti seus lábios, tinham o gosto dos meus. Tive até alguns estremecimentos na perna. Meu corpo estava quente, eu percebi, mas não dei atenção. Eu sentia algo molhado nas minhas calças, achei que fosse só suor. Meu estômago também doía. Não abri mais a boca com medo do que poderia sair e Isao continuou quieto. Quando nos despedimos foi até com formalidade.

Ao chegar em casa, corri para o quarto e me deitei, antes que Kaede me chamasse para ajudá-la. Não queria fazer nada, falar nada. Meu corpo doía. Quando me levantei, deixei uma marca vermelha no futon. Gritei com uma voz tão alta que parecia vir de fora. Kaede correu até mim e não segurou o riso quando eu disse que estava quebrada por dentro. Ela me ensinou a me limpar e como me cuidar. Disse que aconteceria sempre daqui adiante: "Aiko agora não é mais criança". Ouvir isso só me fez chorar mais ainda.

Burajiru, Showa juukyuu nen kugatsu nijuuhachi-nichi.

Tive de contar a tia Hanako, mamãe. Não queria, mas tive. Estávamos todos reunidos para jantar em família. Todos refletiam despreocupação, menos eu.

E tia Hanako também não, pois percebeu que havia algo de errado no jeito de Kaede. Eu não queria contar. Lutei comigo mesma de início. Mas alguém precisava fazer algo por *nee-chan*. Antes que nos deixasse.

Tia Hanako me prometeu que não falaria nada ao papai. Mentiu. Não sei como confiei. Nunca me pareceu verdadeira. Por que acreditei nela agora? Contou, sim, na mesma noite, Chiyo e eu ouvimos da cozinha os gritos deformados. Os tapas estalavam. Papai disse que *nee-chan* manchou a família e que não deveria mais sair de casa. Papai e Kenji foram até a casa dos pais de Leonor para informar que ela não deveria mais nos visitar. Não sei o que disseram ou ouviram em resposta, mas estavam pálidos quando chegaram.

愛子

Burajiru, Showa juukyuu nen kugatsu nijuukyu-nichi.

Hoje uma carroça apareceu em casa para levar embora a máquina de costura de Kaede. Eu me coloquei no meio do caminho. Pedi por favor ao papai para que não fizesse isso. A máquina foi embora mesmo assim. Kaede não chorou. Ficou deitada o dia inteiro olhando o teto. À noite, quando todos se deitaram, seus olhos ainda estavam abertos.

愛子

Porteira aberta

Outubro de 1944.

O sol entra no quarto. Acordar. Levantar. Pentear o cabelo, mas para quê? Preparar o arroz. Servir o arroz. A família vai para o algodoal. Alimentar Yukiko. A porteira é fechada. Estar só. Andar até a cerca. Olhar o caminho. A estrada é grande. Ficar. Apesar de estar só e ninguém impedir os passos. Dobrar os futons. Guardar os futons. Limpar Yukiko. Ir ao galinheiro. Alimentar os bichos. Pegar ovos. Dar comida aos porcos no mangueirão. Colher um mamão. Regar a horta. As folhas cresceram. Um carro passa. Correr até a porteira. Não é ninguém. Voltar para a horta. O sol está mais forte. Arde. Suar. Limpar o suor. A cabeça dói. Pensar em buscar o chapéu, mas tanto faz. Entrar em casa. Há muita terra. Limpar a mesa. Varrer o chão. Yukiko resmunga. Yukiko está bem. O sol está alto. A família logo vai chegar. Coar o café. Aspirar o cheiro. Outro carro ressoa. Não vale a pena correr até a cerca. Amaldiçoar Leonor e sua covardia. Convencer a si mesma de que foi sempre um brinquedo, uma boneca de menina rica. Lavar a louça da manhã. Logo vai estar suja. As vozes dos irmãos são altas. Servir o café. Começar a preparar o almoço. Levar as roupas sujas para lavar. Colocar as peças brancas para quarar. Deixar as roupas coloridas de molho. Servir o almoço. Comer mesmo sem fome. Ouvir conversas em silêncio. Pendurar as roupas no varal. Lavar a louça. Dar banho em Yukiko. Dar banho em Chiyo. Cortar os cabelos das crianças. Cortar os cabelos de Kenji. Pensar em espetar Kenji com a ponta da tesoura. Olhá-lo com os olhos de quem sabe que ele a denunciou. Um carro passa. Suspirar. Preparar a sopa. Grelhar as sardinhas.

Servir o jantar. Alimentar Yukiko. Olhar o espaço onde ficava a máquina de costura. Recolher as roupas do varal. Dar mais comida aos porcos. Olhar a porteira. Voltar para casa. Limpar Yukiko. Passar roupa. Deitar. Mirar o escuro. Logo está claro.

O sol entra no quarto. Levantar. Preparar o arroz. Servir o arroz. Ouvir o pai reclamar que o arroz está seco demais. A família vai para o algodoal. Alimentar Yukiko. A porteira fechada. Estar só. Yukiko chora. Trocar Yukiko. Deitar abraçada com Yukiko. O sol está alto. A família logo vai chegar. Coar o café. A família chega. Escutar Aiko lavar a louça. Escutar o pai perguntar o que diabos fiz de manhã. Deitar. Escutar Chiyo brigar com Aiko. Ouvir Aiko preparar o almoço. Um carro passa. Esperar. Ouvir o próprio coração acelerar e falhar. Sentir o próprio cheiro azedo. Suar. Ouvir os outros deitarem. Mirar o escuro.

O sol entra no quarto. Tentar levantar. Yukiko chora. Não há mais ninguém. Um carro passa. O sol está alto. Sentar no balanço. A corda do balanço é áspera. Deitar. Ouvir Aiko lavar a louça. Ouvir o pai. A voz do pai é áspera e grave. Olhar o pai, mas não o enxergar. Sentir a mão de Aiko na testa. Aiko diz que é febre. Aiko mente. O pai se aquieta. Olhar o escuro.

O sol entra no quarto. A família vai para o algodoal. A família volta do algodoal. Aiko chama para o almoço. Aiko chama para a janta. Aiko leva a comida até o quarto. Olhar o escuro.

O sol entra no quarto. O corpo tem um cheiro de fruta estragada. A família vai para o algodoal. Levantar. As pernas estão fracas. Andar até a porteira. Olhar o caminho. A estrada é longa. A estrada está vazia. A família volta do algodoal. Por favor, coma um pouco pelo menos, Aiko pede. Engolir duas colheradas para Aiko ficar quieta. Ouvir Chiyo reclamar que a comida está ruim. Escutar o pai mandar Chiyo ficar quieta. Está escuro. Levantar. Andar pelo jardim. Há muito mato, muita erva daninha. Sentir os olhos de Kenji. Pensar em atirar uma pedra em Kenji. Voltar para casa. Se deitar. Mirar o escuro. A lua entra no quarto. Andar em silêncio. Sentir as ervas daninhas nos pés. Sentar no balanço.

Sentir a corda. Fazer peso no jabotá sem balançar. Por que você se está aí fora? Anda, vem para dentro. Vai ficar doente. Deixa esse balanço, *nee-chan*! Vamos deitar. As mãos de Aiko puxam. Os olhos de Aiko brilham. Andar pela casa. Deitar. Olhar o escuro.

O sol entra no quarto. A família vai para o algodoal. Ouvir Aiko pedir para ficar. Aiko mente que está com dor de cabeça. Ouvir o pai reclamar. Sentir os olhos de Aiko. Fale comigo, *nee-chan*. Qualquer coisa. Por favor. Ser invadida pelo cheiro de café. A família volta do algodoal. Contar as madeiras na parede. Um carro passa. O carro estaciona por perto. Ouvir passos. Ouvir a porteira abrir. Kenji passa apressado pelas frestas. Ouvir Aiko correr pelo quarto. Ouvir Aiko espalhar as roupas. Aiko corre para fora do quarto. Um homem estranho entra na casa. Outro homem estranho o segue. Eles desarrumam a casa. Um deles conversa com papai. Tudo está distante. Chiyo chora alto. Yukiko se assusta. Yukiko chora alto. Os homens prendem as mãos do pai. Os homens empurram o pai para dentro do carro. O carro vai embora. Chiyo e Yukiko ainda choram. Levantar. Correr até a cerca. A porteira está aberta. Sim, a porteira está aberta. A estrada está vazia. Caminhar. O sol está fraco. Começa a esfriar. Caminhar. Um carro de boi passa lentamente ao lado. Caminhar. A ponte continua no mesmo lugar. Olhar o rio. Leonor nunca mais voltou. O rio parece fundo. A estrada continua longa. Caminhar. Olhar a estrada do avesso. Caminhar. Fechar a porteira. *Nee-chan*! *Nee-chan*! Sentir o abraço de Chiyo nos quadris. A mesa continua do mesmo tamanho. Andar até a cerca. A estrada se estende até o fim da noite. Caminhar até o quarto. Deitar. Cobrir a cabeça. Abafar os gritos com o futon.

Yaki manju

Outubro de 1944.

A casa vazia parecia a carcaça de um animal morto. Imóvel, côncava, oca. A cozinha abandonada até cheirava a putrefação. Pestilência de frutas, gordura, manteiga, feijão, carne esquentados pelo sol. Esse país é tão quente que apressa a ação da morte.

Tatsuo descartou a podridão. De longe avistou Aiko e Kenji agachados na horta. À distância, as duas figuras envelheciam. Do outro lado, os passos de Chiyo criavam uma agitação de penas e cacarejos. Tatsuo se mantinha longe do quarto, mas sabia que Kaede estava prostrada sobre o futon. A pose se assemelharia à dele mesmo quando Kazumi morreu. Todos diziam que a filha mais velha era uma réplica da esposa. Por baixo daquela camada de pele macia e do couro cabeludo cheio, escondiam-se vestígios de Tatsuo. Kaede é quieta e, na mesma medida, obstinada, querido, como você. Às vezes tenho até medo de descobrir qual pensamento fermenta dentro da cabeça de vocês.

Os filhos carregavam mesmo pedaços dele? A distância entre eles se agigantava a cada dia. Nem pareciam mais seus. Tatsuo também não pertencia mais a si mesmo. O corpo próprio que era a carcaça de um animal morto. Imóvel, côncavo, oco. O vento encravou a terra dos outros para o fundo de suas narinas. A comida estrangeira calcificou na parede do estômago. Estava fincada na carne. A saliva de bocas estranhas respingou em seu rosto e adentrou os poros.

Repita seu nome completo, japa desgraçado! Cadê seus documentos, mostra, anda! Fala português, porra, não se faça de desentendido.

O que eles dizem, Haneda-*san*?

— Toma os ovos, papai. — Chiyo se debruçou sobre a mesa. As mãos miúdas acomodavam as cascas morenas, uma a uma, deitadas contra a cesta de palha. A superfície dos ovos era menos lisa do que aparentava ser. Era como a carne de Tatsuo. Manchada, áspera.

Chiyo fugiu logo de volta para o quintal. A cozinha esvaziada de repente se tornou uma posse mais sua do que qualquer filho. Confortava, embora fosse muito diferente dos fundos da loja de doce onde ele e o pai trabalhavam em silêncio. Aquele era o espaço das curiosidades nos tempos de criança. Tatsuo o invadia, engatinhava para espiar as ferramentas. Gostava de observar os doces antes de eles serem fechados nas caixas de presente. Era ainda menino quando os fundos da loja de doce se tornaram mais familiares do que o próprio quarto. A vida cheirava à doçura do *azuki*, ao xarope a postos para a preparação do *kibi dango* que seria dado de presente por e para estranhos, ao perfume de Kazumi quando ela adentrava o espaço com passos ruidosos e alegres, logo apoiada em seu ombro. Aquele jovem, sim, era Tatsuo. Não o velho de olhos inchados que o encarava no reflexo da água da pia. Ele não reconhecia a pele craquelada e vermelha de sol, a mancha azul esverdeada da bochecha esquerda.

Tatsuo se afastou da pia. As mãos exploravam as outras partes da cozinha, onde havia ovos, manteiga, leite, fermento, um pouco de açúcar que passou pelo racionamento e o feijão *azuki* que Mitsuo conseguiu com viajante e partilhou com os sobrinhos.

Quem manuseava os ovos e a manteiga não era o velho refletido na água. As mãos não estavam calejadas de tanto raspar na madeira da enxada. Na verdade, nunca araram o campo, nunca apalparam maçãs de algodão, nunca cavaram. Não possuíam marcas de murros nas juntas.

O que tem no caderno? Abre a boca logo, vai, o que tem no caderno? É um plano, são ordens? Desembucha logo, vagabundo. Quanto mais enrola, mais tempo fica aqui. Quer mofar na cela, quer?

Quem preparava o *yaki manju* era o jovem Tatsuo. Kazumi ainda o rodeia, palpável, os lábios bem desenhados em um sorriso largo, depois semiabertos em um sussurro bem-humorado e íntimo. A esposa nunca cruzou o oceano, nunca se cansou de olhar para infinitude de um mar que era o significado de distância, nunca desmaiou debaixo do sol forte, nunca machucou a mão por não saber manusear direito as ferramentas do campo. Estava viva. Cheirava a pó de arroz e sândalo. Tinha orelhas rosadas, conchas prontas para receber todas suas confissões e desabafos.

O jovem Tatsuo adorava criar multidões sortidas de *wagashi* coloridos, macios, feitos de frutas, nozes e pasta de arroz. Mas também tinha apreço pelo *yaki manju*. Os bolinhos moldados eram especialmente belos. Tatsuo tinha uma predileção por aqueles assados em formato da folha de bordo. No fundo, gostava de tudo que criava.

Seus movimentos engendravam bolinhos com feitio de peixe, *kasuteras*, dos quais Kazumi tanto gostava, e o *kibi dango*, tão popular na loja. Os músculos desconheciam o plantio e a colheita, não sofreram ainda para se habituarem ao trabalho no campo. Tatsuo nunca subiu uma rampa até o interior de um navio. Não pensava ainda em fugir da teimosia do pai, do desgosto de vê-lo rasgar dinheiro na casa de jogos e no colo da amante. O corpo não corria risco de ser enterrado numa terra que não era a sua.

Nunca apanhara.

Haneda, não sei de nada que eles estão falando.

Eles querem saber do rádio e dos panfletos. Vão virar seu sítio de pernas por ar, quebrar cada móvel ao meio, cavar todo o terreno. Prometeram que vão se Fujikawa-*san* não falar.

A massa afundava sob a violência dos dedos e palmas. Tatsuo apertava fundo, repetia os gestos com força crescente, como se a pressão pudesse mesmo reverter o tempo. Kaede nunca teria se corrompido, Aiko aprenderia poesia, teria uma caligrafia perfeita e faria arranjos de flor. Kenji cursaria direito, engenharia ou já seria um soldado de alguma patente, Chiyo não seria caipira. Yukiko teria sido alimentada com o leite da mãe. Os filhos seriam japoneses de verdade. Kazumi estaria viva, a pele de suas costas teria um toque quente quando abraçada, seus seios agridoces fariam carícias na língua. Tatsuo poderia sentir sua umidade sempre convidativa, ouviria sua voz doce e abafada em resposta aos movimentos das mãos. Não haveria o medo de as crianças se perderem. Kazumi seria ainda a companhia para as conversas, não as paredes de madeira, não os muros do próprio crânio. Todos falariam japonês sem levar cacetadas.

É só um caderno de minha filha, um diário, está cheio de bobagem de meninas. Esses policiais não são daqui, por isso não me conhecem. Os daqui conhecem. Perguntem para eles. Sempre fui obediente. Não falo nada nas ruas, entreguei logo o rádio, não causo problemas, só faço trabalhar. É só um caderno de criança. Traduza, Haneda, por favor, traduza.

Eles querem nomes. Sabem dos panfletos, rádio clandestino, do plano de descarrilhar o trem. Um nome já ajuda.

— Papai está cozinhando, é? Mas por quê? — Chiyo tinha a carne vermelha de tanto brincar no sol. Andava igual bicho. As roupas estavam sempre sujas desde que Kaede desistiu de se levantar. Yukiko também nunca estava limpa, por isso chorava sempre gritos ardidos. Mas os *yaki manju* eram bonitos, apesar das adversidades de crescerem em um país que não é deles.

— Está quase pronto, chame seus irmãos, anda. Por que tão quieta, Chiyo-*chan*? Aiko! Kenji! Kaede! Largue esse quarto e venha para a cozinha!

As crianças precisavam ver que Tatsuo ainda existia. Ele criava doces, não arrancava as fibras do algodoal, não pronunciou o nome de Taguchi para os policiais de fora, não olhava o retrato do imperador no chão. Tatsuo jovem desconhecia a vergonha, nunca foi solto, porque nunca foi preso.

Anda, bode lerdo, o que está esperando? Mostre que não é terrorista. Corre, japa safado! Mete o pé. É só uma foto. Vai esperar quanto tempo, seu bosta?

Eles querem que Fujikawa-*san* pise.

Os *yaki manju* eram dourados. Enfeitavam a mesa de madeira raspada, preenchiam a cozinha com chamados a abocanhadas. Os filhos faziam barulho. Tagarelavam, arrancavam ruídos dos móveis. Não havia mais imobilidade na cozinha. Nada mais era oco em casa. Não havia carcaças. Tatsuo era Tatsuo.

Os filhos miravam os bolinhos. Kenji agarrava um entre os dedos, aproximava do nariz, farejava. As crianças viraram bichos. Aiko e Kaede se entreolhavam. O viço voltou aos olhos da mais velha. Os da mais nova estavam arregalados, a boca aberta em um espanto mudo. Um choro se espalhou pelo ar da cozinha. Vinha de Chiyo.

— Não, por favor, paizinho, não!

Lágrimas também começavam a deixar o rosto de Aiko lustroso.

— Ninguém aqui vai comer nada! — Havia um desafio na voz de Kaede. — Coma o senhor, se quiser.

Kenji olhava para baixo, o bolinho continuava em sua palma, pequeno, intocado.

— Mas viraram uns capiaus mesmo, uns estúpidos? É isso que pensam, que seu pai envenenaria a comida, é? Acham que seu pai mataria todos vocês? Respondam! Parem de chorar e respondam!

Os rostos de Aiko e Chiyo pareciam máscaras de teatro de tão retorcidos, tão envernizados pelas lágrimas. Kenji afundava a cabeça nas mãos. Tinha vergonha, como deveria ter. Todos os filhos deveriam obscurecer a cara sob o peso da humilhação. Talvez Tatsuo devesse matar mesmo todas as crianças e depois comer do mesmo veneno. Como Tomizawa havia feito. Os meninos eram fracos demais para a vida, despedaçarão feito bonecos de papel se os levarem para a delegacia. Com os animais era assim, os pais comiam os debilitados. Tatsuo só descobriu depois que resolveu se mudar para essa terra estranha, cheia de mato e bichos. Kazumi sofreria ao ver os filhos se perderem, um a um. Eram fracos. A única que o encara de frente é a corrompida. A luz refletia fúria nas retinas da filha. As sobrancelhas se amarrotavam em um desafio.

— Quer saber? Vocês não merecem nem o farelo. Não vão comer mais nada da minha comida, nem hoje e nem nunca.

Vai que está envenenada, não é, Chiyo-*chan*? Não é, Ken-*kun*? Porque o pai de vocês é um monstro. Sim, eu sou. Olha como eu como tudo sozinho. Um monstro, um diabo. Olhem! Vai fechar o olho, Aiko? Tem medo?

O Tatsuo velho era um bufão. Mastigava com um furor cômico. Os dentes partiam os bolinhos ao meio, sujavam as roupas e a mesa de farelos. Ele tinha o rosto disforme, o inchaço e o rubor de um bêbado. Só esse Tatsuo existia, a carcaça. O jovem ficou para trás, evaporou no porto de Kobe, junto com Kazumi. Os *yaki manju* desciam quase sem mastigação. Eram grandes demais para o canal da garganta. Faziam dor. Era bom que fosse assim. O sabor era estranho. Tatsuo sabia que nada mais teria o gosto de antigamente.

Clarão

Janeiro de 1945.

Nunca descobriram quem realmente começou o incêndio. A cidade o reviveria por anos, até as chamas serem imagens de um acontecimento subterrâneo, esquecido. Chiyo estava sempre pronta para dizer que foram os Tomizawa. Afinal, os mortos têm raiva dos vivos e os meninos tinham razões para odiar.

Quando escurecia, o sítio era um lugar frio. As brisas corriam soltas uivantes, livres do arbítrio do sol. Mas aquela noite se tornaria a hora mais quente de muitos anos para Chiyo. Mesmo depois de crescer, iria gemer durante o sono e vislumbrar o clarão. Suava de calor.

A luz vermelha rompia pedaços do céu índigo. As chamas bruxuleavam não tão diferentes da dança dos galhos nas árvores altas. Refletiam nos rostos, sobretudo nos olhos. As pupilas brilhavam amarelas e alaranjadas. O fogo escalava o barracão antes de começar a derrubá-lo, corria pela plantação de amoras. Era faminto, Chiyo descobriu. A quentura nascia de uma fome que chispava.

Incêndios têm voz. Chiyo ouviu. Soava distinta dos gritos dos Tanaka, dos Fujikawa, dos *gaijin* que se reuniram para assistir o campo em brasa. Eram os bichos-da-seda que gemiam, ela ouviu. Não adiantava depois Aiko jurar que era a madeira queimada que crepitava. Chiyo sentia no peito que as larvas gritavam, então essa verdade era mais forte. A que dava febre, a que revirava o leito, a que doía.

Os Tanaka corriam pela grama, meio azulados da noite, meio amarelados do incêndio. Estavam zonzos como as formigas quando

Chiyo jogava folhas secas no trajeto delas. Aiko segurava Isao, que tentava se desvencilhar para seguir até o fogo. Solta, Aiko, solta! Papai está lá! Me deixa! O velho Tanaka correu para dentro do barracão em uma tentativa de resgate e fez a esposa chorar mais alto que um bebê. O fogo atraía, Chiyo descobriu. Os irmãos de Isao corriam para as labaredas. Afastavam-se num recuo contra a ardência. Então, voltavam a correr como se medissem a própria resistência. Chiyo mesma tinha de segurar Taro. O cachorro se debatia — se era para fugir para casa, para se perder sem rumo ou para saltar no fogo, Chiyo não queria saber.

O pai dava tapas em Kenji. *Nii-san* tinha força o suficiente para bater de volta, porém não ousava. Ken-*kun* só cruzava os braços para proteger o rosto, mas as mãos do pai não deixavam de estalar.

A fumaça se instalava na garganta, esquentava os corpos por dentro. Kaede se afastou das braçadas do pai com Yukiko no colo. Chiyo parecia feita de vapor, havia aspirado demais as emanações do fogaréu. Mas não a fumaça do tipo que faz flutuar, não a que forma nuvens. Consumiu a do tipo que pesa. Era um cinza que engolia a paisagem tanto quanto o fogo. Crescia, escondia rostos, o do velho Tanaka mais do que o de todo mundo.

Isao se desvencilhou de Aiko, mas foi agarrado por mãos maiores. Papai o segurou, disse algo rápido em seu ouvido, depois desapareceu sob a fumaça em direção ao barracão. Chiyo não sabia o que papai pensava. Desde o dia do *yaki manju* ele não falava mais com os filhos.

O assalto de papai deu impulso aos outros Tanaka. Eles adentraram o barracão, apesar do calor que comia as passagens. A mãe deles chorou ainda mais alto e grudou o próprio corpo ao de Isao, atirando-o para o chão. Parecia acreditar que a proximidade com o solo fosse salvá-lo.

A voz do fogo também chiava mais e mais, como boas-vindas à sucessão de corpos em peregrinação para dentro do barracão. Eram suas presas.

Outros homens da vizinhança correram para o fogo, empurrados pela vergonha de ficar para trás. Kenji permaneceu agachado no chão, a cabeça baixa apertada pelas duas mãos posicionadas uma em cada orelha, fustigado pelo olhar fixo de Kaede.

Parecia mais incerto do que no dia do temporal, quando gritou a Aiko que esperava que o vento e a chuva arrancassem o barracão dos Tanaka do chão. É por causa de traidores dessa raça que papai foi preso, que japoneses estão morrendo no Japão, que a vovó pode ser morta.

Aiko sacudia a cabeça. A irmã apertava as mãos contra o corpo como se tivesse medo de que elas acertassem o irmão. Os Tanaka não têm nada a ver com isso, Kenji! Deve ter sido outra pessoa quem fez a denúncia. Talvez Leonor, ela viu meu caderno. Mas culpa de verdade é nossa! Você com seus panfletos, eu com meu caderno. A gente sabia que podia ser assim. Estamos errados desde que quebramos o rádio!

Kenji gesticulava, pedia silêncio com as palmas abertas, exibia os olhos quase sem íris. Aiko é tão tola! O irmão, então, confessou ter brigado com Isao outro dia em frente à porteira. Os dois até se bateram. Isao arrancou os panfletos estendidos pelas mãos de Kenji e jurou que o faria engolir o papel. Perguntei se não tinha vergonha de desgraçar a todos os japoneses vendendo seda para o inimigo. Isao me olhou com raiva. Disse que eu é que colocava a família em perigo com as besteiras dos meus panfletos. Falou que eu ainda me estrepava. Não duvido ter se vingado de mim falando com a polícia. Mas quem seu amiguinho atingiu não foi eu, foi papai, foi todos nós. A certeza tornava cada sílaba de Kenji mais cristalina.

Papai mancava quando voltou da delegacia. Tinha as mãos machucadas e o rosto arroxeado. A casa o recebeu bagunçada. As panelas estavam espalhadas pela cozinha. O *butsudan* havia sido derrubado. Até a foto de mamãe estava no chão, de onde sorria, inocente. Todos os futons e roupas foram desdobrados. Chiyo sentia o cansaço em cada osso, deitada no colo de Kaede junto com Yukiko. Aiko e Kenji ainda não haviam retornado. Papai não disse nada sobre a delegacia. Só se animou muito depois, quando fez os *yaki manju*. Então rosnou como se fosse capaz de morder a cada um deles até verter sangue. Dava medo em Chiyo.

O fogo continuava a abocanhar pessoas sem devolvê-las. Até Aiko dava passos para frente na tentativa de enxergar através da fumaça. As roupas de Chiyo esquentavam. O incêndio a desejava, ela sentiu. Havia um poder nele muito maior que o corpo de Chiyo, ou seus braços, suas pernas.

Os homens voltavam com o peito cheio de tosses. Primeiro surgiram rostos pouco conhecidos, apressados, apoiados um nos outros. Depois os Tanaka. O irmão mais velho de Isao trazia o velho Tanaka que gritava com os braços chamuscados. O cheiro de gordura tostada se prendia ao estômago e parecia ser capaz de arrancá-lo pelo fogo. Um outro menino Tanaka carregava um corpo inerte. Papai! Chiyo se viu gritando e depois sua voz se confundiu com a de Aiko. Ela viu as figuras dos irmãos virarem borrão, mas não conseguia se mexer. Só os dedos se moviam em um tremular. Chiyo os escondeu, pois sabia que eram os mesmos que riscaram os fósforos de Kenji.

PARTE QUATRO

OS PEIXES

Latas

Novembro de 1993.

O céu da boca tem o sabor das latas, não o dos pêssegos e sua calda. Nina sente na ponta da língua. É amargo, mas melhor assim. Depois de três dias, a doçura das frutas enlatadas enoja. Não é nem um pouco prazeroso ter o paladar assombrado por seus fantasmas.

Os dentes anseiam por mastigar a carne quente, grãos de sal, folhagens frescas, uvas que não sejam passas. A carne da geladeira preencheu a casa com prenúncios do apodrecer. O ar carregava o sangue com tanta insistência que impedia os olhos de se fecharem à noite. Eles ardiam, molhados como tudo ao redor da casa. Yukiko sugeriu que ensacassem e jogassem no jardim, longe do interior de casa. Era o que se podia fazer.

No começo houve fartura, um presente da pressa em esvaziar a geladeira antes de os alimentos ficarem rançosos. Depois sobraram o pão velho, a farinha, as latas de frutas, leite condensado e umas poucas sardinhas. Nina não sabia que amava tanto o sal.

Takeshi propôs um regime de racionamento e todas aceitaram sem ânimo. As pilhas metálicas encolhiam a cada refeição. Restavam bem poucas, é verdade, mas nenhum dilúvio pode ser eterno, Yukiko assegurava. Os dedos tremiam numa falta de cigarro.

A cada dia todos ficavam um pouco mais quietos. Até mesmo a avó, Nina e Yukiko, que tinham prazer ao papear em sussurros, se calaram mais e mais. Kaede e Takeshi surgiam para tratar de assuntos práticos. Os rodinhos que deviam ajudar a secar a sala, as refeições, as velas que precisavam ser apagadas durante o dia para iluminarem a noite. Depois desapareciam, protegidos pelas paredes; o corpo dela denunciando um definhamento gradual e abocanhado pelos cuidados aos aquários que, de tempo em tempo, eram esvaziados e preenchidos novamente para limpar; ele, pela sala onde ficavam as bebidas que impregnavam sua pele e suas roupas. Nina apostava que Takeshi não racionava os líquidos das garrafas.

As outras casas ocultavam incógnitas. Pareciam mortas, mas de certo abrigavam gente com medo da chuva. E comida. Todos pareciam mais fracos pela falta de alimentos. Os corpos da avó e de Kaede eram os mais debilitados.

Nina se lembrava de ver um mercadinho na esquina. Com sorte o estoque ficava no andar superior. Deram nós nos tecidos de Kaede para criar uma corda colorida, firme o bastante para prender na cintura e doar segurança ao nado. Tramaram só o começo. A avó fincava os dedos nos braços de Nina cada vez que ela falava em explorar a vizinhança abaixo da chuva e da correnteza brava, mesmo que prometessem que ela seria amarrada, que não se perderia.

A casa da frente está vazia, eu sei. Conheço os donos. Só aparecem nas férias. O pedido de Kaede, insinuado no intervalo das sílabas, ficava sem resposta. A voz da avó era mais alta. Confundia nomes, horários, objetos. Dava a chorar, esbravejar com caretas de raiva. A avó era a preocupação de Nina. Os alimentos dos outros que esperassem até as latas do sobrado acabarem. As frutas eram meladas demais, mas ao menos estavam ali.

Se Aiko estiver dormindo, não tem como ela sofrer com medo por você. Yukiko ouvia as insinuações de Kaede em silêncio, com os olhos desviados para os desenhos na parede. Nina sabia que a tia sentia pavor da água. Uma vez estancou na varanda de uma casa ao perceber que a festa teria piscina.

Ao menos, a tempestade poderia ficar mais amena. As gotas continuavam a cair grossas, estrondosas. As nuvens cercavam a paisagem com um cinza maciço e leitoso. Os ventos uivavam tristes. Nina encarava o temporal da sacada para afugentar o medo. O mergulho a esperava, até os músculos pressentiam. Era o preço de ser jovem. Precisava estar preparada.

Jim Beam Black Bourbon

Novembro de 1993.

Takeshi não ouve os próprios passos. Pisa, repete, estala a carne despida de sapatos e meias contra o chão. Nenhum som responde. Para onde foi o peso dos pés? A última pancada reverbera uma mudez no interior crânio. Quando madeira finalmente soa abaixo de chutes, os barulhos são opacos, distantes, como palavras soltas debaixo da água. O diabo é que, ao contrário do resto da cidade, o assoalho está seco.

É a mesma superfície que Takeshi sobrevoava nas correrias da infância quando tinha pressa para chegar até a escada e pular dois degraus a cada salto. Suas passadas eram tão barulhentas que arrancavam resmungos monossilábicos de Kaede. Da mãe. Foi naquele sobrado que seus músculos endureceram e os ossos esticaram. Foi entre recortes de tecidos, gemidos de tesouras e riscos de giz em papeis. Os pés estalavam nas lembranças. As batidas eram reais.

A chuva e o vento é que não sabem se calar. São uivos repetitivos, sem começo ou fim. Takeshi já nem sabe que dia é hoje ou há quanto tempo a tempestade inunda as ruas com uma água negra.

O corredor se alonga e se estreita ao piscar em reflexo aos raios que trincam a escuridão de um céu descolorido. As paredes são feitas daquela matéria dura e fria de sempre, mas não parecem as mesmas de outros tempos. Estão dilatadas. Essa é a porta do quarto onde Takeshi dormia depois de explorar as próprias calças sob um silêncio impregnado pelo medo de que Kaede o flagrasse. A mãe o flagrasse, a mãe! A madeira o protegia da vergonha, do risco de causar a ela um asco por seu amadurecimento. A divisa era tão escura, tão pesada. Não é mais, parece outra porta.

A casa não é a mesma. A mudança nem se deu pelo entulho da enchente. Dane-se essa chuva maldita! É a presença de pessoas estranhas que arranca o eixo de sua estrutura. Os instintos primais de Takeshi nunca permitiram ao sono o domínio de seu corpo quando havia alguém diferente na casa. Os poros sentiam uma ameaça invasora. Também não conseguia dormir no lar de estranhos. Sempre tinha de voltar antes do amanhecer, mesmo se não estivesse saciado deles ou delas.

As cores do papel de parede desmaiaram. Não eram assim, Takeshi sabe. Não havia esquecido a decoração ou a amplitude do espaço entre as paredes depois de se mudar para o apartamento. Afinal, suas visitas ao sobrado eram constantes, porque Kaede precisava de sua presença mais do que sabia precisar. O câncer se espalhou. Mas não vou mais tratar, já me decidi.

A mãe é dessas pessoas que disparam frases sem titubear. Não sabe florear conversas com divagações de amortecimento. Atira sem anestesia mesmo diante dos argumentos do filho. Você quer morrer, é? E a Maura? E eu? O que a gente quer não conta? Eu não quero morrer, mas vou. Só não vou mais definhar com esses remédios horríveis. Vocês não sabem o que é tortura. A escolha é minha. Não adianta. Me parece mais justo ter controle sobre como vou morrer.

As pernas bambeiam até o espelho. A respiração cria um círculo embaçado. O rosto lateja na área do desenho vermelho abstrato sobre a bochecha. Takeshi acordou com a cabeça achatada contra o carpete. Gotas inchadas se arremessavam contra ele em saltos contínuos. A boca emanava o cheiro do álcool. Os licores de Kaede. Da mãe, cacete! Garrafinhas em miniatura. Cointreau, amarula, jenipapo. Esvaziou o de jabuticaba que a mãe ama. E acabou com o uísque depois dos três primeiros dias. Jim Beam Black Bourbon. O mesmo que a mãe serviu em um copo para ele uma noite antes da chuva quando anunciou que havia desistido do tratamento e que teriam visitas que ele nunca desejou.

As bebidas se mesclam em marés revoltas. É patético beber assim sem freios e sozinho, Takeshi sabe. Mas a garganta está seca, uma contradição em tempos de dilúvio. Olhar a chuva da janela e as goteiras espalhadas pela casa velha dá sede. A cozinha deve ter álcool. Um vinho metade esvaziado, pelo menos. Uma garrafa do tipo usado em molhos para carne. A mãe não é grande apreciadora de vinhos. Prefere os destilados. Na noite antes do desastre, Kaede bebia uísque. O Jim Beam Black Bourbon — o mesmo que depois da inundação ele entornou sozinho. Brindaram os copos dourados, sorriram até Kaede fazer seus disparos. Até a mãe fazer seus disparos. Amanhã vou receber parentes. Meus irmãos vêm. Aiko vem. Quero que esteja aqui. Tem muito o que conversar. Principalmente agora que não sei até quando vou estar aqui.

— Por que você está tão emocionado? Por que agora depois de tantos anos, hein? — o espelho pergunta. Se a história fosse com outro, Takeshi pensaria em fraqueza. Talvez seja. Nunca se sentiu forte como Kaede, como a mãe. Um moleque. Parou no tempo. Estafou. Trinta e dois anos, mas um moleque ainda.

Idade é só um número, Maura é quem gosta de dizer para Takeshi. Só diz a ele. Ela esconde de Kaede quando questionam a diferença de idade entre as duas. Quinze anos exatos. Ou a equivalência entre o sexo das duas. Tem medo de que o julgamento dos outros machuque. Para mim, os estranhos não são ninguém, mas Kaede sente fácil. Só finge não se importar. Uma pena ela ter viajado. Maura o ouviria, pronunciaria frases calorosas, macias. Tem mais jeito para isso do que a mãe. Ou ainda bem que foi visitar os pais. Maura não gosta de relâmpagos, nem de quando Takeshi e Kaede bebem.

Um quarto aberto, um convite. No escuro, Takeshi enxerga com as mãos, apoia-se nas paredes para ter mais certeza dos passos. A mulher dorme no chão. Aiko.

Os dois têm o mesmo queixo levemente protuberante. Prognatismo. Maura dizia que em Takeshi era um charme. Kaede, ao contrário, tem o queixo fino e discreto. Na escola diziam que ele tinha uma boca torta. Se você chorar, filho, assim é que vão insistir nas brincadeiras maldosas.

Aiko tem depressões espalhadas pelo rosto. Vestígios de sorrisos antigos, de testas franzidas, de lamentos. Será que ela já chorou por ele? Sofreu de culpa? Ele esperava que sim, era merecido. A mulher tem um sono tranquilo, pesado. Takeshi sente impulsos que precisa domar a um grande custo. Quer chacoalhá-la. O sossego do repouso causa atritos nas veias de Takeshi.

— Nossa, que susto! Nem vi você entrar. — O sussurro de Yukiko faz Takeshi prestar atenção na presença da outra irmã de Kaede. O sobressalto arrepia os pelos da nuca. A veia bombeia o sangue quente numa sensação de vergonha e cólera.

— Ouvi um barulho, mas não é nada, pode voltar a dormir. — O sorriso parece frouxo, a mandíbula prognata amoleceu.

A tia — curioso que essa mulher seja sempre sua tia, não importa por qual ângulo se olha — ameaça se levantar. Takeshi se apressa. Não está com humor para conversas. Há ânimo, sim, para vinho. Ou quem sabe outro Jim Beam Black Bourbon da mãe. Os pés sem som retomam a busca.

A chuva emite ainda um gemido. Takeshi também chorava assim, insistente, quando os colegas descobriram a verdade sobre seus pais. Ele se sentiu tolo por contar às crianças que havia sido rejeitado. Você tem a mim. Para que ficar triste?

Tinha oito anos quando a mãe falou de Aiko. Eles eram pobres, já com três filhos e o marido ganhando um salário ruim. Mas Kaede também não era nos tempos em que moravam num quartinho, em que ela costurava dia e noite? Foi uma escolha difícil para Aiko, tenha certeza, mas sensata. Aos doze, ouviu Kaede perguntar se ele queria conhecer os pais verdadeiros. Quem não fala com a família sou eu. Com você é diferente. Não vou me magoar se você quiser se encontrar com os dois. Só peço que você volte depois.

Para, mãe. Não fala mais disso, não quero ouvir, não quero ver ninguém. Minha mãe é você!

O caminho se preenche de lamúrias. A voz é de Kaede. É dela o gemido preso à chuva. O aquário também canta mesmo com o motor desligado. A imagem da mãe no chão do quarto lembra um fantasma. O cabelo está desfeito, as mãos esfregam o rosto, correm para a garganta, confortam o sanfonar do peito. Ela chora. Takeshi não se lembra de ver lágrimas escorrerem pelas feições da mãe. Kaede encara o aquário com tanta atenção que não o vê. Os peixes continuam a morrer, embora ela troque tanto a água para compensar a falta do motor. Ou talvez morram pelo excesso de zelo. Ela também falou ontem que acha que praticaram canibalismo, na falta das plantas e da comida estragada. Os soluços a fazem tremular. Kaede parece encolhida sob os reflexos dos raios. A caixa torácica chia sufocada. Chorar só faz perder o fôlego. Respira bem lento. Olhe nos meus olhos. Bem no fundo. Respira. Inspira. Respira. Viu como tudo passa? A visão esgana Takeshi. O corpo, autônomo, paralisa em um formigamento. Depois a faculdade de movimento o domina. Takeshi se vê dar um passo que não é seu. O som é amortecido. Para onde foi o peso dos pés? Kaede vira o pescoço, já consciente da presença do filho. Ela se permite soluçar ao encará-lo. Um córrego de lágrimas brilha no escuro. As diagonais das sobrancelhas clamam por misericórdia. Takeshi está pronto para oferecê-la. Não queria, mas está. O rosto da mãe vira uma máscara inerte de espanto. Ela fecha porta com a pressa de uma criança envergonhada.

— Mãe? — Takeshi soa como um menino. Mas o choro que se escuta em sons crescentes do outro lado não é dele. A chuva procede com seus golpes ao telhado, janelas e paredes. Porém, o interior do sobrado se torna insuportável. Takeshi corre até o quarto, desmonta o interior do guarda-roupas a procura de uma bota. Tem certeza de que a deixou por aí. Não é loucura. O mercado fica a poucas braçadas. A mãe está tão fraca quanto os peixes. Ambos precisam de comida de verdade para não morrer. É só algumas braçadas. Seu corpo é forte, apesar dos liquores. A mãe sempre insistiu que Takeshi se tornasse um exímio nadador. Água não seria um problema. A casa está cheia de senhoras. Só Takeshi ou a menina podem se arriscar a sair. E Aiko se desespera cada vez que a neta ameaça se aventurar pela enchente.

A bota está apertada, porém basta. Deve procurar alimentos mais resistentes, em boas embalagens. Mas quem Takeshi pensa que engana? Sabe que a comida de humanos e de peixe são pretextos. O mercado também abriga o álcool e ele sabe disso. Não, a prioridade é a saúde de Kaede. Da mãe. Ela está debilitada pela doença, não pode passar fome. Mas e as garrafas de pinga, de uísque, de vinho? Será que houve saque? Será que a água tombou?

Takeshi sempre se sentiu um impostor, mesmo quando menino. Quando os adultos elogiavam sua inteligência, havia uma névoa de dúvida. Se falavam bem de sua aparência, Takeshi procurava sinais de zombaria nos cantos dos sorrisos. A reinvenção do próprio estilo numa androginia de cores, cortes e brilhos, considerados sinais de autenticidade, carregava tonalidades de uma farsa, ele sentia. Tudo é teatro. O homem confiante era um personagem.

Os abraços de Kaede faziam parte da segurança, do palpável, do real. A outra parte era o medo de desabar, principalmente quando Takeshi era um menino a quem provocavam no recreio, porque ele não tinha um pai para o defender ou para ser a matéria-prima para ameaças contra os outros garotos.

As ficções eram um refúgio. Takeshi amava os mitos. Ele amava as fantasias que inventava para si de uma outra história de vida. Nelas, foi nutrido pela barriga de Kaede. Não pela placenta de quem não o quis.

Kaede dizia preferir a verdade, mas também se refugiava na ficção quando a vida ficava mais difícil. Esse conforto no irreal se insinuava nas idas com a mãe ao cinema aos sábados quando ele mal entendia a diferença entre vida e faz-de-conta. Sim, Kaede também amava a fantasia, apesar de insistir em dizer verdades ásperas. Os dois se entreolhavam para rir das trapalhadas dos personagens. A mãe oferecia a mão para ele apertar quando o suspense beirava o insuportável.

Observar um outro mundo em tecnicolor só não era mais tão doce que a recordação de como a mãe passou a pedir sua opinião sempre que ia aos armarinhos comprar rendas, sedas, tecidos e botões porque reconhecia que o filho tinha bom gosto. Ou do dia em que ela se espantou com seus primeiros croquis, que ele escondia junto com desenhos de corpos nus. Já pensou como ficarão em pano? Quer ver? Vamos costurar juntos, então.

Mas a mãe permanece para trás, no quarto, diante do aquário. Fraca, enquanto Takeshi hesita, na companhia dos peixes que assiste morrer de fome. Alimentada com frutas enlatadas que já estão prestes a acabar. O corredor se encurta. Atrás da porta da sacada e da chuva, o céu se tingiu de vermelho. A chuva invade a sala quando Takeshi faz o vidro correr. É estúpido se incomodar com a água. Takeshi apalpa a chave no próprio bolso, a aperta nas mãos para não perder. A água se alastrou pelo jardim, pelas varandas, pelas ruas. Takeshi luta para não se sentir pequeno enquanto se prepara para o mergulho. Ao andar em direção à chuva, ele percebe que voltou a ouvir passos.

Janelas

Novembro de 1993.

Cigarros e números. As compulsões são ansiolíticos para Yukiko. Contar tranquiliza. O fumo também. Os dedos revelam princípios de tremores ao sentir a textura do invólucro de papel. Os músculos da garganta se contraem e imploram por calor. Yukiko resiste a acender o cigarro, o último do maço, embora estivesse febril de vontade. Cheira para se saciar, reza para a água ceder, ela que não é de orações. Mas a chuva não termina, mesmo depois de reinar sobre a cidade por mais um pôr do sol e noite. É a quarta madrugada e a precipitação ainda golpeia o mundo com uma energia jovem. As calhas derramam cascatas contínuas. Ouvir a chuva não dá paz. Traz ruídos de choro.

Yukiko havia sido despertada a contragosto pelo sobrinho. Ao se ver sozinha, resolveu que teria de fumar o último cigarro, escondida no lavabo para não dividir com ninguém, encurvada sob a vergonha do egoísmo. Mas passos denunciam que há outro corpo em mobilidade no sobrado oco. Estendem-se ruidosos. Ecoam.

O cigarro seria poupado novamente. As sombras se alargam em passagem pelos papeis de parede a luz de velas já gastas. É o menino outra vez. Caminha atordoado pela casa, fedendo a tecido curtido em álcool. O rapaz se aproxima da sacada. Luta contra o vidro da porta como se estivesse em uma pantomina. Yukiko assiste à cena imobilizada entre a curiosidade e o pavor de que ele peça ajuda. Mantém-se quieta até ser confrontada pela visão do corpo que submerge na água bruta.

Está bêbado, é visível, por isso ela corre até a sacada. Tem medo das intenções de quem está alterado. Yukiko sente que enfrentar a violência da correnteza só pode ser um sintoma de autodestruição. Precisa dissuadi-lo. É seu papel como tia e profissional. A chuva esfatia as vozes dos dois. Gritar dói, ainda mais perto da sacada surrada pelas gotas em profusão. Yukiko se sente espancada enquanto ouve apenas palavras avulsas. Comida. Mãe. Doente. Acabar. Enlatados. Mercado.

A água da enchente mastiga o corpo de Takeshi. Yukiko agora tem impulsos mais fortes de se distanciar do que de salvá-lo. As pernas estão prontas para ceder na menor ameaça de movimento.

O mercado não fica longe. Dá até para ver da janela. Uma ou outra frase rouca toma forma. Takeshi se afasta sob a falta de resposta. A figura se movimenta feito um astronauta a pisar em outro planeta. Depois de um tempo, o nado ganha segurança. Takeshi é rápido, embora a correnteza de água imunda brigue para empurrá-lo na direção contrária. Como Kaede permitiu que ele aprendesse a nadar, Yukiko não sabe. A mera visão das piscinas esvazia as veias da irmã mais jovem. O barulho das águas a assusta. É por isso que ela só toma banho com chuveiro fraco. A correnteza briga com o rapaz, empurra seu corpo. Ele quase tomba, é esmagado por braços da inundação, porém consegue abrir os portões.

A janela da sacada é a primeira que ela conta. É mais parecida com uma porta, na verdade. Corrediça, alta, ampla, cercada por duas miniaturas com armações brancas idênticas. O céu encara com tons de vermelho, roxo e cinza enquanto Yukiko tenta espiar a teimosia de Takeshi contra a massa de lama.

A enxurrada carrega o corpo. É como pular no meio do Tietê. No rio, basta um instante para a presença humana desaparecer sob a superfície. Só resta a fluência das águas. É assim também com o rapaz na enchente. O vento não traz vestígios de Takeshi. Uiva um barulho crescente. Os sons são contínuos. Yukiko se atenta a eles, parecem humanos, como se fossem um espectro vindo de verões passados.

"Faz calor, saiam de casa", o céu berrava. O tempo as obrigava a usar as roupas confortáveis pela leveza dos tecidos finos e claros. O tom de cobre reafirmava a estação ao tingir as peles beijadas pela radiação ultravioleta — braços, pernas, bochechas. Yukiko usava um vestido alaranjado, de alcinha, com bordados no peito. Setsuko estava de verde, tinha mangas bufantes nos ombros e uma saia rodada já suja de tanto brincar. As roupas eram feitas por Kaede, que as vestia contente quando terminava a costura. Só não vão se meter em um lugar muito longe, hein?

Ao contrário da sala de costura no lar da irmã mais velha, a Casa Fujikawa era chata, cheia de trabalho para quem ali ficasse. Hideki dizia que o restaurante-confeitaria que ocupava o prédio vizinho ao hotel de sua família ganhou ares de capital depois que passaram a atender seus palpites. O cunhado mal sabia sequer como administrar a própria vida. Vivia com expressão de perplexidade enquanto chupava as pontas das canetas. Yukiko desconfia que ele nunca superou a fase oral.

Não tinha como Setsuko e ela ficarem na cidade. As águas as atraíam porque fazia calor e porque também chamavam outras crianças, enérgicas, ruidosas. Os meninos da escola estavam lá. Bastou um empurrão para Yukiko saltar. Foi fácil decidir pelo mergulho para ela naquele dia, assim como foi para Takeshi agora. O impulso veio embutido em uma promessa. No caso dela, de aventura sugerida pelo tom de voz dos colegas, cheio de provocação.

Setsuko e ela aceitaram subir em um pequeno barco encontrado na margem. O vento brincava com seus cabelos e elas riam para suprimir o receio de que o dono da embarcação surgisse gritando. As crianças encorajavam Yukiko e a filhinha de Kaede a entrar no rio. Anos depois, ela perceberia um sadismo na brincadeira. E descobriria que ela aceitou porque já escondia uma pulsão de morte embrionária, nascida de quando a mãe morreu com ela nos braços. Talvez ninguém tivesse plena consciência do caráter real dos estímulos que pronunciavam em coro. Os meninos passearam pelo rio um dia antes, sabiam que a correnteza era forte porque um deles quase se afogou ao mergulhar. Apesar do desespero que vivenciaram um dia antes com o colega, acharam que seria engraçado ver as duas meninas se debaterem na água, testemunhar a projeção dos próprios temores na véspera em outras pessoas.

As janelas da sala não podem mais alcançar o rapaz. É impossível saber se ele se debate. Uma, duas três. Yukiko se precipita pela escuridão do corredor na contagem. A janela da ala oeste, a quarta, reluz com os reflexos dos trovões. O parapeito de gesso está frio, revela infiltrações. Por aquela vista também não há nenhum sinal de nadadores. O uivo penetra a casa com um chiado da água. A ausência de Takeshi pede socorro. Ele parece nunca ter tocado o leito sem-fim estendido pela chuva nas ruas, onde adormecem carros, latas de lixo, árvores mortas.

Também era impossível dimensionar o tamanho do Tietê ao olhar pelo barco, embora fosse visível que ele era amplo. A água corrente é assim. Takeshi talvez não soubesse como ela subjuga até mergulhar e desaparecer. Só se tem noção da grandeza de um corpo d'água ao estar cercada por ele em todas as direções, ao perceber a profundidade, ao sentir falta da areia sob os pés. Yukiko era pequena — ficou menor ao ser abraçada pelo rio. Ele a dominava pela visão, pelo tato, pela audição, pelo olfato, pelo paladar. A correnteza tinha pressa em a afastar de Setsuko. *Yukikoooo. Yukiiiikoooo.* Mastigada pelas águas, a sobrinha não sabia mais pronunciar outra palavra que não fosse seu nome. Agarrava-se a ele feito a uma boia. As outras crianças riam de longe.

O lavabo atrai Yukiko de volta para o sobrado. A janela, a quinta que ela conta até o momento, é estreita e alta, sobrevoa o vaso sanitário. Os olhos percorrem a extensão da água rugosa. Leva minutos para ela conseguir distinguir em meio ao entulho os avanços de Takeshi, espremido contra os muros. A respiração falha, invoca o cigarro. Os dedos o tateiam e finalmente o acendem. Apesar de sozinha, Yukiko amortece a expressão de prazer que quer se alastrar pelo próprio rosto no primeiro trago. Um rastro quente mergulha pela boca, acende um caminho pelo peito, queima. A fumaça escapa macia como um afago pelos lábios e pelas narinas. Yukiko é ocultada por uma nuvem.

Cigarro combina com esperas. O tabaco se agarrava ao estofado nos intervalos das consultas. Tiago dizia que fumar irá matá-la e Yukiko jurava acreditar nele. Ele a chamava de cínica quando ouvia essa resposta, ao que ela agradecia com um sorriso, como quem ouve um elogio, e se inclinava para beijá-lo. Gargalhava enquanto ele chacoalhava o pescoço num desapontamento metade falso. Era assim, nos primeiros anos. Nos últimos tempos, ela apenas lançava um olhar vago, dava uma tragada longa e ele reclamava do cheiro com as sobrancelhas franzidas. O casamento estava mesmo condenado. Ao menos ela ficou com os discos. O bom gosto para música era dela.

Yukiko aceitou a denominação. Cí-ni-ca. Interpretou o papel por tantos anos que ainda acredita nele. O humano é um ser que adestra a si mesmo. Pode se mostrar alegre, enquanto está triste. Yukiko também era boa nesse jogo de sorrisos. A persona contente. Os outros apreciavam o quanto seu jeito era expansivo, "cheia de vida" a chamavam, e ela acreditava, porque confortava.

A encarnação do faz-de-conta era outra compulsão. Foi assim desde pequena. Quando ela e Chiyo jogavam baralho, sob regras criadas pela irmã mais velha, e Yukiko sempre vencia. Você roubou! Que vergonha! Vou contar para *nee-chan* que você tá virando uma mentirosa. De tanto ouvir, ela assimilou a acusação no próprio gestual e nunca mais teve ética em jogos. As lembranças são ainda frescas, composta pela ginástica dos naipes entre os próprios dedos rechonchudos e os lábios de Chiyo retorcidos em uma bronca. A boca da irmã e a dela carregavam o carmim numa maquiagem precoce que quando o pai enxergava pela porta entreaberta do quarto, gritava para que lavassem. Chiyo corria para obedecer e puxava Yukiko pelo braço. A voz dele sempre amansava Chiyo. Ela parecia até nutrir uma dependência por sua presença áspera e reprimendas. Não foi de se surpreender que Chiyo levasse o pai para morar no sítio dela e de Osvaldo quando se casaram. Yukiko ocultou o alívio quando ele se mudou e ela pôde ir viver com Aiko.

Tinha aprendido bem a blefar. Aperfeiçoou com o tempo. Convence os pacientes sobre o quanto ela mesma é estável, imune a fobias e compulsões. É necessário para a melhora de cada um deles. Aprendeu a fingir não sentir as lembranças se arrastarem sob a carne.

O alcance das memórias de Yukiko sempre a assustou. Ela se lembra de como a respiração ardia quando correu atrás do carro azul-ciano, as pernas curtas demais, quase entrelaçadas, da saia em formato de balão inflada pelas águas do Tietê, do cheiro da cal fresco da casa na cidade logo que se mudaram, das mãos e pernas enfaixadas do pai que davam medo.

Um cigarro é pouco, mas é o que sobrou do maço depois de três dias. O círculo vermelho aceso sinaliza uma luta vã contra o escuro da casa. A janela mostra ainda céus purpúreos, nuvens encorpadas de chumbo, um balé violento da chuva, o mar barrado apenas pelos muros que contorna. O asfalto está escondido. Galhos, troncos e lixo atravessam o portão, passeiam pela rua. Carros viraram jangadas. Os gritos do vento persistem, mas daquela direção não há rosto com boca que possam pedir ajuda.

Takeshi desapareceu outra vez. Yukiko apaga o meio cigarro. Anda pela casa à procura de outras janelas. Adentra quartos vazios. Algumas janelas são acortinadas. Formam molduras retangulares, largas. Outras têm topos arredondados. Uma, duas, três, quatro, cinco, seis, sete janelas. Yukiko recomeça as contas enquanto percorre os cômodos escuros. Oito, nove, dez. É boa para andar sem acordar ninguém. Teve uma adolescência de caminhadas nas pontas dos dedões até o quintal, onde se encontrava em segredo com os rapazes. Quando o pai descobriu gritou que só tinha desgosto com os filhos. Um preso, duas separadas e a outra mal falada. Se eu pudesse me levantar, dava uma surra.

Mal falada. Yukiko não queria assimilar aquele papel a que o pai lhe atribuía. Queria só sentir o amor provisório nas bocas que lambiam seu queixo, a força das mãos que exploravam seu decote e arrancavam suas meias, as carnes intumescidas que a adentravam sob a pressão dos preenchimentos. Por que haveria de ser sujo se era bom e bonito? Tia Hanako dizia que nenhum homem a amaria por muito tempo depois de desvendar detalhes de seu corpo. Um equívoco, Yukiko descobriu, com um alívio ocultado. Tiago permaneceu. Dezesseis anos, onze meses e vinte dias de intimidade com a nudez de Yukiko. Foram felizes por dois terços desse tempo. Até mais, ela percebe, ao mirar em retrospecto a vida privada.

Onze, doze. Nada de Takeshi. Talvez a correnteza o tenha obrigado a contornar o quarteirão em vez de seguir direto até o mercado. Yukiko corre até a cozinha de janelas foscas. Na volta, encara a escada que se assemelha a uma boca com uma língua tortuosa estendida na escuridão. Leva ao ateliê. Yukiko se lembrava bem de lá.

Kaede também era boa em fingir. Tentou aparentar que não reconheceu Yukiko quando ela visitou o sobrado pela primeira vez. Foi catorze anos antes. Yukiko surgiu disfarçada de cliente com duas amigas a tiracolo. Kaede estava ali, repetia a si mesma em pensamento. Apesar do coque em formato de colmeia e da blusa elegante de seda, aquele ainda era o rosto de *nee-chan*. Yukiko abafava emoções abaixo dos risos e uma voz de contralto confiante. A respiração era uma corça, trotava palpitações, corria.

Sentou-se em um canapé, sentindo o veludo raspar na minissaia enquanto folheava os croquis e bebericava uma xícara de café. Bonecas com vestidos de noiva caros demais a encaravam dos desenhos. Todas tinham o rosto da mãe na foto do álbum de Aiko. Era difícil não tremer a mão, não adiantava gargalhar como uma bêbada e fazer piadas quase vulgares com as amigas. O olhar de Kaede a atraía, plácido, com uma ausência de reconhecimento. Esse tubinho com chapéu cai bem em você. As bochechas de Yukiko queimavam ao se sentir tocada no ombro. O decote nas costas fica bonito no seu corpo. Bem magrinha.

— Ah, mas sou bem menos magra do que aparento, tenho coxas, tenho quadril. Olha só! — Os risos tilintavam como sinos. — Esse vestido é bonito. Mas não, quero um bem branco, rodadão, bem bolo de festa. Quero deixar meu velho sossegado.

— Seu pai ainda é vivo? — Kaede ergueu as pálpebras com uma expressão de peixe que mordeu a isca. Até seu rosto recuperar a placidez da falta de reconhecimento. Era fingimento?

O pacote chegou em casa sem remetente três semanas mais tarde. Havia apenas um bilhete em um papel de carta simples. "Bem branco, rodadão, bem bolo de festa." Por que nunca agradeceu e por que atribuiu o presente a uma professora inexistente, Yukiko nunca soube. Mandou, porém, um convite à festa. Não teve resposta.

As paisagens das janelas são de ausência. As horas se sucedem sem anúncio. Não é a elas que Yukiko conta. Só sabe que passa pela décima segunda janela pela segunda vez. Talvez Takeshi tenha perdido o combate contra as águas. A ideia seca até a língua. A correnteza é incansável. Não parecia haver como lutar contra o rio, mas Yukiko era feita de tentativas de dar braçadas. Em contato direto com a correnteza, sua condição humana se intensificou. Todos são essencialmente corpos isolados, à deriva, presas de um risco de morte diante dos espectadores — inertes na maior parte do tempo, como as crianças no barco. Yukiko abraçou essas certezas aos onze anos.

Descobriu também que não era boa nadadora, ao contrário do que supunha. Suas braçadas não a conduziam a um deslocamento em direção a Setsuko ou ao barco. Só a afastavam, afastavam e afastavam. O barco diminuía, os rostos já eram pequenos borrões. De longe, não se consegue adivinhar expressões — as crianças riam, preocupavam-se? Zombavam ainda?

Setsuko se tornou espirros de água cada vez mais espaçados e baixos. Yukiko se debatia, mas era um ponto minúsculo na imensidão molhada. Nadar cansava tanto. Ela não avistava mais Setsuko. Os músculos relaxavam enquanto a água a sequestrava para longe. Yukiko pertencia ao rio. Setsuko era ainda mais dele. A solidão já não perturbava, o tamanho do Tietê não era mais assustador, só o cansaço ocasionado pela luta se traduzia em dores pelo corpo. Yukiko parou. Estava exausta. A decisão em não se debater mais durou cinco minutos. Yukiko contou cada batida do coração. Seiscentos e doze. Dois colegas a alcançaram, duelaram contra o rio e contra a inércia que paralisava seus braços e pernas de garota. É a mesma que estanca seus membros em frente às janelas. A massa líquida em sua aspereza suspende os movimentos. As suas garras revelam mais uma vez a desaparição. A fluência das águas escoa. Yukiko está vazia. Só quando amanhece percebe que o meio cigarro em seu bolso está molhado de tanto ser tateado. Ela havia voltado ao Tietê doze vezes.

Kazumi

Novembro de 1993.

As noites de chuva são mais frescas no campo e na estrada. As gotas tentam perfurar a escuridão betumada da rodovia. O cachorro caminha abaixo delas. Até ginga despreocupado pelo autoposto. É um ser miúdo encoberto pela sombra das cabines das carretas de dois ou três eixos. Não se intimida, pisa firme nos reflexos brilhosos dos faróis sobre o asfalto molhado. Mas é tão magro, coitado. As costelas saltadas se distinguem na pelagem caramelo mesmo à distância. Chiyo tem impulsos de atravessar a janela e o abrigar dentro da jaqueta de lona até a chuva parar, quer ele esperneie ou não. Embrulha o bife no guardanapo. Ainda está quente. É o mínimo que se pode fazer.

Nas mesas ao lado, o vozerio sufoca até a percussão da chuva contra o vidro. Ofusca a música carregada de sentimentalismo espalhada pelo alto-falante no ar abafado. As pessoas desaprenderam a falar baixo hoje em dia.

Osvaldo diz que Chiyo é rabugenta e não sabe mais conviver com os outros. Ele a acostumou mal com sua quietude. Os dois vivem na paz de um silêncio interrompido só pelas festas e alarmes dos vira-latas, pelas queixas contemplativas das vacas leiteiras e a estridência das maritacas. Mascar a alface faz Chiyo espremer um arrependimento de sair de casa e deixar Osvaldo sozinho. É uma folha feia, molenga, queimada de marrom nas margens. Chiyo teria vergonha de servi-la. Suas verduras crescem espaçosas e protegidas na estufa, na temperatura certa para evitar o murchamento e a clorose. Chiyo até conseguiria as reconhecer nos pratos dos outros.

— Éééé, vamos ter de pegar o desvio pela vicinal. A rodovia foi interditada mais na frentinha.

Kenji desaba na cadeira ao lado. O acrílico laranja estala. O irmão tem uma mobilidade pesada, os ombros vergados e os olhos tão caídos quanto Catarina, que é um terço cocker-inglês. Chiyo não sabe como Kenji aguenta a vida na estrada imerso em tanto cansaço. Ou como aquele corpo envelhecido conduz uma carreta tão grande. A carroceria carrega o barco vermelho com folga. Chiyo sente medo de que a embarcação balance e se danifique ao bater contra as paredes de ferro. Osvaldo ama levar o barco ao rio para pescar. Chiyo o acompanha sempre para espiar os peixes, as aves, sentir o balanço das águas e, principalmente, pelo prazer de pilotar. Ela deu ao barco o nome de Kazumi. Nem consultou a concordância ou a discordância do marido. Pintou as letras com as próprias mãos.

É triste assistir aos gestos tímidos de Kenji, ao respiro de ar quente entre as mãos fechadas, ao palitar da dentição mal-cuidada. Ele fede a gasolina, suor, graxa. E fumaça. Chiyo oculta a visão do irmão com a aba do boné.

— Vamos, então, ué. O que quer que for mais rápido. Terminar logo com essa história.

— Não é rápido, só não tem outro jeito. Alagou tudo do outro lado.

Os diachos das inundações os rodeiam. O mapa do estado se cobre de nuvens infantis com gotinhas azuis e guarda-chuvas nos noticiários. A intensidade é pior na região onde as irmãs e a sobrinha estão há dias, as cabeçudas. A vizinha do sítio parou a ela e a Osvaldo para falar que é a chegada do Juízo Final. A humanidade vai ser afogada pelos próprios vícios. A mulher é uma tapada. Tem um jeito de sorrir para dizer disparates que irrita, por lembrar as expressões de tia Hanako. Nunca percebe que Chiyo mora em um lugar tão afastado justamente para evitar a redundância das conversinhas sem propósito.

— O que quer que seja mais seguro, então. Quero chegar e voltar viva.

Chiyo segue Kenji até a cabine alta do caminhão. Ao dar os passos que levantam a água do chão, ela se pergunta por que raios está naquele autoposto. Enquanto o irmão destranca as portas, Chiyo se esgueira até o cachorro magro, atira-lhe o bife ainda morno, sente na palma seus pelos molhados e lisos. Ele agradece com rabadas rápidas.

A troada dos caminhões em seu vai-e-volta pelo posto embala a despedida de Chiyo ao cachorro. A estrada se estende para longe, sem boas-vindas. Aiko, Yukiko e Kaede a esperam, embora não saiba e nem mereçam.

— Mas que ideia torta essa de ir ver a Kaede abaixo desse tempo feio, hein? — Kenji faz tentativas de encorajar a conversa desde que saíram do sítio com Kazumi na carroceria.

— Pois é... — Chiyo exibe um tom sem entusiasmo nas respostas, mesmo quando por dentro concorda veemente. O fósforo era de Kenji. Ela não sabe esquecer, Osvaldo também diz. Seu rancor é alto demais para a própria estatura diminuta. É a menor das irmãs.

A luz dos faróis deixa a vicinal à frente ainda mais miserável. O caminhão é forte, mas tremula. Chiyo e Kenji cultivam uma mudez sem sono. Sãos os dois irmãos mais reclusos da família. Estão acostumados a se calar. Nisso se parecem. Mas a presença do irmão a enerva e ele sabe, então, não força camaradagens inexistentes há tempo.

É assim desde que Kenji saiu da colônia penal ilhada com sua trouxa murcha. Chiyo evitava espiar enquanto ele amargava dias em ócio em um quarto ao lado de outro, onde o pai gemia que não queria vê-lo. Ela temia também cruzar olhares com o irmão. Não era a única a evitar o cheiro daquele corpo. Hideki o proibiu de entrar no restaurante ou confeitaria. O ex-cunhado tentava exercer autoridade embora a loja não fosse dele, só o prédio. Dizia que um condenado mancharia a imagem da Casa Fujikawa e daquele hotelzinho de quinta categoria que o homem, uma das sobras deixadas por Kaede na vida da família mesmo depois do desquite, chamava de seu. Chiyo herdara a ladainha de um cunhado mesquinho e o aumento da trabalheira com a partida da irmã mais velha. Não adiantava resmungar com tio Mitsuo, ele não se impunha, e tia Hanako que se achava a grande dona do estabelecimento, embora os irmãos Fujikawa o tivessem em sociedade, simpatizava com Hideki. Foi ela quem fez o papel de alcoviteira e empurrou Kaede para os passeios com ele.

Kenji não retrucava. Voltou manso, manso da cadeia. Uma tarde daquele tempo, Chiyo furava uma tangerina com o dedo em distração. Resumia-se ao tato sem intenção de se alimentar. Kenji tomou a fruta de sua mão e começou a descascar como se a irmã ainda fosse criancinha. Chiyo o estapeou mais rápido que a corrida do próprio pensamento. Saiu da cozinha com a mão em chamas. Ela recorda bem a ardência do estalo. Kenji nem sequer respirou ou contou o acontecido a ninguém.

— E dá pra atravessar esse lamaçal todo?

A luz do caminhão desvela o barro avermelhado do que foi uma estrada de chão. A cana cresce alta em uma lateral. Na outra, é o mato que oculta as propriedades. Se há gado ou casas, Chiyo não consegue adivinhar. O caminhão segue abaixo da chuva cada vez mais forte. Kenji também sabe ignorar as falas da irmã, quando convém.

— Se o caminhão atolar, você vai carregar essa bosta de carroceria sozinho nas costas, viu? Tô avisando.

Chiyo custa a acreditar que foi capaz de subir no caminhão para ir atrás das irmãs. A insistência veio de Kenji. O barulho da ré a despertou do trabalho no curral. Osvaldo nem precisava ter avisado, Chiyo sabia que era o irmão. Reconhecia o timbre daquele caminhão. O coração desandou a pular. Kenji havia ouvido na estrada que a situação da inundação era mais grave onde as irmãs estavam. Resmungou tanto que Osvaldo convenceu Chiyo a telefonar para onde ela não queria. Nada. Kenji já mirava o barco e incubava o convite debaixo da língua.

A mania de redenção de Kenji irritava Chiyo. A boa-mocice renovada pela estadia entre grades sempre deu nos nervos. Ela ouviu que o irmão foi esfaqueado no braço para defender um presidiário novato em sua temporada na cadeia. Nem era seu amigo. Ou inocente. Só naquela viagem, havia dado carona para uma prostituta largada na estrada, cheirando à umidade da chuva e a um perfume ruim. Logo adiante, estacionou sob o aguaceiro para ajudar um motorista atrapalhado a trocar um pneu. Chiyo não tinha esse impulso. Não avinagrava culpa dentro de si. Estava isenta. Era uma criança quando raspou os fósforos. Uma inocente. Agiu sob influência. Repetia esse sutra a si mesma.

A estrada amolecida recebia as rodas a contragosto. Apesar de pesado, o caminhão parecia fabricado para deslizar. A chuva engrossava em tiras, pingava em poças cada vez maiores.

— Vai continuar mesmo, é?

— Você viu as reportagens. Se a gente não chegar até elas, ninguém chega.

— E acha que dois velhos vão cruzar uma cidade grande a nado e salvar um monte de gente? Nem sei onde diabos fica a casa. Onde eu tava com a cabeça? Mas eu ia saber que pra cá esse temporal era tão feio, as estradas tão horríveis?

— Temos o caminhão e o barco. Não foi pra isso mesmo que viemos?

— Kaede não merece que a gente se mate assim, não. Nem as outras, se você me perguntar. Só a coitada da Midori, que faz tudo pra mimar a vó.

Chiyo nem sequer soube que Kaede fazia as malas. A irmã se despediu com pressa, como se tivesse medo de o carro escapar sem ela e a criança. Saiu de mãos dadas com o bebê de Aiko, um menino franzino que ainda mal sabia caminhar. Qual tenha sido o acordo torpe, as duas é que o firmaram. Que arcassem com ele! Aiko levava sua rotinazinha de mãe dos filhos que restaram e professora, sem se importar com o trabalho na loja e com como ele sugava a saúde de Chiyo. Jacinta às vezes deixava o próprio armarinho para acudí-la. Uma querida até hoje, embora se vejam menos numa velhice que se tornou mútua. Tio Mitsuo também aparecia para perguntar como ela estava, mas, coitado, morreu por causa daquela angina. A vida não era justa! Tia Hanako continuava saudável na sua amargura próspera.

Às vezes, Aiko hospedava Chiyo. A casinha pobre recebia a ela e a Yukiko. Cozinhava para as duas, perguntava da vida sem demonstrar muito interesse nas respostas, porque tinha de corrigir os filhos em suas travessuras perigosas que envolviam escalar, bater, saltar. Quando esbanjava preocupação com uma das irmãs, era por Yukiko, seu rim fraco antes do tratamento, sua insônia, seus choros noturnos. Mas não era novidade. Chiyo estava sozinha desde o dia em que a mãe morreu. Só com a idade teve Osvaldo, a horta, os cães e as vacas. Bastava. Por que se embrenhar na estrada debaixo dessa chuvarada?

— Mas não perguntei. Sei bem a resposta. Chiyo tem o peito oco.

— E você é um teimoso dos infernos. Eu tenho que te lembrar o que ouvir sua teimosia já me fez fazer?

Na cidade, nunca demonstraram descobrir quem começou o incêndio. A não ser Kenji. Ele soube ao sentir a falta dos fósforos no bolso e encontrar Chiyo chorando, pedindo desculpas a um Taro que lutava para escapar de seu abraço. Papai vai morrer, a culpa é da Chiyo! Repetia entre soluços. Na mesma tarde, o irmão correu até a delegacia. Não voltou mais para o sítio e os Tanaka proibiram Isao de falar com Aiko, até que foram embora para outra cidade com o dinheiro que haviam guardado pela venda da seda.

— Eu era uma menininha, ouvia o que meu irmão falava. E, porra, como você falava!

— Por isso a vida toda pago minha parte. Faço questão.

Nenhuma palavra mais foi pronunciada naquela noite. O caminhão seguiu em frente, balançando, até que fez a curva do regresso. Quase empinou. Kazumi produziu um estrondo na carroceria, mas Chiyo não abriu a boca. Detestou Kenji sem palavras. Odiava só com o sangue que fluía debaixo da pele manchada de sol, como fazia há anos.

Quanto voltaram ao autoposto, o caminhão estava enlameado e o cachorro magro cor de caramelo dormia debaixo de um toldo.

Chiyo e Kenji esperaram a madrugada correr dentro da cabine, obrigados a sentir o odor um do outro. Chiyo ao menos tinha o boné para cobrir as feições do irmão que não queria enxergar. Mas o ouvia. Ele respirava pesado durante o sono como o pai antes de morrer com uma insuficiência respiratória na casa de Chiyo. Era como se a fumaça ainda sufocasse os dois.

De manhã, ela desceu do caminhão para comer um pão na chapa. Pediu um presunto para dar ao cão que pelo jeito era morador do autoposto. Kenji engoliu uma coxinha encharcada e correu para o banheiro. Chiyo tomava o café sem pressa. A chuva havia piorado. Como estaria o sítio, ela se perguntava. Kenji demorava. Estava pronto para fugir com o caminhão quando ela se aproximou, dando tapas na lataria da porta.

— Você não vai embora com meu barco, minha Kazumi! Não sozinho. Se quer continuar a tentar nos matar, tudo bem! Só que vamos nós dois! Inferno de homem! Mas vê se pega uma estrada menos escangalhada dessa vez, pelo amor de Deus.

Nós

Novembro de 1993.

Quando mais jovem, Aiko ouvia sozinha a dança das horas na madrugada. A ventania varre até ela um lamento afogado. Os sapos todos morreram. A enchente afogou até os anfíbios. O corpo pequeno de Setsuko fica ainda mais cinza abraçado contra a camisa vermelha de *nee-chan*, ambos enlameados. Kaede segura e depois expulsa gemidos inumanos.

Os gritos da mãe no parto fazem Aiko correr. São mais de bicho que de gente. A perseguem no caminho até o algodoal. Aiko não sabia que a própria garganta também era capaz de jorrar sons tão abrasivos. A dor no quarto parto é a mais cortante. Mitsuo é uma criança grande. Machuca para nascer. É até indecente o que Aiko disse. Preferia nunca ter ouvido. Tia Hanako, posso falar uma coisa?

Aiko gosta de cerrar os olhos e imaginar a calma dedilhar o sono dos pais e irmãos feito os encontros e desencontros da palheta com as cordas esticadas de um *shamisen*. Quando abre os olhos, o quarto parece mais vazio no escuro. Não é o casebre. Não é o quarto em cima da Casa Fujikawa. Não é a casa de tijolinho à vista com janela para a Matriz.

Os cadernos secam no varal, as páginas manchadas demais, grudadas, perdidas. Aiko os aperta todos contra o peito jovem enquanto mede a altura da ponte. Isao a segura pelos ombros. Não vou deixar que jogue tudo no rio, Aiko. Leve embora, então. Bem longe de mim, Isao. Odeio os cadernos, odeio ter escrito neles. Não foi por isso que prenderam o Fujikawa-*san*, Aiko. Eram os panfletos de Kenji que queriam. Mas levaram um caderno, Isao. Eu sei que foi culpa minha, eu sei. Tia Hanako, posso falar uma coisa?

Quando Isao abre a mochila, os velhos cadernos estão todos lá. As mãos dele, que Aiko não segurava havia anos, têm pintas brancas, marrons e beges marcadas pelo sol. Haviam envelhecido, ganhado arcadas tortas com a continuidade do trabalho no campo e nas fábricas do Japão. Deixei guardado com minhas coisas dos tempos antigos, uma cápsula do tempo.

Isao trazia junto com os cadernos de Aiko algumas fotos de Saitama, onde viveu com os sobrinhos, e de visitas a Tóquio e Osaka. Aiko vai conhecer o Japão comigo. É engraçado Isao cogitar. Os dois são crianças. Isao é um menino alto para a idade, a pele amorenada pela quentura do sol sob os algodoais. O homem em frente ao portão tem o pescoço e a coluna levemente encurvados pela timidez e o cansaço. É a Aiko, não é? Tem que ser. Era a única com esse nome na lista telefônica. Ela escuta em silêncio enquanto o visitante fala sobre mariposas, partidas e regressos. Ajuntei um dinheiro nas fábricas. Trabalhei muito. Agora vim pra ficar, pra descansar. Precisava encontrar Aiko. Onde Isao está agora? Será que o teto na varanda em frente à Matriz o protege contra a chuva que martela a paisagem?

A respiração de Isao em seu pescoço a acalmaria, sempre acalma. O corpo dele a recheia com vibrações quentes. Os dois estão velhos, mas buscam a carne um do outro. Aiko gosta de acariciar suas costas nuas quando se deitam no quarto, de vê-lo deitado na rede da varanda com uma revista largada sobre a perna. A intimidade tem duas caras. O sexo e o conforto. Às vezes, ela se sente contente e tem ímpetos de mandá-lo embora outra vez, mas sabe que seria inútil. Isao nunca se foi. Aiko está feliz, mais do que já foi quando era casada, e ela não merece a felicidade. Aiko não tem culpa. Kaede é que foi embora com o menino. *Nee-chan*, eu preciso que me perdoe. Se não hoje, um dia. A senhora promete ajudar sem contar para o papai, promete?

Os cabelos de Aiko ainda cheiram a fumaça quando se despede de Isao, escondida da família e dos Tanaka. Trens têm voz de nostalgia. Navios falam de recomeços. Kaede se encurva para trás. A coluna de *nee-chan* é quase uma vírgula com Aiko em seu colo para a irmã espiar o mar a procura de polvos gigantes e golfinhos. Kenji jura ter avistado um cachalote. Ken-*kun* sabe diferenciar baleias?

O sobrado se transforma em um barco ancorado. Aiko sente nos pés o marulho ao se movimentar pelo corredor a luz de velas. Palavras são lançadas por sereias sem rosto. O corpo da menina cria uma barreira no corredor. Os cabelos curtos reluzem sob o relampejar da janela aberta. *Nee-chan* abre a porta lateral da Casa Fuji, com um embrulho cheio de doces e sanduíches. Aiko lança um bom dia rápido ao ar, sem olhar para trás, porque tem de correr para pegar o ônibus para a escola secundária. A cena se repete quando ela frequenta o normal. Podem ter feito o que fizeram com minha vida, mas bato o pé. Ninguém vai impedir minhas irmãs de estudar. Minhas irmãs não vão ser noivinhas trêmulas e sorridentes. Minhas irmãs não.

— Pode ir deitar, vovó, está tudo bem, não é nada. — É Midori. Ainda bem que Aiko não a chamou de "*nee-chan*". A invocação brincava na ponta da língua, ameaçava escapulir. A neta se assusta demais com os lapsos. Se ela se preocupar demais, Aiko sabe que acaba desistindo de ir estudar fora, com medo de deixar Isao e Aiko sozinhos. Como se os velhos fossem incapazes de sobreviver sem seus braços juvenis.

O vento carrega o dilúvio para dentro da sala. As mãos empurram as portas de metal. Os rostos espiam o fim do mundo. O cão peludo rodopia. Kaede encara os passos indecisos de Aiko. O rosto de *nee-chan* havia murchado depois do incêndio. Os movimentos se afugentam de sua boca, sempre séria e fechada. Tia Hanako, posso falar uma coisa? A senhora promete ajudar sem contar para o papai, promete? Aiko não vê Kaede sorrir nem uma vez quando lhe apresentam Hideki Higuchi como um noivo. É um rapaz bonito, apesar de tolo. Nem parece irmão de Noriko, tão esperta. O olhar frio de Kaede atravessa as feições dos convidados no casamento. Todos abraçam Aiko quando é ela quem caminha pelo altar. Parentes e conhecidos gargalham e falam alto. Kaede não. Você tem certeza que é isso mesmo que quer? E as aulas? E o normal? Posso ser esposa e dar aulas, não posso?

Não tem ninguém. É só barulho da água. Não, não, escuta direito. Diana, quieta, assim não dá pra ouvir. É só água. Faz muito tempo que ele desceu? Que ideia idiota, como você deixou? Ele mergulhou — o que é que eu podia fazer? E se ele se machucou, e se morreu?

Da sacada não se enxerga ninguém. Tudo é água. Quando inundam a velha ponte, Aiko calcula onde ficava terreno do sítio da família e esboça uma despedida. Sentia alívio enquanto ele ainda estava lá. Até não estar mais. Chiyo não quer que o pai venda o sítio. Tio Mitsuo diz que é a melhor ideia. Abririam um comércio juntos. Um restaurante, uma doceria. Como as meninas cuidariam sozinhas da terra? A voz do pai se levanta. Mas não é o que fazemos há tanto tempo? A voz de Kaede busca um recanto na orelha de Aiko. Os bichos não vão para a cidade, não quero ir também. A voz de Chiyo choraminga aos quatro ventos. Aiko, os irmãos e tio Mitsuo cavam o quintal. *Nee-chan* é quem abre a caixa da mãe, exibe a lata com as notas de cruzeiros. Mamãe deixou esse dinheiro por um motivo. É bastante, mas se cai nas mãos de Chiyo e Aiko, as duas gastam em um dia com doces e baboseiras. Não adianta dizer que não vão. Por isso, vou cuidar dela.

Acho que consigo ver ele. Não é ele, ali na outra rua? As sílabas correm trêmulas para fora da boca de Kaede em direção ao dedo em riste. A mão aponta para o temporal contínuo. Kaede é um ser humano. Quando o senhor Horie conta que ouviu clandestinamente o imperador falar ao rádio que era humano, ninguém acredita. Disse que não era divino. Não era descendente da deusa Amaterasu. É mentira! É o que os *gaijin* estão falando. Os *gaijin* mentem para enfraquecer a colônia. Horie não é mais um patriota.

A confeitaria do senhor Horie amanhece com *kanjis* na vidraçaria: "Traidor da pátria". No outro dia, ele não está mais na cidade. Em uma colônia ali perto, um homem morreu depois de deixarem a mesma pichação no muro de sua casa. Como pode, japonês fazer isso com japonês? Já não basta os *gaijin*? A voz do pai é fraca. Aiko e Kaede têm o mesmo semblante esvaziado, mas não se encaram. Alguém contaria sobre o imperador ser gente a Kenji quando escrevessem cartas? Esperariam o irmão ser solto?

Parece só entulho. Não dá para esperar, preciso ir atrás dele. Kaede, não seria prudente. Outra de nós vai. Mas precisava de uma corda bem mais comprida.

Nee-chan se refugiava no quintal no meio da madrugada. Passava horas no balanço do jatobá. A corda é áspera quando Aiko arranca de suas mãos. Promete? É sobre o pente de tartaruga. Kaede não chora. Porém, o rosto carrega um desgosto silencioso enquanto ela dá banho no pai, massageia suas costas amassadas pela viga, limpa suas pernas e braços envelhecidos pelo fogo. Ela passeia triste com Hideki, e, com o mesmo semblante sombrio, organiza os doces na vitrine da Casa Fujikawa. Só para Setsuko ela reserva risos, guardados entre os pulmões durante anos. A filha a faz até gargalhar quando troca os sons das palavras ou se lambuza no chocolate roubado com os dedinhos gorduchos.

Tem mais tecidos. Dá pra aumentar a corda que começamos ontem. Andem, precisa ser rápido, a correnteza já deve ter carregado ele para longe. Mitsuo? Onde está Mitsuo? A água também o engoliu? Kaede parece envelhecida. As mãos desfazem os rolos coloridos. Dedos criam nós. Aiko se aproxima para ajudar. Pode deixar, a gente dá conta, vovó. Agora a tratam como criança. É uma chateação! Não, deixe Aiko ajudar, quanto mais gente, melhor. Kaede a encara com um rosto esculpido em madeira, duro. Pegue aqui. Amarra bem firme. São as primeiras palavras que *nee-chan* lança para ela sem o olhar trêmulo desde que chegaram ao sobrado.

É até indecente o que Aiko disse. Preferia nunca ter ouvido. Os olhos estão bem abertos, faíscam. *Nee-chan*, é quase um pedido que eu faço. Só me ajudaria a criar. A criança ficaria na sua casa e eu a visitaria toda hora. Seria nosso. Nosso. Nobuo e eu mal conseguimos arcar com os três meninos. Imagina quatro! Vamos passar fome. E ainda agora que eu seria efetivada como professora e teria que ficar fora. Seria uma ajuda. As próprias palavras machucam na travessia dos pulmões até fora da boca. Mas a dívida é de Aiko. Toda a tristeza de Kaede é dela.

Aiko concentra a força integral do corpo possível nas mãos. Seus nós têm que ser mais apertados e bem feitos que os de todos. Precisam salvar Mitsuo. E Midori precisa ver que ela é apta, senão não vai querer se mudar quando for a hora. Já não foi quando a aprovaram no vestibular para Direito. Estudou tanto. É tão inteligente, mas tem tanto medo de deixar a vó. Aiko está fazendo uma besteira. Quem é esse Nobuo? Minhas irmãs não vão ser noivinhas trêmulas e sorridentes. Minhas irmãs não. Posso ser esposa e dar aulas, não posso?

O rosto de Yukiko vasculha além do temporal enquanto ela manuseia os tecidos. Mas quem é que vai descer? É melhor eu ir. Tia Yukiko não sabe nadar. E precisa estar aqui para puxar, é a mais forte de vocês. Aiko olha em volta. Mitsuo não está.

Hideki luta para tirar Setsuko do colo de Kaede. Ela segura o corpo úmido e inchado da criança por uma tarde e uma noite, o carrega para o quarto e se tranca. Para com isso, Kaede, seja razoável, larga esse corpo! Não é mais nossa filha! *Nee-chan* mantém as mãos pousadas sobre o caixão. Está mais velha quando o levam embora. Aiko sente que Kaede não tem mais nada no mundo. Promete?

A irmã se afasta de seu abraço depois do enterro, como se o mero toque a machucasse. Quero que *nee-chan* fique com a criança que vai nascer. Crie em sua casa. É até indecente o que Aiko disse. O quarto parto é o mais cortante. Mitsuo parece saber que seria entregue a outra mãe. Quer ferir Aiko. O rosto é vermelho e ele já tem fiapos de cabelos pretos, ao contrário de Akira e Keitaro, nascidos carecas. O bebê tem a mancha mongólica. Aiko pensa em fugir com Mitsuo enquanto o embala e canta. "Venha comer, Baku-san, o pesadelo da criança." A boca do bebê a suga com avidez. Ele tem o cheiro do aroma do próprio leite, da carne dela, dos fluídos de parto. Mitsuo não está na sala. Tampouco é possível vê-lo entre os destroços do quintal ou da rua. Aiko se esvazia.

Eu vou, sim. O rosto de Midori tem a mesma decisão que estampa o rosto de Kaede. Aonde Midori vai? O que aconteceu na sala? Onde está Mitsuo? Ah, precisam buscá-lo lá fora. Mas e a chuva? É melhor mesmo ter alguém mais forte para puxar. Eu sei nadar. Tia Yukiko não. Aiko abraça a neta. Vovó, vai ficar tudo bem. Prometo voltar. Aiko sequer é considerada para ir. É como se a empurrassem para o fim, como se ela não pudesse proteger mais o filho ou a neta. Midori chora quando Akira e Selma carregam as malas na rodoviária. A criança corre ao lado do ônibus, Koji segura a sobrinha. Yukiko corre atrás do carro azul-ciano.

É Yukiko quem dá o nó na cintura de Midori. Aiko o apalpa para aprovar. É firme. Como teve coragem? Hein, fala! Era meu filho também! Sabia que ia acabar assim, que aquela vagabunda ia embora com a criança cedo ou tarde. Não sei por que não fiz nada no começo, enquanto dava tempo, por que fui ouvir Aiko. E Aiko a viu ir embora. Ficou atada! Como pode? Só não envolva a polícia nisso, Nobuo. É minha irmã. Eu que ofereci, eu que prometi. E nem adianta. O nome na certidão é o dela. O quê? Como dela? São loucas, as duas! Eu os procuro. Tio Mitsuo vai ajudar, *né*? Diz para Nobuo, por favor, tio, por favor.

Não olhe assim, vovó. Vai ficar tudo bem. Yukiko confere outra vez o nó em torno de Midori. Puxe duas vezes se o vir. Três vezes se precisar voltar. Kaede segura Aiko pelos ombros. Ela vai volta bem. Eles vão voltar. A onda de calor se espalha dos braços para o tronco. Mitsuo não está na sala. Aonde Midori vai? "Venha comer, Baku-san, o pesadelo da criança."

Lembra o que Aiko propôs? Vou querer, sim, cuidar do menino em casa. Ajudo Aiko a criar. Mas ele vai ter meu nome e minha casa. *Nee-chan*, só promete uma coisa? Que não vai embora com ele pra longe? Midori se afasta, mas Aiko a segura. Sente até a dureza dos ossos da neta de tanto que espreme as mãos rechonchudas.

Aiko e *nee-chan* caminham de mãos dadas pelo circo-teatro, como se voltassem a ser crianças. Setsuko, Akira e Keitaro correm na frente, sob os cuidados de Yukiko. O fotógrafo lambe-lambe está lá. É o mesmo de 1943, mas está com aparência mais gasta e permanece abandonado em um canto próximo à tenda. A cidade tem um estúdio fotográfico agora e algumas pessoas até já possuem câmeras. São fotografadas em casa, em frente às plantações, cercadas por folhas de banana. Yukiko insiste que posassem todos juntos. Uma pena a foto ter se perdido. O senhor já viajou muito, *né*? Como são as outras cidades do Brasil? Aiko sente que perderá *nee-chan* em algum momento breve quando ouve a pergunta, fermentada por anos, navegar pelo gás carbônico.

Midori se afasta rápido em direção à escada da sacada. Aqui não é mais para mim, para nós. Com o desquite, nada me segura mais aqui. A voz de Kaede tem a secura de um anúncio. Está isenta da sinuosidade das despedidas quando Aiko a flagra com malas prontas durante sua visita diária ao menino. É dura, por isso provoca atritos. Aiko é toda feita de atividade sísmica e silêncio. Mas *nee-chan* prometeu que não iria para longe. O mundo estanca. Só as maletas castanhas se movem em avanços apressados até o carro azul-ciano. Estavam preparadas há quanto tempo, Aiko não sabe. Talvez desde antes da separação da irmã e Hideki. Os músculos de Aiko reaprendem o que é mobilidade. A mão agarra uma das alças. O couro tem pequenas asperezas. Kaede arranca com brusquidão em uma só puxada. Mitsuo chupa a ponta de um travesseiro de estimação no rastro dos passos do salto branco. Yukiko o segura enquanto pisca com a rapidez da incredulidade. Não, não foi isso o nosso trato. O estrondo do porta-malas reverbera pela rua. Mitsuo flutua dos braços de Yukiko para os de Kaede. Aiko já decidiu demais por mim, agora é minha hora. A pele de Mitsuo é tenra como o travesseiro. A de Kaede está fria. Não! Não! Não! A garganta de Aiko arranha uma dor ardida. As mãos de Kaede são fortes. Produzem afastamentos. Fecham portas metálicas com baques que soam uma definição. Os paralelepípedos tremulam o carro azul-ciano. Kaede não olha para trás. Midori acena sob a multiplicação de gotas.

O quintal inundado, cheio de pedaços de galhos e restos de estatuetas, carrega perigos. A chuva dói quando Aiko se aproxima da sacada para assistir aos movimentos da neta. Midori é uma mergulhadora sem escafandro. Um círculo branco mira Aiko do céu, resistente ao movimento das nuvens. O temor passa rápido. Depois de alguns vislumbres, a menina que ela foi se lembra da história do coelho na lua, manipulando bolinhos de arroz enquanto o mundo adormecia.

Mergulhos

Novembro de 1993.

Cada geração da família talvez tenha uma Kazumi refeita nas conjunções das fisionomias de suas descendentes. Alguns rostos beiravam ser duplicatas. Mesmo com cabelos curtos, as feições mescladas com traços europeus e o corpo gordo, a neta de Aiko exibe semelhanças espantosas com a bisavó, que ostentava fios longos, era japonesa e emagrecia mais e mais com o tempo. Nina Midori é o nome dela, Kaede precisa se acostumar. Setsuko talvez tivesse sido a beldade da geração anterior, não fosse o mergulho no Tietê. Era uma criança tão linda quanto Kazumi ou Midori. Iluminava-se quando feliz.

Kaede se lembra de como Kazumi, com deleite, abaixo da iluminação fosca, narrava às crianças a história da herdeira do espelho de mão. No conto, uma mãe, antes de morrer, entrega um presente à filha. Mesmo sem ouvir o resto das frases, Kaede já adivinhava que seria o tal espelho. "Não estarei mais aqui, mas quando quiser me ver, olhe esse espelho e tudo ficará bem." A garota é maltratada pelas circunstâncias da vida de órfã. Quando finalmente espia o espelho, vê o próprio reflexo, forte como um dia a mãe foi, e se sente capaz de enfrentar o mundo. Kaede gostava de recordar a lenda quando se mirava no espelho de mão, um dos artefatos deixados entre os pertences da mãe quando ela morreu. Havia se apossado dele. Precisava ter calma e força naqueles tempos.

Agora uma vontade de espiar o aquário dos kingyos e seus rabos dourados cheios de curva se alfineta contra seus olhos. Os peixes dourados, brancos e vermelhos são sobreviventes da sucessão de dias à sombra da tempestade e da falta de energia. Eles a inspiram, apesar da continuidade das goteiras, do odor crescente de mofo, da comida fria e escassa. Na falta do espelho de mão, ela veria o próprio reflexo entre as barbatanas e escamas no vidro. Mas agora não é a hora. Takeshi se foi. Talvez não volte, como Setsuko. A neta de Aiko também.

Kaede precisa estar atenta. Cada mão apta a manusear os nós dos tecidos é necessária. Os dedos amarraram os panos mais fortes do ateliê em um simulacro de cordas, mas alguns já são bem velhos. Kaede sente o medo estufar os pulmões enquanto prende a sarja ao elastano. Só podem contar com eles.

A chuva obscurece o resto da rua. Os gritos de Nina Midori para Takeshi são abafados pela queda d'água e trovoadas. Yukiko pressiona o rosto com os dedos e a carne os recebe como se fosse feita de massa de *mochi*. Kaede respira a certeza de que a irmã caçula também pensa no Tietê, assim como ela mesma.

— Aiko está se molhado demais, está tremendo. Vista isso aqui. — Yukiko solta uma mão da corda colorida de tecidos para agasalhar Aiko com um paletó de tweed e direciona para longe do raio coberto pelas gotas invasoras. Depois volta a agarrar o pano com as duas mãos. A água ataca o assoalho da sala. Aiko encara o caos do mundo lá fora como quem está longe. Os olhos buscam Midori ou Takeshi? Kaede tenta se lembrar do porquê se convenceu a odiar por tanto tempo alguém tão fragilizado.

Foi Aiko quem caminhou a seu lado pelo cemitério no dia dos mortos brasileiro. Carregavam um buquê de lilases, caquis e a boneca. Era querida por Setsuko, embora fosse feia e modesta, feita de retalhos pelas agulhadas de Kaede. Naquela tarde completavam seis meses, duas semanas e quatro dias desde o afogamento de sua bebê. Mulheres *gaijin* esfregavam os túmulos, carregavam baldes transbordantes de água e espuma. Flores eram depositadas sobre terra, cimento e mármore.

As cruzes se erguiam brancas junto às estátuas cinzas e aos obeliscos marmóreos. Formavam silhuetas recortadas contra um céu azul. Era um dia bonito e caloroso, difícil não reparar. Os bem-te-vis estavam alegres, indiferentes aos suspiros que escapavam dos peitos dos sobreviventes. Kaede sentiu uma vertigem ao reconhecer um perfil no qual se destacava o formato de nariz abaulado, forte, querido. Leonor seguia apoiada no braço estendido de um homem que não era Geraldo. O irmão dela seguia logo na frente. Ele acompanhava a mãe dos dois, enquanto o outro par pisava nas sombras dos dois em um caminhar vagaroso pelo vácuo entre os jazigos. O rapaz desconhecido acariciava o braço nu de Leonor. O mesmo tocado pela fita métrica em um verão do passado. O mesmo que espremeu Kaede contra o jatobá enquanto elas lambiam o sabor das jabuticabas.

O rosto de Leonor seguiu erguido, o pescoço inerte. Encarava o mundo à frente até um túmulo alto. Seus olhos não se voltavam para o espaço percorrido. Não puderam avistar Kaede. As possibilidades de sustos, curiosidade, ternura, raiva se desfiaram no mormaço. Kaede travou. Depois marchou sem rumo, seguida pela irmã ofegante. É por aqui, *nee-chan*, por aqui. Elas andaram aquecidas pelo céu azul. Um ombro raspado contra o outro. Palavras sepultadas como os mortos do cemitério.

Quando Aiko e Kaede chegaram ao túmulo de Setsuko, os caquis estavam amassados, vítimas da pressão dos dedos. A filha amava a fruta. A pequena a surpreendia com os lábios manchados do sumo alaranjado do caqui, chocolate furtado da Casa Fujikawa ou com seus batons. Kaede só percebeu o quanto gritava quando Aiko acariciou seu rosto molhado. Mulheres *gaijin* a encaravam sem interferir. *Nee-chan*, eu preciso que me perdoe. Se não hoje, um dia. A barriga pontuda de Aiko se expandia em sua direção, tocava sua cabeça. Foi no cemitério que Kaede regurgitou a certeza de que tomaria o menino da irmã.

— Segurem o tecido com firmeza. — Yukiko as dirigia com timbre de capitão de navio. A voz era grave, firme como quando apareceu disfarçada para bisbilhotar os croquis, catorze anos antes. Ria alto para encobrir uma tensão mais gritante nas vocalizações de uma alegria forçada. Kaede quis dizer que não a culpava por Setsuko. Gestou as palavras, mas nunca conseguiu pari-las. Ainda agora é difícil se dirigir às irmãs. Parecia ser simples quando as convidou.

A neta de Aiko se esforça para abrir os portões contra a correnteza suja. Quando consegue, é carregada como se não tivesse densidade. A correnteza empurra os portões para longe, tenta afastá-la ainda mais do sobrado. Kaede começa a puxar. Seus ossos sentem ecos do próprio movimento em Yukiko e Aiko.

O metal dos portões bate contra as cercas com uma sequência de baques. Kaede se lembra de quando os abriu pela primeira vez. Havia passado três anos a costurar em uma casa pequena enquanto Takeshi brincava com carrinhos de madeira. Não recusava a ajuda de tio Mitsuo quando ele aparecia e oferecia dinheiro, comida, brinquedos, embora sentisse o orgulho inflamar a gordura das bochechas. Aceitou o auxílio sempre, até que a clientela cresceu, engordando as economias que ela trouxe na lata de dinheiro da mãe, tomada da família como pagamento por todo um trabalho de anos, gesto que arqueava sua coluna como o peso de um remorso.

As roupas eram bonitas. Kaede as criava de início ao olhar os figurinos dos filmes aos quais ia assistir com Takeshi. Depois desenhava as peças inventadas pela própria imaginação. As mulheres do bairro apreciavam suas criações. Preferiam vestidos, saias e blusas confeccionados por Kaede aos que enfeitavam os manequins das lojas. Então, moradoras de outros pontos da cidade passaram a bater em sua porta. Kaede descobriu depois que era Leonor quem lhe indicava essas moças elegantes. Uma delas mencionou o nome amado. O *Le*, o *ô*, o *nor*. Ela mesma nunca visitou Kaede para contar quem lhe deu notícias de seu endereço. Embora até hoje lhe envie alunas.

Todo movimento parece vão. A neta de Aiko dá braçadas, mas é carregada para outro lado. A água cobre os bancos, os vasos, oculta enfeites — se é que eles permanecem no jardim. Restos de hibisco e pétalas de manacá flutuam na sujeira de lixo e pedaços de carne. Maura gosta tanto das flores. Às vezes as prende nas próprias orelhas e nas de Kaede. As duas riem juntas. Kaede ama o som da gargalhada de Maura, cristalino, intocado pelas histórias do passado. Ela se sente penalizada quando escuta a voz doce pronunciar "Diana", ignorante da origem não romana do nome.

Os tecidos retornam para Kaede enquanto ela tenta puxar a neta de Aiko de volta para segurar. Azul-turquesa, marsala, preto, cores eleitas pelo próprio gosto meses e anos antes. Ela percebe que respira pela boca com a mesma sonoridade engasgada que Aiko. O rosto de Yukiko se avermelha no esforço.

O tecido não faz ruído nenhum ao rasgar na outra ponta. O rompimento só é perceptível porque a correnteza empurra a neta de Aiko para longe. É como se fosse um corpo de papel. Kaede escuta a exclamação dolorida, sem saber do peito de qual irmã o grito escapou. Ela sente a mesma dor ao pensar que a correnteza carregou Takeshi com a mesma facilidade. E ele não havia sido amarrado a nenhum tecido. A água reboca o corpo para fora do jardim, até que a menina se prenda à grade. Todos correm até a sacada, vítimas da chuva que insiste em cair.

Só se enxerga as pontas da cabeça de Midori. As mãos se prendem ao metal, fazem força para avançar como se a grade fosse uma escada tombada. A água oferece uma pressão maior que os ímpetos ao corpo, mas Midori ainda consegue se aproximar do portão, embora pareça um avanço de pequenos centímetros. É difícil medir a distância. Mesmo a olhos treinados para as fitas métricas. Não se ouve nenhuma respiração dentro do sobrado. A chuva esbraveja alto demais abaixo do céu pintado de um vermelho sem horário definido.

Os berros da neta de Aiko se fundem em uma nota só quando os braços da água a arrancam outra vez da grade. Em um segundo, o cenário se resume ao portão aberto, os carros flutuantes, e os galhos a boiar sobre a água escura. Há uma ausência de vozes na sala por um momento curto, até Aiko e Yukiko fazerem ruídos incompreensíveis. Kaede sente que perdeu Takeshi agora que a neta de Aiko também desapareceu. É cruel, mas é só por ele que ela sente pontadas dos braços até o peito.

Kaede não o amou de início. Não era seu. Não era Setsuko. Arrancá-lo de Aiko foi uma satisfação volátil. Durou cinco minutos, no máximo. A aqueceu o peito enquanto o carro azul-ciano se afastava da ponte Novo Oriente e depois não mais.

O corpinho esguio de Takeshi trazia uma recordação da violência quieta habitante do peito de Kaede. Havia sido tomado da convivência de Aiko por um ímpeto, pela raiva, por uma fome de poder do qual foi privada por anos. Tinham que ir embora. Não bastava confiná-lo em sua casa ou impedir que Aiko escolhesse seu nome, como a irmã tanto fazia questão. Não quero Mitsuo. Também gosto e respeito o titio, mas quero um nome novo na família. Gosto mais de Takeshi.

Kaede desejava ferir a irmã por ter roubado sua liberdade de escolhas. O alvo da retaliação precisava ser Aiko. Tinha de atingi-la para se livrar da ardência que corroía seus braços. Tia Hanako já era infeliz demais para estar na mira da vingança. O pai nem sequer se levantava da cama. O rio Tietê não possuía intenções. E Kaede já não amava a nenhum dos outros três. Aiko sim era irmã predileta, a confidente das noites no casebre.

O menino tinha uma leveza nos primeiros passinhos que a irritava porque contrastava com o chumbo encrustado nos ossos de Kaede. Seus beijinhos traziam resquícios de um aroma de revanche, como se tivessem jogado uma essência amarga em seus lábios. A boquinha queimava. Mas Kaede se esforçava para não ignorar as necessidades da criança que interrompiam seu trabalho de minuto em minuto. A escolha era dela, precipitada ou não. Kaede teve de aprender a amar as próprias escolhas.

Foi assim até ela começar a temer o silêncio da casa à noite, porque a quietude significava a falta do balbucio do menino. E se fosse eterno? Um eco da voz aguda e dócil a acompanhava quando ela fechava os olhos, mesmo quando Takeshi havia adormecido. Era tranquilizante, assim como sua pele perfumada de leite e infância.

Depois vieram outros medos. O corpo do menino parecia ter ossos frágeis e o mundo era cheio de ameaças. Kaede reconheceu que o receio fazia parte do amor junto com uma necessidade de abraçar para proteger o pequeno tronco, para absorvê-lo na gaiola do tórax como um órgão do qual se cuida bem. Foi preciso dosar. Porque o afeto pode ser opressor e outra inquietação que passou a assombrá-la foi a de roubar a liberdade do garoto, fazer com que ele a detestasse. O amor é parente do ódio. Por isso se transita tão rápido entre os dois extremos. Kaede queria manter o filho para sempre em um dos polos. O do afeto. Sim. Filho. Naquele momento, finalmente, ele era seu.

A ausência de Takeshi agora esvazia seu peito. Ela esquece quem é. Kaede percebe que as irmãs não sabem o que fazer com os próprios corpos quando as três ficam sozinhas. Tampouco ela sabe. Os kingyos se espalham pelo aquário. Se a luz demorar a voltar, talvez os peixes morram como os outros. Kaede os assiste por um instante enquanto fica de costas para as irmãs. Depois, as olha em silêncio. Aiko está abraçada a Yukiko, que treme. Kaede sente seus ombros vacilantes.

— Vamos afastar Yuki-*chan* da chuva. Ela está passando mal. — Aiko parece à beira do choro. — Venha, já voltamos para olhar.

Yukiko despenca no sofá. Kaede espera que a irmã caçula comece a soluçar, sua respiração ameaça o choro, porém ela só treme. Aiko mira para fora da casa. Yukiko têm um olhar febril.

— Não era pra ser assim. Não era. Não devia ter deixado ela mergulhar.

O pulso de Yukiko está disparado. O de Kaede cavalga em ritmo igual. Yukiko chorava tanto que não conseguia articular consoantes quando a trouxeram do rio. Hideki a chacoalhou, bateu em seu peito. Kaede lembra que, em reação àquela brutalidade com a irmã, estapeou as costas do marido com raiva de formar hematomas. Recebeu um empurrão em troca que a fez cair. Os dois viviam estacionados no polo do ódio. Nunca se aproximaram do amor. Já em relação a Yukiko nem sequer navegou perto da repulsa. Nem nos dias em que o afogamento era uma pontada em carne viva. O "sei-que-não-foi-sua-culpa" se forma outra vez na garganta, mas não sai.

— Midori.

A voz de Aiko atrai Yukiko. Os relâmpagos acendem os rostos das três. A luz se infiltra acentuando as expressões que Kaede não viu marcarem os rostos das irmãs. Ela se vê tateando o próprio rosto e depois os cabelos. Estão tão desarrumados e encharcados quanto os de Aiko e Yukiko.

O vento entra salpicado de água, uivante. Atinge braços, colos e mobília. Faz tanto frio que as respirações levantam fumaça. A inundação no jardim parece intocada pela passagem de Takeshi e Midori. Aiko puxa o tecido, e ele cede inerte.

— Não adianta esperar. — Kaede lê uma inquietação na agitação dos braços de Yukiko. São gestos parecidos com os dos membros da irmã quando ela ainda crescia, de quando correu atrás do carro azul-ciano.

— Yukiko não pode ir! — Aiko tem os lábios trêmulos e dá passadas com força em direção à irmã mais nova, cerca sua cintura com as mãos. Kaede demora um instante para perceber que a conversa decorre em japonês. — Não vai aguentar. Yukiko, não, por favor!

— Precisamos das três para puxar quando eles voltarem — Kaede insiste sem convicção. Precisa pronunciar sons para não mencionar que a água mata, que levou Setsuko.

— Não vou longe, só vou tentar avistá-los.

— Se o pano não segurou Midori, não vai segurar Yukiko.

— Eu me seguro na grade, em tudo que puder, vocês amarram bem. Não adianta olhar assim, Aiko. É pior pra mim ficar aqui. Dá uma agonia ainda maior.

Yukiko se apronta para descer. Kaede sente o nó dos tecidos. Aiko aperta a trama marrom em sua frente como se quisesse dar escape a uma fúria engolida sem mastigar. Dão duas voltas na cintura de Yukiko.

— Só fiquem atentas ao tecido. Vou puxar duas vezes se os vir, e três vezes se precisar que vocês nos puxem.

Aiko e Kaede concordam em silêncio. Yukiko é atingida em cheio pela chuva enquanto segue pela escada e apalpa a tira colorida de pano. A irmã caçula vacila ao descer as escadas e sentir a correnteza cobrir o próprio tronco. Contudo, se mantém em direção ao portão.

Kaede e Aiko se encaram. Leem palavras nas feições uma da outra. Ficam perto o suficiente para sentirem o calor corporal aumentar, mas não se tocam. Tentam distinguir os movimentos de Yukiko. A irmã mais nova as abandonou em um silêncio que se alarga, faz o tempo se diluir. Os minutos aceleram. Presa ao portão, Yukiko vira a cabeça para o lado que a correnteza flui. A enxurrada se transformou em um rio de barro. Yukiko segura os tecidos entre as mãos, mas não o puxa. Fica na mesma pose como uma estátua. Os relógios do sobrado também parecem paralisar e avançar conforme a vontade muda. Kaede escuta a respiração de Aiko falhar.

— Aiko ainda tem muita raiva? — As palavras atravessam o céu da boca com esforço. A irmã a encara como quem não entende o idioma. Kaede repete a pergunta em português, volta ao japonês, mas antes que Aiko responda, a corda quase escapa das duas com um puxão.

— Fique aí, Yukiko! Não é bom se afastar!

Kaede havia se esquecido de como a irmã mais nova é obstinada.

— Vai acabar se matando, essa louca. — O desafino percorre a voz mais forte a cada palavra. Kaede envelheceu dez anos em três dias.

Dois puxões fortes esticam a corda. Três. Há uma impaciência na força. Outros solavancos se seguem. Aiko e Kaede se encaram antes de saber como responder ao movimento. Empunham o tecido retesado e puxam. Que não seja só a menina, que Takeshi esteja junto! De início, o esforço apaga a visão de Kaede. Ela sente um cheiro de sufocamento, da doença. Aiko também se esforça. Não é possível saber se suam ou se a umidade é um vestígio da chuva. O tecido continua tenso e paralisado. Aiko o larga, ofegante.

— "Ó, libélula vermelha... libélula vermelha do pôr-do-sol". — Kaede começa a cantar quase sem fôlego. Aiko a encara, mas não aparenta entender. Kaede não sabe se ela se esqueceu da canção ou se não quer se lembrar. A concentração do corpo em puxar esvazia a cabeça e depois a enche de dor. Aiko ainda está parada

Novos puxões se fazem sentir em uma exasperação. O tecido resiste à força de Kaede. Ela sente que se afoga.

— "Eu te vi pela primeira vez carregada... carregada nas costas dela". — Kaede continua em um ritmo pausado enquanto coloca ímpeto nos braços, nas mãos. Sua voz é quebradiça, a respiração vacila, mas Aiko finalmente a encara, como se mastigasse algo. Então recomeça a puxar com mais força. O avançar do tecido em direção a elas se torna mais visível. Falta fôlego, mas Kaede recomeça.

— "Ó, libélula vermelha... libélula vermelha do pôr-do-sol. Eu te vi pela primeira vez carregada nas costas dela. Colhíamos amoras no campo da montanha com nossas cestinhas. Foi tudo um sonho?"

As palmas das mãos estão vermelhas. O tecido raspa a pele, arde. As duas ofegam, mas não param. Aiko rejuvenesce ao escutar cada verso e a cada tranco transpirante.

— "Com quinze anos, a menina se casou. E as cartas não chegam mais em casa."

Cores diferentes adentram a casa. Verde, azul, vermelho. Os músculos dos braços de Kaede doem distendidos, mas ela puxa. Mal consegue mirar para fora do sobrado, não enxerga corpos e rostos. Só há luzes e cores. A sala gira, mas Kaede não para de fazer força e cantar. Roxo, vermelho, rosa.

— "Ó, libélula vermelha... libélula vermelha do pôr-do-sol... Eu vi você descansar na ponta de um bambu."

Fim do mundo

Novembro de 1993.

O mundo ainda acaba em água. A predição se converteu em refrão. Cravou-se às pregas na laringe de um prisioneiro. Um colega de cela na ilha. Tinha o apelido de Pé Sujo, se a memória não mente. Era só o marulho avigorar para ele repetir. O mundo ainda acaba em água. Já deve ter morrido. Sulcos repartiam seu sobreolho quando a cara de Kenji era lisa. Um ostentava uma cabeça prata. O crânio do outro se cobria com pelos ainda de um tom preto imaculado. Ambos eram atacados pelos piolhos que infestavam os colchões endurecidos feito o chão. Agora Kenji quem é crispado de rugas, grisalho. Se Pé Sujo estivesse vivo, mascaria a confirmação de sua escatologia aquática.

As gotas se revestem de dureza. Batem doído no corpo, atravessam o plástico emborrachado da capa. São muitas. Mil espingardas chuvosas miram em Kenji e Chiyo. Disparam. Os ombros idosos se retraem em uma resposta mecânica. Os dois minguam sob a violência da água, dos galhos e do lixo voador. De pingo em pingo, a chuva forma laguinhos dentro do barco vermelho. O líquido passeia entre as galochas sujas.

O entorno da prisão cheirava a algas, infiltração, sal. O interior acumulava suor, merda, sangue. A cidade alagada fede a uma latrina aberta. A enchente e as celas rescendem a leptospirose. Kenji conhece bem as ratazanas. Corpos peludos desafiam a enchente ao nadar ao lado do barco em alguns trechos da cidade.

Não há mais ruas, há rios. A água se ergue tanto que as sacadas dos prédios se avizinham da superfície. O velho caminhão, tão aclimatado à lama, às crateras propagadas pelas estradas interior adentro, teria rodas imprestáveis ali, como os veículos que boiam, entulhando a passagem. Sem volante, Kenji também é composto por matéria supérflua. Na rodovia, Chiyo era passageira. Estava à mercê da direção da irmã. Agora Chiyo é quem tem intimidade com o barco vermelho. Tornou-se comandante. O papel lhe cai bem. A irmã até mesmo cede menos aos murros da chuva.

Kenji não sabe mandar ou obedecer. A carroceria é só sua na maior parte do tempo. A voz que sempre fala com ele é a da AM–FM. A solidão só o treinou para meditar sobre os feitos, não feitos e poderias. No barco, ele segura um mapa molhado, que mal enxerga, e dita direções incertas.

— Já nos perdemos, não foi, Kenji? Pode falar. Não vou brigar.

As veias da cidade se ramificam em desconhecimento. Kenji é um homem das estradas. Desvendou todo um sistema circulatório de rodovias. As transversais, radiais, longitudinais, diagonais. Todas foram desnudadas por suas rodas e retinas. Kenji se integra às paisagens rurais, ao pavimento, à terra. Tem um sotaque neutro de tanto ouvir variações do português ao longo dos anos. Tem todos os aromas na carne, porque engoliu todos os temperos. É carta coringa naquele país. O que o adolescente que ele foi diria, nos seus dias de ímpetos patrióticos, se soubesse que seria tão íntimo daquele território?

— Segue sempre reto! Vai ser assim por um trajeto longo. Aviso pra virar na hora de virar! — A água se infiltra entre os gritos, esgana as narinas e a garganta.

Quando a visão se ancora nos edifícios, esbarra em rostos nas janelas e sacadas. As pessoas da cidade têm feições de exclamação. É o mesmo olhar das corujas, cheio de gravidade. Kenji as evita desde que saiu da prisão. Na estrada não. A vida passageira arranca pesos. A gente vira vento.

— Parece que já passamos por aqui.

— É a chuva que deixa tudo parecido.

— Não acaba nunca esse caminho.

Debaixo do dilúvio, o tempo se dilui, depois adensa. Um minuto não é um minuto, uma hora não é uma hora. Na colônia penal era assim. Os dias vestiam uniforme como os presidiários. Ficavam disformes como os corpos. Kenji tenta não computar os segundos debaixo da chuva. É por isso que o relógio desertou de seu pulso antes de descer da carroceria. O tempo pleiteia desistências quando sua dilatação é percebida. O barco navega lento entre água, entulhos, plásticos inflados de lixo, carros abandonados, cruza vez ou outra com uma embarcação de resgate de onde os gritos informam a ausência das irmãs e dão conselhos para que os dois velhos abandonem as buscas. Mas Kazumi segue em frente, como a vontade de Kenji. Ele reconhece apenas o caminho reto. É flecha. O fogo apagou as outras direções.

Quando Kenji entrou na delegacia, a pele falava de brasas e incêndios. A certeza arde em febre, ele soube, enquanto tremia. Suportaria o tempo da punição na sua integralidade. Chiyo pedia, o pai pedia, a própria culpa pedia. Foi condenado a seis anos. Teria de sorvê-los crus, bolorentos, frios. A pena se ampliou para oito anos depois da briga. A faca fincou no braço. Tinha de acolher a dor, ela o purgaria como uma lavagem.

Era necessário estar apartado de todos. Outros japoneses chegavam à ilha da colônia penal. Kenji não se associava a eles e nem aos presidiários *gaijin*. Mantinha distância das lutas de sumô ou de saudações à família imperial, apesar dos impulsos pulsarem seus músculos jovens no início. Os japoneses tinham cheiro de fósforo, de barracão queimado, de gordura tostada. Descobriu depois que alguns deles haviam matado compatriotas. Homens como o pai, como o tio Mitsuo, como os Tanaka. Confrontados com o isolamento de Kenji, eles o acusavam. Traidor da pátria. A expressão das ameaças. Não foram cumpridas. Ele não retrucava.

Mesmo quando houve rebelião, Kenji tentou se afastar do maquinário feito de homens desvairados. Eles esmurravam, arrancavam sangue, arrebentavam matérias. Faziam fogo. A vitalidade o propelia para sobrevivência, mas não para a fuga. Os homens se debatiam, assassinavam uns aos outros, escapavam. Kenji não podia se evadir. O timbre dele norteou os pequenos dedos que riscaram os fósforos. Ele não sabia, mas tinha notas de um flautista mágico impregnadas na própria voz.

— É melhor voltar. A gente não conhece essa joça de cidade. E você não está se dando bem com esse mapa. É engraçado que tenha sobrevivido por tanto tempo na estrada.

— Não dá pra voltar.

— Mas é só o que faltava!

Um flamboyant tombado ocupa todo o caminho. A vermelhidão é açoitada pelo temporal. A ventania uiva, arremessa madeira contra os corpos, faz tentativas de virar o barco, carregar o mapa. A poeira invade os olhos. O motor ainda ronca. O barco vermelho se faz pequeno contra a cidade viva, cheia de sacos plásticos flutuantes. É velho como Chiyo e Kenji, mas resiste.

A irmã respira fundo, a testa franzida em desespero, mas o barco segue os apontamentos criados pelos gestos de Kenji. O punho em riste é um maestro tirano. Não podem parar, a despeito de qualquer desvio. Aiko os espera. Kaede os espera. Yukiko os espera. Havia anos que nunca mais pousou o olhar na irmã mais velha. Após a prisão, não conseguia coabitar espaço por muito tempo com a família. A pele das irmãs também reluzia a chamas, exalava o odor da queimada. Porém, agora havia uma emergência. O dilúvio gritava mais que o fogo.

— Nós somos é loucos. Dois velhos num barco no meio da chuva. Duas figuras ridículas devemos ser para quem vê de longe.

Apesar de despir o uniforme da prisão, Kenji ainda o carregava nos braços depois de embarcar para fora da ilha. Os antigos vizinhos enxergavam as cores da condenação. Os homens na fábrica de móveis também. Tio Mitsuo falou com tanta empolgação dela quando Kenji voltou. A mobília feita para o restaurante fez tanto sucesso que ele recebeu encomendas. O negócio cresceu, virou uma fábrica. Era uma trabalheira administrar os móveis e as comidas, mas estava dando certo. Kenji aceitou o convite de trabalhar com o tio. Porém, não suportava os olhos curiosos dos operários. Eles aspiravam o odor do velho uniforme prisional. Foi só na estrada que Kenji depurou os miasmas da colônia penal. Mas a fumaça do barracão de seda ainda o cerca.

— Por que faz tanta questão? — Apesar de berradas, as palavras de Chiyo chegam fracas, peneiradas pelo som da tempestade.

— Kaede foi embora porque era infeliz. E nós não fizemos nada. Até ajudamos a piorar. Tudo seria diferente se eu... — Kenji se cala. Não fala sobre a cumplicidade que forçou sobre Aiko até a irmã se afastar para sempre dele. Primeiro o rádio quebrado passou da mão dela para ele, depois partilharam a razão pela prisão do pai e se provocaram em brigas sobre os Tanaka que invocaram o incêndio. Também não menciona o sossego que não tem e quer ter. Faria tudo por um bom sono, por não mais revisitar o passado toda noite, rever falar, decisões.

— Vai fazer o que quando chegar?

— A gente coloca uma a uma no barco e vai embora. Ilhadas não podem ficar. Aiko está doente. Devem ter fome. Talvez tenha até gente machucada.

— Não tem lugar para todo mundo.

— A gente vai e volta. Os caminhos são sempre mais rápidos depois da primeira vez.

— Acha que a gente chega?

— Chiyo não acha?

Só o motor responde. O som grave hipnotiza Kenji. A vibração se espalha pelos ossos. O barco oscila sob o domínio das águas. É como navegar no mar revolto. O vento atira tralhas contra os dois outra vez. As lascas de galho e placas doem mais do que o alvejar das gotas. Os braços de Kenji formam um escudo para o rosto. É só quando as mãos descem que ele enxerga a irmã caída.

— Chiyo?

O corpo dela, pequeno e envelhecido, ainda se movimenta em uma respiração. A água da chuva tenta em vão lavar o sangue da testa. A tempestade arrancou o boné. Os cabelos libertados são mais longos do que aparentavam, mais cinza. Desacordada, Chiyo encolhe. Parece novamente a criança que corria atrás das galinhas, escalava árvores, riscava fósforos. Kenji acomoda a cabeça grisalha em seu colo. O barco vermelho está sem controle. Como a própria existência.

Kenji tem medo de que a chuva afogue Chiyo. Porém, precisa imitá-la, conduzir a embarcação. Segue adiante. Então, quase tomba o barco ao tentar virar. Aiko espera. Kaede espera. Yukiko espera. Porém, Chiyo é a razão maior da viagem. Era só para ela que Kenji mandava o artesanato encontrado em suas andanças. Os souvenires, mesmo os mais toscos, habitavam os andares formados pelas tábuas das estantes de seu sítio, constatou. Foram recepcionados, embora a irmã se esquivasse dos cumprimentos de Kenji em si, quando ele estacionava o caminhão na frente da porteira. Chiyo não recusa presentes. São como os cachorros abandonados que uivam em sua porta e são logo acolhidos.

Kenji aceita que precisam voltar. Chiyo necessita de cuidados. Ainda não conversaram sobre o incêndio. Mas é tão difícil fazer a curva do regresso. Barcos e caminhões são mesmo espécies distintas. O corpo de Kenji pende no esforço, ameaça desmontar.

— A chuva parou.

A voz de Chiyo definha, mas está desperta e é marcada ainda pela certeza. As mãos manchadas formam conchas que confortam a própria cabeça. Uma careta pressiona os músculos do rosto.

— Galho miserável! Dói tanto essa desgraça!

— Quer voltar ainda? Ajuda aqui. Não entendo nada de barcos. Sou de caminhão. Não consigo fazer o barco voltar.

— Mas não chegamos até aqui? Já mudou de ideia? Não tem tanta fibra quanto parecia ter, *né*? Até a chuva parou.

Kenji abre passagem para Chiyo voltar ao posto de barqueira. O motor bronqueia, retorna ao sonido constante. O barco vermelho retalha outra vez o território do fim do mundo.

Polvo

Novembro de 1993.

A noite já caía quando Nina chegou com os pais à casa onde ficariam hospedados. O carro se calou, mas os faróis ainda perambulavam pelo muro. O firmamento ruborizava antes de escurecer. As manchas violetas e rosadas sobre o céu de fim da tarde sempre a comoveram. Não naquele dia. Significavam que a caminhada até a praia seria adiada para a manhã seguinte.

O coração era um pequeno animal selvagem enjaulado. Saltitava e desmaiava, saltitava e desmaiava. Os pais descarregavam as malas absorvidos pelo peso. Ela escapou entre suas pernas. Ninguém percebeu. Trotava em ziguezague na direção do som crescente. Seus ossos ainda eram frágeis demais para aprisionar a ânsia.

O mar se estendia diante de Nina. Alvoroçado, desmedido, aterrador. Só ele e o céu ocupavam todo o horizonte. Os dois estavam tingidos de índigo, imensos, sem fim. Só ela corria pela areia esfriada após despedida do sol. Era uma figura pequena, engolida pelo breu, sem perceber a presença dos caminhantes noturnos esparsos pela orla. O oceano é maior à noite, quando tomara para si nuances obscuras, descobriu. Tinha o estrondo de mil bichos. Nina desconhecia os sons da água. Não sabia que poderiam alcançar notas tão graves. As ondas ensurdeciam. A audição reinava até sobre a visão.

As águas da enchente rugem agora ao raptar Nina. São turvas e ferozes. Não invadem as narinas com as emanações dos cardumes. Batem nas amídalas com o gosto de esgoto, terra e massa asfáltica. Separam o portão e Nina, que uiva ao ser arremessada contra um

Monza branco. Há um estalo — talvez de ossos, talvez de lataria. Da corda de tecido resta apenas o pedaço preso à sua cintura e uma tira rosa rasgada.

Seu "estou-aqui-vai-ficar-tudo-bem" atirado para o sobrado tragado pelo barulho do riacho de lama. A enxurrada troveja acordes de uma cachoeira horizontal.

Os cabelos sujos se agarram ao crânio enquanto ela escala o Monza e o transforma em jangada. A lataria balança conforme ela engatinha. As gotas da chuva respingam uma dor contra a pele já cansada de apanhar. Tanta água escorre que é difícil saber se os olhos choram ou se são os efeitos da tempestade revolta. Os ventos resfriam os corpos. As juntas batem. O atrito de ossos reverbera. A enxurrada é insistente. Consegue embalar o carro até ele ser conduzido pelas ondas. Deve ter levado embora assim seu querido Kadett. Nina já não enxerga o telhado do sobrado quando fica à mercê da navegação forçada.

Um Opala esverdeado boia a seu lado feito uma planta aquática, afundado na água escura. A correnteza carrega os carros com a mesma fluidez que conduz garrafas de vidro e galhos das árvores. A visão de Nina cruza uma bicicleta Caloi rosada, como a que ela tanto pediu aos pais um pouco antes de eles deixarem a cidade para trás com acenos da janela do ônibus. Todos os veículos estão esvaziados de carne humana, assim como as fachadas sujas das casas. A vizinhança parece ter feito um voto de imobilidade e silêncio depois de tanto ser calada pela tempestade.

A chuva insiste tanto em se atirar contra o rosto que cria a sensação de um mergulho. Ainda assim, Nina escancara a boca em um grito que mesmo ela ouve mal. A avó fica mais atordoada quando preocupada. Nina precisa se fazer ouvida. O tecido da garganta arde como se tivesse sido rasgado igual à tira de pano rosa. Uma voz se desprende dos sons da água cadente. É grave e vem da direção contrária. Nina se segura na lataria do Monza para virar o corpo pesado de água e dor.

Uma cascata acortina a paisagem da rua inundada, repercute na superfície escura, cria ondulações que balançam o lixo. Nina distingue um movimento brusco em uma oscilação vermelha. Ela o imita, incerta de que foi vista. A paralisia do outro corpo é uma resposta positiva. Nina reconhece a camisa avermelhada contraposta ao verde de uma copa de árvore tombada em frente ao portão alto de uma casa. Takeshi está com o corpo quase todo afundado na enxurrada. Ele se debate na direção contrária à violência da água, porém não se distancia do portão. Nina abandona a segurança débil do Monza para alcançá-lo. Juntos talvez sejam mais fortes contra a correnteza. Ou talvez seus movimentos se degradem mais ainda.

A água afoga, distende o tempo, forra os olhos. Apesar dela, Nina toma fôlego. Ela se debate contra o fluxo da inundação com seu par de Keds encharcado. Seu corpo soma lentidão a cada movimento barrado pela enchente revoltosa. Ela agita o pulso para afugentar a vagarosidade. Persiste no nado desmantelado contra a corrente até Takeshi.

A chuva os dardeja. A enxurrada espanca com pedras, galhos. Algo esmurra Nina no peito: uma caixa ou um pedaço móvel, ela não para pra ver. As ondam esbarram contra seu corpo. Nina mal enxerga o semblante que se aproxima, impulsionado pela fluência suja. Só enxerga as feições de Takeshi quando ele estende os braços a poucos palmos. Os olhos dele brilham, mais vivos do que nunca, expurgados de álcool.

Ele acena para baixo da água, em direção a portão. Nina mergulha a cabeça na correnteza marrom, que penetra ardente pelas narinas. A perna de Takeshi está fincada em uma lança que decora o portão. Nina toma ar e mergulha outra vez. Mesmo com força a calça permanece grudada ao ferro. Ela percebe que Takeshi também tenta movimentar a perna. O sangue se esparrama. Nina puxa. Os gritos chegam até ela abafados. A carne se desgruda do metal aos poucos, com uma suavidade dolorida. O vermelho se sobrepõe à transparência enlameada quando a perna está livre. Nina ameaça mergulhar outra vez para examiná-la.

— Deixa, deixa, segura em mim, Nina! Vamos depressa!

Nina agarra o pescoço de Takeshi. Quase o enforca. Por pouco não arranca sua camisa ensopada, sobre a qual estão amarradas sacolas cheias de água. Devem parecer um inseto à distância. Um artrópode coxo. A correnteza os carrega para longe. Os corpos oscilam como um pêndulo jogado na água. O machucado da perna atrasa os movimentos de Takeshi. A chuva castiga os dois pela permanência nas ruas alagadas. A cabeça de Nina já está dormente. Ela estapeia Takeshi, silencioso demais, e leva tapas de conforto em troca. Estão vivos, os dois, embora soltos na enchente, cativos daquela paródia urbana de mar.

— Precisamos nos prender nas grades. Agarrá-las e dar impulso até a casa.

Takeshi é novamente afogado pela invasão de água suja à boca, mas Nina o compreende. Ela agita os pés para dar impulso ao monstro que compõe na simbiose com o outro corpo humano surrado pela enxurrada. Apesar da correnteza, os dois alcançam o outro lado da rua. Takeshi se prende a um portão, ofega, estaciona para respirar. Nina aproveita o descanso, mas também se exaspera com a pausa. Precisa se movimentar, seu corpo pede para afastar o temor. Ela apalpa os restos da corda de tecido presa à própria cintura como um cordão umbilical rompido com uma mão. Tenta desamarrá-los no empenho em dar uma volta em torno do próprio corpo e o de Takeshi. Depois de três tentativas, parece ter conseguido. Atada a ele, está mais livre para ajudá-lo a tatear os portões agora que não precisa abraçá-lo com medo de se desprender. As pulsações dos dois se imitam e se confundem.

— Consegue enxergar, Nina?

— Estamos quase lá, Takeshi, quase lá.

Nina não sabe se Takeshi a escuta. Sente apenas a umidade de sua pele magra. Nina acompanha seu nado preso às grades. Uma cerca viva dificulta o avanço dos dois na segurança das barras de ferro. As ondas lambem os rostos, cegam olhares enquanto os corpos dão impulsos até o poste em frente ao sobrado. A correnteza os trai, mas os dois persistem. A estrutura de concreto quase escapa dos dedos de Nina, mas as falanges a engancham com uma pancada. A chuva flagela a carne exposta, afoga.

Nina mira em frente e avista Yukiko atracada ao portão do sobrado. Está distante, fragilizada, encoberta pelo movimento das águas. Os dois soltam o poste e se agarram à cerca de ferro da casa vizinha ao muro de folhas. Respiram ofegantes com as bocas invadidas pela água suja antes de retomar o nado em avanço na direção de Yukiko. Ultrapassam mais uma grade em um impulso testemunhado pela tia. Os dois lutam para avançar mais até ela. As formas de Yukiko ficam maiores e mais definidas. Depois outra e outra. Yukiko os alcança, enfim. Agora são três vontades contra a correnteza. Transformam-se em um polvo e polvos não se afogam. Yukiko se prende ao pulso de Takeshi com uma mão e dá puxões no tecido com a outra. As arrancadas vindas do sobrado começam fracas, mas aos poucos ajudam o grupo a nadar mais depressa. Eles apertam pedaços dos muros e portões.

— Falta pouco, falta pouco. — Nina não sabe mais se fala com Takeshi ou consigo mesma.

A chuva os açoita. Uma pedra grande surra o ombro de Takeshi. Ele encolhe, porém não cessa o próprio nadar. Atravessam os portões já sem fôlego. A visão de Nina está embaçada. Tudo cheira a água suja, mas não importa, o jardim destroçado se delineia.

O portão fecha em um baque com a insistência de Yukiko. Há violência nos movimentos dela. O vento reabre a portada de metal, mas os três já transpassaram metade do caminho da garagem até a escada quando ouvem os chiados. O sobrado nunca teve tanto o odor de casa para Nina até aquele instante, quando ela vê Aiko, quando Takeshi vê Kaede.

Os três são apertados por braços tão molhados quanto os deles antes que possam se desvincular do tecido. Agora são cinco organismos sobre a sacada. Yukiko ajuda a desprender os nós com a lentidão de quem sente alívio. A corrida de Kaede para dentro de casa estala. Ela regressa curvada sobre o volume das toalhas e casacos. Aiko e Kaede secam os resgatados com a delicadeza que mães teriam com filhos pequenos após um banho quente. Takeshi fecha a porta de vidro para afugentar as gotas enfurecidas para fora da sacada, deixa uma trilha de vermelho pelo chão enquanto manca. As toalhas escurecem de sujeira.

Nina não reluta quando a avó sugere que ela ande até o quarto e durma. Seus olhos já ameaçavam ceder enquanto os outros conversam. Takeshi, ao contrário, reconta ainda animado detalhes de suas braçadas até o mercadinho e como quase morreu enquanto Kaede limpa o machucado em sua perna. Nina se afasta e olha para trás mais uma vez. Vê Takeshi, a avó, Kaede e Yukiko agachados no tapete, escorados no sofá, exaustos demais para escalá-lo.

Os estrondos da água ainda ressoam quando Nina fecha os olhos. Então a vida se esvazia. O quarto está claro quando ela desperta. Os músculos não descansaram, mas uma buzina distante a expulsa da cama. Ela espia pela janela. Um homem acena de um barco que atravessa a rua como se fosse um carro. A voz é abafada pelo vidro fechado. O coração de Nina acelera quando ela avista a figura de tia Chiyo. As pernas bambeiam em descrença. Ela se precipita em direção à sala com medo de que o barco passe pela rua sem enxergá-los.

Os braços e o peito doem a cada movimento. O corredor parece mais alongado na clareza. Ao cruzar a porta, os ouvidos de Nina são infestados por uma mistura de vozes roucas. Kaede, a avó e Yukiko conversam sem amarras. Estão sentadas ainda na mesma posição da madrugada, de costas para a sacada. A porta de vidro continua fechada. As irmãs permanecem sozinhas, vigiadas apenas pela setter apoiada contra as pernas de Kaede. Takeshi está deitado no sofá, ainda esgotado pela luta contra a água.

O vidro está seco, mas continua cerrado para proteger corpos e carpetes da chuva. As toalhas e tecidos amarrados em corda continuam nos mesmos pontos da sala onde foram despejadas. Nada mudou, exceto o céu. O azul ressurgiu em nuances imoderadas. Contrapostas ao anil, as três irmãs estão alheias a Nina e seus passos. A setter abana a cauda felpuda ao avistar uma nova presença na sala, mas Kaede, Aiko e Yukiko não sentem a brisa levantada pela rotação de pelos. Também não percebem um barco vermelho que cruza a rua alagada. Estão de costas viradas para ele. Nina ainda o distingue entre os carros. Parece um brinquedo. Flutua lento em sua procura por rostos reconhecíveis. Nina se apressa para alcançar a sacada.

O falatório das tias com sua avó segue em expansão ruidosa, disparado em um japonês fluído. As sílabas se agitam, porém escoam calma pela sala. Nina não desvenda significados. Sua compreensão se resume a um fato: Kaede, Aiko e Yukiko estão tão entregues à conversa que nem viram que atrás das vidraças a chuva parou.

Glossário

Azuki: feijão avermelhado muito utilizado na gastronomia japonesa.

Bijin-ga: arte japonesa que retrata belas mulheres.

Bustudan: altar familiar.

Chichi: pai

Dango: bolinho feito de farinha de arroz.

Futon: bolchão oriental.

Gaijin: estrangeiro.

Hiragana: silabário da escrita japonesa.

Irashaimasse: boas-vindas, usado para recepcionar clientes.

Kaki: caqui.

Kanji: ideograma chinês usado na escrita japonesa.

Katakana: silabário da escrita japonesa.

Katana: espada japonesa.

Katsutera: bolo de origem portuguesa, parecido com pão-de-ló, popular no Japão.

Kibi dango: doce típico da provínicia de Okayama feito com açúcar, farinha de arroz e milhete.

Kimono: vestimenta tradicional japonesa.

Missô: pasta de soja fermentada que pode ser usada em sopa.

Mochi: bolinho de arroz glutinoso.

Momo: pêssego.

Nee-chan: como os irmãos mais novos chamam a irmã mais velha.

Nii-san: como os irmãos mais novos chama o irmão mais velho.

Nihonjin: pessoa japonesa.

Nihongo: idioma japonês.

Nissei: segunda geração. Filho de pais japoneses nascido no Brasil.

Noren: cortina japonesa usada para separar ambientes.

Obaasan: avó.

Osechi: refeição especial do Ano Novo.

Ponkan: tangerina.

Renga: gênero de poesia colaborativa japonesa.

Sakura: cerejeira

Sensei: professor ou professora.

Shamisen: instrumento de cordas japonês.

Sunomono: salada de pepino avinagrado.

Tanka: poesia formada por 31 sílabas.

Ume: ameixa japonesa.

Waka: a poesia mais antiga japonesa.

Wagashi: confeitos típicos do Japão.

Yaki manju: bolinho assado recheado com doce de feijão.

Yuki: neve.

RAFAELA TAVARES KAWASAKI
é escritora e jornalista. Nasceu em Araçatuba, no noroeste paulista, em 1987, e atualmente mora em Curitiba. *Peixes de aquário* é seu primeiro romance e sua segunda obra publicada. Em 2019, lançou a coletânea de contos *Enterrando gatos*, pela Editora Patuá. Ainda quando cursava jornalismo no Centro Universitário Toledo de Araçatuba, foi finalista do Prêmio Santander Jovem Jornalista, realizado pelo jornal O Estado de S. Paulo, em 2014. Foi imigrante como os personagens de *Peixes de aquário*, porém, fez a travessia inversa: nasceu no Brasil e cresceu no Japão, onde passou 12 anos e habitou diferentes regiões do arquipélago com a família.

este livro foi editado

no inverno

de 2021